# TAYO BLEIBT!

© privat

Irene Margil ist gelernte Fotografin. Sie arbeitete mehrere Jahre in der SAT.1-Fußballredaktion »ran« und machte eine Ausbildung zur Lauftherapeutin. Sie läuft nicht nur gerne, sondern schreibt ebenso leidenschaftlich Kinder- und Jugendbücher. Sie engagiert sich für Leseförderung und entwickelte das Format der »Mitlese-Lesung«. Irene Margil lebt in Hamburg.

© privat

Andreas Schlüter, geboren 1958, lebt und arbeitet ebenfalls in Hamburg. Bevor er mit dem Schreiben von Kinder- und Jugendbüchern begann, leitete er mehrere Jahre Kinder- und Jugendgruppen und arbeitete als Journalist und Redakteur. Er schreibt Drehbücher, u.a. für den Tatort, und ist Autor zahlreicher Serien und Einzeltitel für Kinder und Jugendliche.

# TAYO BLEIBT!

IRENE MARGIL
ANDREAS SCHLÜTER

CARLSEN

MIX
Papier aus verantwortungsvollen Quellen
FSC
www.fsc.org
FSC® C083411

Originalausgabe
Veröffentlicht im Carlsen Verlag
Oktober 2016

Umschlagabbildung: shutterstock
Umschlaggestaltung: formlabor
Corporate Design Taschenbuch: bell étage
Satz: Dörlemann Satz, Lemförde
ISBN 978-3-551-31541-0

»Es ist egal, wo du herkommst, Junge,
sag, wo du hinwillst!«

(Dú Maroc, One Touch 2)

## Liebe Leserin, lieber Leser!

»Tayo bleibt« ist eine ausgedachte Geschichte. Sämtliche Personen, Namen und deren Beziehungen zueinander sind frei erfunden.

Anlass für dieses Buch allerdings ist eine wahre Begebenheit, die in den Jahren 2012 und 2013 in Hamburg stattgefunden hat.

Da man sich als Autor entscheiden muss, zu welchem Zeitpunkt eine Geschichte spielt, und man im Rahmen eines Buchprojekts nie auf dem aktuellen Stand der zahlreichen Gesetzesänderungen in der Flüchtlingspolitik sein kann, haben wir uns entschieden, die Gesetzeslage bis Februar 2013 als Grundlage zu nehmen, trotzdem aber auf viele Entwicklungen und Diskussionen, die danach in der Flüchtlingspolitik aufgetreten sind, im Buch einzugehen.

So gab es zum Beispiel die im Buch beschriebene zentrale Erstaufnahme in Harburg zu jener Zeit noch nicht, sie wurde erst im Juni 2014 in der Poststraße in Harburg eingerichtet. Auch die Kleiderkammern existierten in der beschriebenen Größenordnung noch nicht. Die Brandanschläge auf Flüchtlingsunterkünfte nahmen erst später drastisch zu. Zum Vergleich: 2014 gab es sechs Brandanschläge auf Flüchtlingsunterkünfte, 2015 waren es bereits 95. Die Zahl der Angriffe auf Flüchtlingsunterkünfte insgesamt stieg laut Bundeskriminalamt (BKA) von 199 im Jahre 2014 auf 1027 nur ein Jahr später. Allein in den ersten sechs Wochen des Jahres 2016 wurden bereits 94 Straftaten gegen Unterkünfte verübt.

Aber nochmals: Tayo und alle anderen im Buch vorkommenden Personen sind frei erfundene Romanfiguren. Ebenso sind sämtliche Handlungsstränge von uns Autoren ausgedacht.

Irene Margil und Andreas Schlüter im Juli 2016

# Teil 1

# 1

Lisa schob die Hände in die Jackenärmel und hielt sie eng gekreuzt vor ihrem Bauch. Sie fror auf dem zugigen Bahnsteig. Es war ein Fehler gewesen, nicht den dickeren Parka anzuziehen. Doch sie sehnte sich so nach Frühling und Wärme, dass sie einfach die für diese Jahreszeit noch viel zu dünne Lederjacke übergezogen und ihre Handschuhe zu Hause gelassen hatte.

»Unvernünftig!«, hatte ihr Vater gesagt. Na und? Immerhin war die Lederjacke innerhalb der Disco, aus der sie gerade kam, die bessere Wahl gewesen.

Noch vier Minuten bis zur Einfahrt der S-Bahn, verhieß die leuchtende Anzeigentafel.

Hülya neben ihr tippte mit ihren neuen displayfähigen Handschuhen eifrig auf ihrem Smartphone herum, bis die Seite mit dem »Liebes-Horoskop« auftauchte. Sie glaubte ebenso wenig an so etwas wie Lisa, trotzdem bereitete es ihr größtes Vergnügen, es zu lesen.

»Und?«, fragte Lisa, um sich ein wenig von der Kälte abzulenken. »Triffst du den Mann deines Lebens?«

Hülya grinste, ohne aufzublicken. »Ich gucke nicht *mein* Horoskop an, sondern deins. Meins kenne ich schon.«

»Ach ja?«

»Du wirst bald jemandem begegnen, der dein Leben verändert!«, las Hülya vor.

Lisa wandte sich ab und schaute erneut zur Anzeigentafel. Noch drei Minuten.

»Nee, is klar!«

Das Geräusch einer zerklirrenden Flasche ließ sie zusammenzucken. Sie schaute sich um. »Scheiße!«

Hülya folgte ihrem Blick.

Eine Gruppe von fünf, sechs Typen mit kahl rasierten Köpfen stiefelte die lange Treppe der S-Bahn-Station herauf. Jeder mit Springerstiefeln und Bomberjacke. Irgendwelche Abzeichen auf den Ärmeln, die von Lisas Position aus noch nicht zu erkennen waren. Sie grölten sich irgendwas zu. Lautes Lachen. Schulterklopfen. Spritzende Bierdosen und eine Flasche Schnaps machten die Runde.

»Hat der HSV gespielt?«, fragte Lisa.

»Keine Ahnung«, antwortete Hülya. »Wir sollten sehen, dass wir wegkommen.«

Lisas Blick huschte erneut zur Anzeigentafel. Noch zwei Minuten. Vielleicht würden sie es schaffen, schnell und unbemerkt in ihre Bahn zu huschen, bevor die Glatzen auf sie aufmerksam wurden. Noch immer zwei Minuten. Verdammt!

Spring um auf eine Minute und lass die Bahn ein wenig eher kommen!, flehte Lisa innerlich. Eine irre Hoffnung. Die kam nie früher als geplant, durchaus aber schon mal einige Minuten später.

Die Glatzen näherten sich. Noch hatten sie keine Notiz von ihnen genommen.

»Lass uns langsam ein Stück nach hinten gehen«, schlug Lisa vor.

Großen Spielraum hatten sie nicht mehr, denn es war ein Kurzzug angekündigt. »Nicht hinschauen, aber sie trotzdem nicht aus den Augen verlieren«, riet Lisa.

Hülya nickte. »Weiß ich.«

Sie schlug ihren Kragen höher und senkte den Kopf, um ihr Gesicht zu verbergen. Es kam nicht gut, von Neonazis als Türkin identifiziert zu werden. Die interessierte es auch nicht, dass sie in Deutschland geboren war.

»Oi!«, brüllte einer. Sein Finger zeigte auf Lisa und Hülya. Unmissverständlich.

Dennoch blickte Lisa sich hastig um, auch wenn niemand anderes gemeint sein konnte. Denn außer ihnen war doch niemand auf dem Bahnsteig. Oder?

Doch! Jetzt saß da einer auf der Bank, den Blick auf sein Smartphone gerichtet. Er trug Kopfhörer und hörte vermutlich deshalb das Gegröle nicht. Nur die Nasenspitze lugte zwischen der tief ins Gesicht gezogenen Kapuze und dem über den Mund gewickelten Schal heraus. Und trotzdem war es unverkennbar. Der Typ – Lisa schätzte ihn auf ihr eigenes Alter, also vielleicht siebzehn oder achtzehn – war schwarz!

»Die meinen gar nicht uns!«, sagte Lisa.

Hülyas Blick wechselte innerhalb von Sekunden von Erleichterung, selbst nicht zur Beute ausgerufen worden zu sein, in Mitleid mit dem Jungen, der dort saß und noch immer von allem nichts ahnte.

Die Glatzen beschleunigten ihre Schritte, johlten sich in Stimmung, leerten ihre Dosen auf ex und warfen sie anschließend hinter sich.

»Hau ab!«, flüsterte Lisa in Richtung des Jungen, mehr ein kläglicher Versuch der Fernhypnose als ein Warnruf. »Schau einfach mal hoch und dann lauf, was du kannst.« Wenn er zum hinteren Ausgang lief, hatte er vielleicht noch eine Chance.

Doch der Junge merkte nichts und rührte sich nicht.

Die Glatzen kamen näher und näher.

Lisas Blick flog hinauf zur Videokamera. Ehe vom Empfängerraum jemand reagieren würde, wäre es bestimmt zu spät; wo auch immer derjenige saß, der den Bahnsteig hier überwachte –

wenn da überhaupt irgendwo irgendjemand saß. Keine Security weit und breit. War ja klar! Wenn man die mal brauchte … Der Notruf am Ende des Bahnsteigs lag hinter den Glatzen. Aber selbst wenn sie ihn benutzen würde – bis dann jemand kam …

Ein letzter Blick zur Anzeige. Einfahrt der Bahn: SOFORT!

Und? Wo blieb das Scheißding?

Da! Sie kam. Das Rattern und Röhren des Zugs grollte ihnen schon entgegen. Jetzt waren die Lichter zu sehen. Die Bahn fuhr ein. Ihre Chance?

Einer der Glatzen heulte laut auf. Ein Schlachtruf.

Der Schwarze blickte endlich auf, als die Bahn einfuhr.

»Ruf die Polizei!«, befahl Lisa.

Hülya musste eine Sekunde überlegen, dann tippte sie 110 auf ihrem Smartphone.

Die Glatzen rannten los.

»LAUF!«, schrie Lisa dem Jungen entgegen.

Jetzt erst reagierte er, begriff, wer da auf ihn zukam. Panisch riss er die Augen auf. Erstarrte. Ohne jede Idee, was er tun sollte. Die Bahn bremste. Niemand stieg aus. Im Waggon waren kaum Fahrgäste. Ungewöhnlich für einen Freitagabend. Aber die Haltestelle Hammerbrook war immer ziemlich tot. Da arbeitete um diese Zeit niemand mehr, schon gar nicht an einem Freitag. Betonierte Geisterstadt.

»Komm mit!« Lisa lief los. Noch hatten sie einen kleinen Vorsprung vor den Glatzen.

Hülya hatte Verbindung mit der Polizei, aber keine Zeit, mit ihr auch zu sprechen. Sie rannte Lisa hinterher.

»LOS! REIN!«, schrie Lisa. Sie riss eine Tür der S-Bahn auf. Mit heftigen Armbewegungen bedeutete sie dem Jungen, dass er gemeint war. Endlich reagierte er.

Lisa und Hülya sprangen in die hintere Tür des Waggons, der

Junge in die vordere, die er aber erst öffnen musste. Trotzdem schaffte er es.

»Zuhalten!«, brüllte Lisa. Zum Glück war es noch eine der wenigen alten S-Bahn-Züge mit Griffen an den Türen.

Hülya und Lisa zogen gemeinsam die Tür zu und hielten sie fest.

Das Signal zum Türschließen ertönte.

Schon hatten die ersten beiden Glatzen die Tür erreicht und versuchten sie von außen zu öffnen. Hülya und Lisa stemmten sich mit dem ganzen Körper gegen die Griffe. Die S-Bahn würde jeden Moment losfahren.

»Verdammt!«, brüllte einer der beiden Glatzen und fixierte Lisas Augen.

Zwei Glatzen standen an der vorderen Tür.

»Zuhalten!«, schrie Lisa dem Jungen zu, während ihr der Gedanke durch den Kopf schoss, dass er vielleicht kein Deutsch verstand. »Scheiße, was heißt denn zuhalten auf Englisch? Hold it together!«

Der Junge sah verwirrt von Lisa zu den Verfolgern draußen. Dann drückte er die Griffe der Tür zusammen. Die Türen waren bereits blockiert und die S-Bahn rollte an.

Wütende Faustschläge trommelten gegen die Fenster. Volle Bierdosen krachten gegen die Scheiben.

Lisa sah durchs Frontfenster in den vorderen Waggon. Hatten es einige Glatzen etwa geschafft, noch in die S-Bahn zu springen? Offenbar nicht.

Sie atmete durch und stöhnte: »Scheiße, verdammt! Das war knapp. Echt jetzt!«

Alle drei sahen den Glatzen so lange nach, bis sich die schwarzen Silhouetten in der hellen Haltestelle zu winzigen Punkten verwandelten.

Der Junge lächelte kurz zu den Mädchen hinüber.

Lisa hob den Daumen und lächelte zurück. »Alles okay?«

»Alles okay!«, gab der Junge zurück. »Thank you. Viele Danke!«

»Okay!«, sagte Lisa noch mal, weil sie keine Ahnung hatte, ob es für das Hamburg-typische »Dafür nicht« eine Übersetzung gab. Auch hätte sie sich am liebsten bei ihm für die Hohlköpfe da draußen entschuldigt, aber auch dazu fehlten ihr die passenden Worte. Sie musste unbedingt ihr Englisch verbessern!

Der Junge setzte sich auf einen der Plätze in der Nähe seiner Tür.

Lisa und Hülya blieben noch stehen. Lisa überlegte, ob sie auf den Jungen zugehen sollte. Vielleicht kam er aus einer der Flüchtlingsunterkünfte in Wilhelmsburg oder Harburg? Aber wäre er dann schon allein unterwegs, wenn er gerade erst in der fremden Stadt angekommen war?

Lisa tippte Hülya an und gab mit dem Kopf ein Zeichen, zu dem Jungen zu gehen.

Hülya war einverstanden.

Langsam näherten sie sich dem Jungen, der sich aber gerade schon wieder seine Kopfhörer aufgesetzt hatte. Seine Parka-Kapuze war auf die breiten Schultern gefallen. Die Jacke war alt und verschlissen. Die aufgeplatzten Nähte und die Löcher im abgewetzten und stumpfen Stoff waren kein modischer Effekt. Dagegen schienen die schwarzen, schulterlangen Locken sorgfältig mit Glanzspray bearbeitet worden zu sein.

Aufregung und Angst pochten Lisa noch durch den Körper. Das Ganze hätte auch anders ausgehen können.

»Where do you come from?«, fragte Lisa, als sie sich mit Hülya auf den Sitz ihm gegenüber fallen ließ.

Der Junge hob den Kopf, schob sich den Kopfhörer in den Nacken.

Lisa hörte die schnarrende Musik eines Rappers, den sie nicht kannte. Sie wiederholte ihre Frage.

»Nigeria!«, antwortete der Junge. *Naidschiria.* Er sprach es englisch aus.

So hatte Lisa ihre Frage gar nicht gemeint, sondern eher, ob er auch in einer Disco gewesen war.

»Äh…«, stotterte sie. »Refugee?«

Offenbar hatte sie das Wort aber nicht deutlich genug als Frage betont.

Der Junge zog erstaunt die Augenbrauen hoch, schaute Hülya an und sagte: »Welcome!«

Hülya kicherte laut los. »No, I'm not. We thought, you are!«

Der Junge schüttelte den Kopf.

»Ah, okay!«, sagte Lisa, der die Situation immer peinlicher wurde. Zumindest so peinlich, dass sie nicht weiter nachfragen mochte, wo er denn nun genau wohnte. »We … äh …«

Haltestelle Veddel. Lisa sah sich um. Keiner stieg ein, niemand stieg aus. Ein paar Reihen hinter ihnen hockte ein Mann, den Kopf vornübergebeugt, betrunken oder schlafend. Direkt hinter ihm starrte eine Frau auf das Display ihres Handys. Auch sie trug Kopfhörer. Jetzt lächelte sie Lisa entgegen und wippte im Takt ihrer Musik mit dem Kopf hin und her.

»Wetten, die beiden haben nichts mitbekommen?«, sagte Lisa und stupste Hülya an.

Hülya zuckte mit den Schultern. »Oder sie wollten nichts mitbekommen!«

Der Junge wandte sich zum Fenster und sah in die Nacht hinaus.

Lisa linste nach seinem Gesicht in der unscharfen Spiegelung der Glasscheibe.

Sie stieß Hülya an. »Sag ihm, dass wir nicht weiter stören wollen. Dann verziehen wir uns!« Sie nahm sich vor, gleich morgen mit dem Vokabelnpauken zu beginnen.

Hülya tat ihr aber nicht den Gefallen, sich zu verabschieden. Stattdessen sagte sie: »What's your name? I'm Hülya. And she is Lisa.«

»Litsa?«, fragte der Junge.

»Lisa!«, sagte Lisa. »Wie Liza.« Das zweite Mal sprach sie es englisch aus: *Laisa*.

»Hi Liza«, sagte der Junge und sprach ihren Namen ebenfalls englisch aus. »I'm Tayo.«

»Hi Tayo«, sagte Lisa.

Sie lächelten sich an.

Süß!, dachte Lisa. Und verbot sich sofort diesen Gedanken.

»Next station is Wilhelmsburg«, sagte Hülya. »We have to leave there.«

Tayo nickte. »Okay. Bye. Thank you for your help«, sagte Tayo.

»Okay!« Hülya ging zur Tür.

»Okay.« Lisa folgte ihr. »Bye Tayo!«

Die S-Bahn hielt. Sie stiegen aus.

Lisa sah, wie Tayo sich drinnen gleich wieder die Kopfhörer überstülpte.

Der hat Nerven!, dachte sie. Jetzt hörte er ja wieder nicht, was um ihn herum geschah. Nie und nimmer hätte sie sich das getraut. Nicht nach so einem Vorfall!

»Das ist doch alles Wahnsinn!«, seufzte Hülya, nachdem die Bahn an ihnen vorbeigefahren war, und hakte sich bei Lisa ein. »Ohne dich könnte er jetzt nicht so unversehrt weiterfahren, sondern würde wahrscheinlich schon im Krankenhaus liegen oder noch blutend auf dem Bahnsteig! Scheiße, ey. Echt!«

Lisa wollte sich nicht vorstellen, wie die Geschichte ohne ihr Einschreiten ausgegangen wäre. Schreckensbilder blitzten in ihrem Kopf auf. Menschen, die nach einem brutalen Übergriff schwer verletzt und hilflos ihrem Schicksal überlassen blieben. Passanten, die den Überfall beobachteten und an dem Verletzten vorbeigingen, ohne einzugreifen, den Blick abwendeten. Lange Minuten, bis sich vielleicht doch jemand des Opfers annahm, Hilfe rief und bei ihm blieb, bis der Notarzt eintraf.

»Ist ja gut gegangen«, murmelte sie leise, während sie die letzten Treppenstufen des Bahnübergangs hochstapfte.

»Aber süß war er ja«, kicherte Hülya.

Lisa zog ihre Freundin auf der anderen Seite sanft, aber mit Nachdruck die Treppen wieder hinunter.

»Woran du immer gleich denkst!«, sagte sie mit gespielter Empörung, behielt trotzdem für sich, dass sie kurz vorher exakt das Gleiche gedacht hatte.

»Denk an dein Horoskop, sag ich nur!«, erinnerte Hülya sie. »Aber jetzt schnell nach Hause, komm!«

Hülya legte einen Zahn zu und diesmal zog sie Lisa mit sich, Richtung Neuenfelder Straße. »Wie gut, dass ich heute Nacht nicht alleine bin!«

Hülyas Eltern waren übers Wochenende bei Verwandten in Dortmund. Hülya hatte all ihre Überredungskünste aufbieten müssen, um allein in Hamburg bleiben zu dürfen. Im Gegensatz zu ihren Eltern und Brüdern machte sie sich relativ wenig aus Familientreffen. Und so hatte sie ein schönes Wochenende mit Lisa vor sich, die zwei Tage bei ihr blieb.

Hier draußen auf der Straße und in der Dunkelheit saß den beiden Mädchen noch immer der Schreck des Überfalls in den Gliedern. Zum Glück hatten sie keine zehn Minuten Fußweg zur Wohnhaus-Siedlung im Schwentnerring, wo Hülyas Familie lebte. Hausnummer 12, Eingang D, oben im Dachgeschoss über dem dritten Stock.

Dort hatte Hülya schon die Gästematratze für Lisa direkt neben ihr eigenes Bett geschoben. An Schlaf war aber noch keineswegs zu denken. Das Gästebett nahm allerdings so viel Platz ein, dass den beiden gar nichts anderes übrigblieb, als sich auf die Matratzen zu setzen und dort ihren Tee zu trinken, den Hülya ihnen aufgesetzt hatte.

»Pfirsich?«, fragte Lisa, als Hülya ihr die Tasse reichte.

»Holunderblüten«, antwortete Hülya. »Im Moment meine Lieblingssorte.« Sie winkte mit einem Teebeutel. »Oder willst du grünen Sencha, Roibusch, Ingwer, Caramelapfel …

»Ist schon gut«, unterbrach Lisa sie. »Holunderblüte ist gut, Hauptsache heiß!«, sagte Lisa und legte ihre Decke über die angezogenen Beine. Der orangefarbene, mit Löchern gespickte Lampenschirm warf rötliche Lichtflecken an die Decke und von dort ins ganze Zimmer.

»Respekt, Lisa! Das war eine super Sache, dass du sofort reagiert hast!«, sagte Hülya und setzte sich im Schneidersitz neben sie. Die Lichtspuren wirbelten mit Hülyas Bewegungen auf ihrem Gesicht umher. Die Kerze, die sie auf dem Minibeistelltisch aufgestellt hatte, flackerte.

»War aber auch gefährlich!«, ergänzte Lisa. »Zum Glück ist alles gut gegangen. Mir gehen diese gewalttätigen Arschlöcher so was von auf den Geist.«

Hülya stimmte ihr zu.

»Vielleicht hätten wir mit diesem Tayo Telefonnummern austauschen sollen?«, fragte sie.

Lisa nahm einen Schluck von ihrem Tee und sah ihre Freundin erstaunt an. »Wieso das?«

»Na ja«, erklärte Hülya. »Wie der da auf der Bank saß und zuerst überhaupt nichts peilte. Und dann sprach er nur englisch. Der ist bestimmt noch nicht lange hier.«

»Er hat doch gesagt, er ist kein Flüchtling«, erinnerte Lisa sie.

Hülya winkte ab. »Trotzdem. Na ja, egal. Chance vertan.«

»Apropos englisch. Mein Gestammel war mal wieder das Letzte. Ich muss dringend besser lernen. Hilfst du mir dabei? Du weißt doch, der Test, Montag. Können wir morgen noch mal zusammen üben?«

»Klar!«, versprach Hülya. »Mach dich doch nicht schon wieder verrückt wegen ein paar Vokabeln.«

»Ein paar Vokabeln?«, zischte Lisa. »*Hold it together.* Blöder geht's nicht! Echt peinlich!«

»Quatsch!«, widersprach Hülya. »Er hat dich verstanden. Und das hat ihn gerettet. Daran war überhaupt nichts peinlich!«

Lisa überzeugte das nur wenig. »Ich weiß nicht, warum ich Fremdsprachen einfach nicht in meinen Kopf reinkriege!«

Dann erzählte sie noch ein paar peinliche Anekdoten, die ihr in den vergangenen Urlauben mit ihren schrecklich schlechten Englischkenntnissen passiert waren. Sie wusste, dass Hülya die Geschichten schon alle kannte, aber es tat gut, nach der ganzen Aufregung ein bisschen auf andere Gedanken zu kommen. Es war bereits tief in der Nacht, als Hülya schließlich das Licht ausknipste und beide einschliefen.

# 2

Jede Woche begann mit Lisas Hassfach. Und an diesem Montagmorgen auch noch mit Vokabeltest! Lisas Hände zappelten, die Knie wippten nervös hin und her, während sie hektisch noch einmal die Liste der neuen Vokabeln durchsah.

*überfordern – overstrain*

*anstrengen – strain*

»Gleich erinnere ich mich wieder an kein einziges Wort!«

»Dein Tageshoroskop ist gar nicht so übel«, berichtete Hülya und steckte ihr Handy in die Tasche zurück. »Das wird schon!« Besänftigend klopfte sie Lisa auf die Schulter.

»Das wird schon?«, wiederholte Lisa. »Steht das etwa im Horoskop?«

Svenja, die links von ihr saß, blätterte in ihrem Lieblingsmagazin. Jetzt hob sie kurz den Kopf. »Halt doch mal deine Beine still! Du machst mich ja auch ganz kirre damit!«.

Lisa stoppte das Gezappel. Und sah weiter die Liste durch.

*unterstützen – support*. Ah ja, klar. Das kannte sie von Computerprogrammen.

*anstrengen …* Schon wieder vergessen! Das hatte sie doch eben erst nachgelesen!

»Mist!«, fluchte sie. »Ich bin ein hoffnungsloser Fall!«

Hülya pikste ihr mit dem Stift in den Oberarm.

»Autsch!« Lisa schrak auf. »Was soll das?«

»Schau mal!« Hülya zeigte nach vorne. »Schon zehn Minuten drüber. Verstehst du, was das bedeuten kann?«

»Bin ich Hellseherin, oder was?«, antwortete Lisa. Doch dann keimte ein Fünkchen Hoffnung auf. »Vielleicht steckt Herr Walter im Stau und wir schreiben den Test gar nicht mehr?«

Die Minutenzeiger der drei Uhren an der Wand sprangen gleichzeitig eine Minute weiter. Die Hamburg-Uhr in der Mitte zeigte 8 Uhr 11. Auf der rechten Uhr war es 15 Uhr 11, die Uhrzeit der Hamburger Partnerstadt Osaka in Japan. Links war die Uhr auf 1 Uhr 11 gesprungen: die Zeit in Chicago, USA, ebenfalls Hamburger Partnerstadt.

»Was denn für ein Stau?«, lachte Hülya. »Herr Walter wohnt zehn Minuten von hier entfernt und kommt mit dem Fahrrad!«

»Wer weiß?«, mutmaßte Lisa schmunzelnd. »Vielleicht hat er eine neue Affäre und kommt mit dem Auto von sonst wo.«

Hülya lachte auf. »Herr Walter und eine Affäre! Der ist doch so erotisch wie ein fauler Zahn.«

Lisas Finger fuhr hastig weiter in der Liste:

*sich in jemandem täuschen – to be wrong about somebody*

In dem Moment kam Fabi zu seinem Platz, direkt hinter Lisa. »Kannst aufhören zu lernen, Lisa. Philipp sagt, Herr Walter fehlt heute. Englisch fällt aus.«

»Hä?« Lisa verstand nicht. »Philipp erzählt viel, wenn der Tag lang ist. Auf dem Vertretungsplan steht nichts davon.«

»Echt nicht?«, wunderte sich Fabi. »Oh Mann, dieser Philipp!« Er holte ebenfalls sein Vokabelheft hervor. »Na ja, vielleicht besser so. Morgen hätte ich wahrscheinlich eh wieder alles vergessen.«

Lisa nickte ihm zu. »Stimmt. Und dann auch noch diese Grammatik. Irgendwie liegt mir das nicht!«

»Quatsch, Englisch ist doch simpel!«, widersprach Svenja, die mit ihren Eltern schon mal ein Jahr in New York gelebt hatte. Deshalb musste sie auch nicht lernen, sondern blätterte entspannt weiter in ihrem Magazin.

»Das kann man sich doch alles überhaupt nicht merken«, entgegnete Lisa.

»Lern es doch über die Liedtexte. Oder willst du die Musik nicht verstehen, die du hörst?«, schlug Svenja vor.

»Oder lern Türkisch! Türkisch ist voll einfach«, empfahl Hülya grinsend.

Svenja zeigte ihr 'nen Vogel. »Klar, und voll die Weltsprache.«

In dem Moment öffnete sich die Tür. Herr Walter betrat mit großen Schritten den Raum.

»Also doch!«, jammerte Lisa.

»Entschuldigt die Verspätung, aber jetzt sind wir ja da!« Herr Walter sah auf die Wanduhr, zögerte einen Moment und winkte ab. »Vergesst den Test. Den schreiben wir morgen.«

»Geht doch!«, sagte Lisa leise, wusste aber: Morgen ging der gleiche Stress von vorne los. Trotzdem schob sie ihr Heft mit einer gewissen Erleichterung zurück in die Tasche. Morgen war eben nicht heute.

Herr Walter sah über die Klasse hinweg zur Tür und winkte jemanden zu sich. »Komm rein!«

Es kam aber niemand.

»Ein Phantom?«, feixte Svenja.

Niemand war zu sehen. Philipp und die anderen in der vorderen Reihe streckten sich, um zu erfahren, was dort hinter der Tür los war.

Herr Walter ging mit noch größeren Schritten zurück zur offen stehenden Tür.

»Don't worry. Come in!« Erneut machte er eine einladende Handbewegung ins Nichts.

Dann endlich trat ein großer, schlanker, athletisch aussehender dunkelhäutiger Jugendlicher zögerlich über die Türschwelle und blieb stehen. Seine lockigen Haare fielen lang bis fast auf die

Schultern. Er trug eine ausgewaschene Jeans, dazu einen Kapuzen-Parka, Kopfhörer um den Hals und schaute mit einem schüchternen Lächeln in die Klasse. Sein dunkler Teint ließ seine Zähne strahlend weiß erscheinen. Mit den Fingern spielte er unbewusst am Reißverschluss der Jacke.

Lisa stieß Hülya in die Seite und stotterte hinter vorgehaltener Hand.

»Dddas … das ist dddoch …?«

Hülya nickte, während sie nach vorne starrte. »Tayo!«

Was machte der denn hier?

Hülya stupste Svenja an Lisas Rücken vorbei an die Schulter. »Den haben wir am Freitag in der S-Bahn …« Noch bevor sie den Satz zu Ende sprechen konnte, pikste Lisa sie energisch in die Seite.

»Behalt das für dich!«, zischte sie leise.

Hülya verstummte.

Tayos wache und kluge Augen fielen Lisa jetzt wieder sofort auf.

»Der ist ja süüß!«, flüsterte Svenja von der einen Seite.

Hülya kicherte. »Allerdings. Das fanden wir auch gleich.«

»Ihr kennt ihn?«, fragte Svenja.

Hülya legte den Finger auf den Mund. »Geheimnis!«

Dann wandte sie sich Lisa zu und zitierte flüsternd das Horoskop in ihr Ohr. »Wirst du eine Begegnung machen, die dein Leben verändert?«

Lisa verdrehte die Augen. »Ist gut jetzt, Hülya!«

Lisa hatte das Gefühl, rot anzulaufen, obwohl sie doch noch überhaupt nichts gesagt hatte.

»Ich will euch Tayo vorstellen«, sagte Herr Walter langsam, laut und deutlich in die Klasse und winkte den Jungen zu sich nach vorn.

Tayo stellte sich neben ihn. Herr Walter legte seine Hand auf Tayos Schulter.

Das Geflüster, Geraune und Gekichere in der Klasse stoppte.

Herr Walter verfiel sofort wieder zurück ins Englische.

»From now on, Tayo will be part of our class. I would like to ask you to give him a fair start here and help him to settle as much as you can. Tayo is from Nigeria. He doesn't speak any German at all. But let's ask him to tell this himself.«

»Wie das denn?«, fragte Svenja.

»Na, auf Englisch!«, strahlte Herr Walter. »Passt doch super zum Unterricht!«

»Ja, suuuper«, kommentierte Lisa gedehnt.

»Wieso? Endlich einer, mit dem man englisch reden kann. Das ist mal was anderes als dieses ewige langweilige Schulenglisch«, flüsterte Svenja.

»Ja, du hast gut reden«, gab Lisa zurück.

Und auch Hülya bestätigte: »Lisa spricht wirklich kein Englisch, das für eine Unterhaltung reichen würde.«

»*Noch* nicht!«, betonte Lisa nun trotzig.

Hülya warf ihr ein vielsagendes Lächeln zu.

Der Junge stand steif da und schaute unsicher in die Runde.

»Would you like to tell us something about yourself?«, wandte sich Herr Walter wieder an ihn. »Tayo kann zwar kein Deutsch, aber zum Glück ist in Nigeria Englisch Amtssprache. Eine gute Möglichkeit für euch alle, eure Englischkenntnisse aufzubessern«, erklärte er mit wackelndem Zeigefinger. »Nötig haben es die meisten von euch auf jeden Fall!«

»Na, das ist doch mal wieder richtig motivierend«, nörgelte Svenja vor sich hin.

»Ich kenne eine, die ist schon motiviert«, kicherte Hülya mit Blick auf Lisa.

Lias verpasste ihr dafür einen Klaps auf den Oberarm. »Sei still!«

»Would you?«, wiederholte Herr Walter und lächelte Tayo auffordernd zu.

»Yes, er will!«, flüsterte Hülya lachend.

Der Junge nickte kaum sichtbar. »My name is Tayo. I come from Nigeria«, begann er. Seine Stimme war dunkel, aber sanft, fand Lisa. Er erzählte, dass er seit drei Wochen in Deutschland sei und sich freue in dieser Schule aufgenommen worden zu sein.

Um das zu verstehen, reichte Lisas Englisch allemal.

Und mehr gab Tayo auch nicht von sich.

»Wenn ihr noch Fragen habt, bitte schön, dann los«, forderte Herr Walter die Klasse auf.

»Mann!«, zischte Lisa so leise, dass ihr Lehrer sie nicht hören konnte. »Lass ihn doch erst mal irgendwo sitzen!«

»Am besten hier, oder?«, fragte Hülya. »Soll ich den Platz räumen?«

»Kannst du mal bitte aufhören?«, erwiderte Lisa, die Hülyas Spitzen nun allmählich nicht mehr lustig fand. »Der lässt den da stehen wie so 'ne Schaufensterpuppe, die alle mal angaffen dürfen.«

Svenja meldete sich trotzdem. Statt Lisas vorwurfsvollen Blick zu beachten, bemühte sie sich um ihr bestes Englisch und verfiel in den Tonfall ihrer süßlichsten Stimme, die sie aufzubieten hatte, wobei sie zusätzlich noch ihren dünn geflochtenen Zopf zwischen den Fingern zwirbelte.

Lisa verdrehte die Augen.

Warum und wie er von Nigeria nach Deutschland gekommen sei, wollte Svenja wissen.

»Warum?«, wiederholte Hülya und ahmte Svenjas Spiel mit

den Haaren übertrieben nach. »Na, bestimmt nicht, um *dich* hier zu treffen.«

Doch Svenja zeigte auf Tayo.

Hülya drehte sich zu ihm um und erkannte, wie ernst dessen Gesichtsausdruck plötzlich geworden war.

Hülya verstummte und lauschte wie die anderen gespannt.

Das sei eine sehr abenteuerliche Reise gewesen, begann Tayo zu erzählen. Er käme aus einem Dorf ganz in der Nähe eines Vorortes von Lagos, der größten Stadt Nigerias. Im Südwesten. Hamburg sei für ihn eine komplett neue Welt, obwohl seine Eltern hier schon seit vielen Jahren lebten.

In der Klasse war es mucksmäuschenstill geworden.

Ebenso wie Lisa, Hülya und Svenja hörten alle neugierig Tayos Geschichte zu – die aber schon wieder zu Ende zu sein schien. Mehr sagte er nämlich nicht. Kein Wort zu Svenjas Frage.

»Und warum ist er denn jetzt hier hergekommen?«, flüsterte sie.

»Weil seine Eltern hier sind, hab ich jedenfalls so verstanden«, antwortete Lisa ebenso leise.

»Ja, ich auch«, gab Svenja zu. »Aber wieso? Seine Eltern sind schon seit vielen Jahren hier? Wieso haben sie ihn nicht mitgenommen? Wieso weiß er sonst nichts über Hamburg? Und wenn er keinen Kontakt mit ihnen hatte, wieso ist er dann jetzt gekommen? Nach all den Jahren?«

»Weiß ich doch nicht«, antwortete Lisa.

Auch an den anderen Plätzen war ein großes Getuschel ausgebrochen.

Lisa hatte auch noch viele Fragen, aber dafür würde sich bestimmt eine andere Gelegenheit finden.

Mit einem Mal stand Samira auf und klatschte lächelnd Beifall. Ihre unzähligen Armreifen klimperten dabei im Takt. Tayo schaute sie verlegen an und wusste offenbar nicht, was Samiras Verhalten bedeuten sollte. Auch alle anderen in der Klasse standen nun auf und klatschten, was Tayos Verunsicherung aber nur sichtlich vergrößerte.

Lisa zwinkerte ihm aufmunternd zu. Er konnte ja nicht wissen, dass jeder Neuzugang an dieser Schule von seiner Klasse mit dieser Geste begrüßt worden war.

Während in Tayos Gesicht noch immer pure Verwirrung zu lesen war, fragte Lisa sich, ob Tayo sie und Hülya wirklich noch nicht wiedererkannt hatte.

Sie hatte bei ihrer ersten Begegnung bunte Zöpfe mit einer Klemme zwischen ihren glatten braunen Strähnen befestigt. Heute hatte sie ihre Haare nur mit ein paar Handgriffen zu einem wilden Knoten im Nacken gebunden, war auch nicht so stark geschminkt und ihre Fingernägel trug sie nur am Wochenende lackiert. Aber sah sie deshalb so anders aus? Oder hatte er sie nur noch nicht in den Stuhlreihen entdeckt, weil er die meiste Zeit verlegen auf seine Schuhspitzen guckte?

»Sehr ungewöhnlich, dass jemand mitten im Schuljahr auftaucht, findest du nicht auch?«, fragte Svenja während des Beifalls.

»Meinst du, die flüchten nur nach deutschem Stundenplan?«, entgegnete Lisa schnippisch.

»Ich denke, er ist kein Flüchtling, sondern wurde nur von seinen Eltern nach vielen Jahren endlich nachgeholt«, gab Svenja zurück. »Hat Hülya doch eben gesagt, oder?«

Lisa sagte nichts mehr dazu und verfolgte neugierig, wie Herr Walter Tayo, vom Beifall der Klasse begleitet, zum freien Platz direkt hinter Svenja führte. Wegen der ungeraden Schülerzahl saß Fabi seit Schuljahresbeginn allein an seinem Tisch.

Darum stellte er den zweiten Stuhl regelmäßig beiseite oder

nutzte ihn, um seine Füße darauf abzulegen, und breitete sich auf dem ganzen Tisch aus, manchmal sogar nur, um mit dem Kopf auf seinem Rucksack vor sich hin zu dösen.

»Hallo?« Lisa wedelte vor seinen Augen herum und zeigte mit einem Kopfnicken auf seinen Tisch. »Vielleicht machst du mal eine Hälfte frei, du Hirni? Du bekommst einen neuen Nachbarn!«

Fabi verzog das Gesicht und schob alles, was auf der Seite lag, die nun Tayo zustand, zu sich hinüber. »Zufrieden, Mami?«

»Tsss«, machte Lisa und schüttelte verständnislos den Kopf.

Tayo nahm seinen neuen Platz ein und schaute Fabi erwartungsvoll an.

Fabi reagierte nicht.

Lisa übernahm seinen Part.

»Fabi«, sagte sie und zeigte auf ihn. Dann an Fabi gewandt: »Schon mal was von Vorstellen gehört?«

Fabi reichte Tayo die Hand. »Moin!«

»Moin?« Lisa zeigte Fabi eine Scheibenwischerbewegung. »Wie bist du denn drauf?«

»So sagt man hier!«, verteidigte sich Fabi.

Herr Walter zielte mit spitzem Zeigefinger auf Fabi. »Hilf ihm, wo immer es geht! Außer beim Einschlafen während des Unterrichts!«

Die Klasse kicherte.

»Voll der Brüller!«, brummte Fabi. Er begutachtete Tayo von Kopf bis Fuß, während er ihm immer noch die offene Hand zum Abschlagen entgegenhielt. Tayo nickte mit dem Kopf und klatschte zaghaft mit Fabi ab.

»I am Lisa«, stellte Lisa sich vor und versuchte ein möglichst natürlich wirkendes Lächeln aufzusetzen, was ihr – wie sie sofort befürchtete – gründlich misslang. Wahrscheinlich grinste sie ihn mit einer blöden Fratze an. Peinlich. Schnell redete sie weiter. »You remember? Friday in the S-Bahn?«

»In the S-Bahn?«, äffte Fabi nach.

»Wie denn sonst?«, zischte Lisa. Um die Aufmerksamkeit von sich abzulenken, stellte sie erst einmal ihre Nachbarinnen vor: »Hülya und Svenja.«

Tayo musterte Hülya. »Friday!«

Hülya nickte. »Siehst du? An *mich* erinnert er sich!«

»Dich vergisst niemand!«, lästerte Fabi.

»Sendepause, Fabi!«, fuhr Hülya ihn an.

»Svenja!«, wiederholte Tayo, dann mit einem Lächeln: »Laisa, Lisa!«

»Er hat dich nicht vergessen. Das ist ja die Hauptsache«, spöttelte Hülya.

»Sei bloß ruhig!«, zischte Lisa ihr zu. War Hülya denn wahnsinnig geworden?

»Noch versteht er uns ja nicht«, beruhigte Hülya.

»What?«, fragte Tayo.

Und Hülya fühlte sich bestätigt. »Siehst du?«

Er nicht, aber Fabi!, dachte Lisa. Sie hatte schon seit einiger Zeit bemerkt, dass Fabi ein Auge auf sie geworfen hatte. Und sie fand Fabi eigentlich auch ganz nett. Meistens jedenfalls, wenn er sich nicht gerade so blöd benahm wie eben. Und jetzt war er auch sofort sehr hellhörig geworden. Diese Hülya plapperte auch immer alles im falschen Moment aus.

Herr Walter begann mit seinem Unterricht, was Lisa sehr entgegenkam. So konnte sie zwar keine Fragen mehr stellen, aber auch keine gestellt bekommen. In der Pause würden sie sicher mehr Ruhe haben, mit Tayo zu reden.

Herr Walter band Tayo auch gleich in seinen Unterricht ein, indem er ihn bat einen Abschnitt aus dem Englischbuch, an dem sie das letzte Mal aufgehört hatten, laut vorzulesen. Für Tayo kein Problem. Zwar war seine Aussprache völlig anders als die ihres Englischlehrers, aber er las zügig, ohne abzusetzen, fast zu schnell für das Textverständnis der meisten in der Klasse. Auch Lisa kam kaum mit.

In der Pause nach der Doppelstunde Englisch ging es wie immer sofort zum Kiosk. Hülya fragte Tayo, ob er mitgehen wolle.

Er wollte, ließ sich den Weg beschreiben und versprach nachzukommen.

Lisa, Svenja, Hülya und Samira erwischten einen halbwegs guten Platz in der Schlange vorm Kiosk, weil Herr Walter aus Rücksicht auf den Andrang seine Stunden vor den großen Pausen immer zwei Minuten eher schloss.

Solange Tayo noch nicht auftauchte, war er das Gesprächsthema der Mädchen.

Zum Beispiel, aus welchem Grund er denn nun wirklich nach Deutschland gekommen war.

»Ebola!«, sagte Samira.

»Was?«, fragte Lisa.

Svenja war an der Reihe und bestellte sich eine Orangenlimo und zwei Äpfel.

»Nigeria, da war doch voll die Ebola-Epidemie, oder nicht?«, wiederholte Samira.

Die Verkäuferin im Kiosk warf ihr einen entsetzten Blick zu.

»Tickst du nicht mehr richtig?«, fragte Lisa.

»Wieso?«, verteidigte sich Samira. »Stimmt doch. Da würde ich auch abhauen.«

»Die Epidemie ist längst gestoppt«, erklärte Hülya. »Mann, Samira. Verbreite hier bloß nicht solche Scheiß-Gerüchte!«

Die Verkäuferin legte zwei Äpfel auf den Tresen, konnte aber ihren Blick nicht von Samira lassen. Ein Apfel kullerte herunter auf die Schokokuss-Brötchen.

»Effektive Krisenintervention!«, bestätigte Svenja, während sie passendes Kleingeld heraussuchte.

Lisa und Hülya wussten: Svenjas Vater war Arzt. Darum kannte Svenja sich mit solchen Themen oft gut aus.

Die Verkäuferin hatte den Apfel wieder hervorgefischt.

»Ist nichts vom Negerkuss drangekommen«, sagte sie.

Svenja schaute sie mit großen Augen an. Lisa und Hülya ließen die Augen rollen.

»Auf dem Schild steht *Schokokuss*«, sagte Svenja zur Verkäuferin und zahlte passend.

»Ist der nun eigentlich aus dem Norden oder aus dem Süden von Afrika?«, fragte Hülya.

»Nee, der ist vom Rewe. Da kaufen wir das meiste ein«, antwortete die Verkäuferin und rückte das Schokokuss-Brötchen wieder zurecht.

»Schon gut, Frau Meyer!«, sagte Lisa und änderte ihren Speiseplan. Statt Süßigkeiten bestellte sie jetzt wie Svenja lieber zwei Äpfel.

Svenja schüttelte den Kopf. »Weder noch«, antwortete sie Hülya. »Westafrika!« Sie verstaute ihre Äpfel und die Getränkeflasche und tippte auf dem Smartphone herum.

Dann hielt sie es den anderen mit der aufgerufenen Afrika-Karte entgegen. Nigeria lag am Atlantischen Ozean, nördlich von Kamerun. Flächenmäßig mehr als zweieinhalb Mal so groß wie Deutschland, mit 177 Millionen gut doppelt so vielen Einwohnern, aber wirtschaftlich mit weit weniger als einem Zehntel des Bruttoinlandsprodukts von Deutschland. Hauptstadt Abuja mit 1,5 Millionen Einwohnern. Amtssprache Englisch, Währung Naira, wobei 100 Naira gerade mal 45 Cent entsprachen. 70 Prozent der Bevölkerung verdienten weniger als 60 Dollar pro Monat. Das Durchschnittsalter betrug 19,2 Jahre.

»Was?«, fragte Lisa nach. »Neunzehn Jahre im Schnitt? Das ist ja ein Land voller Jugendlicher!«

Svenja schüttelte den Kopf. »Das ist ein Land mit geringer Lebenserwartung: nur 52 Jahre.«

Lisa schluckte. Das war das Alter, auf das ihr Vater gerade zusteuerte.

»Nigeria? Drei Mal Fußball-Afrika-Meister, zuletzt 2014«, wusste Fabi zu berichten, der mit seiner Tüte Kakao lässig zu den Mädchen schlenderte.

»Fabi hat mal wieder voll die wichtigen Infos drauf«, lästerte Hülya. »Alter, Nigeria, da herrscht der Boko-Haram-Terror. Das ist voll der Horror.«

Svenja bestätigte das, nachdem sie auf dem Smartphone weitergeblättert hatte auf die Seite der UNO-Flüchtlingshilfe:

*»Seit Monaten leiden die Menschen in Nigeria unter dem Terror von Boko Haram. Die Extremisten gehen von Tür zu Tür, um wahllos zu töten. Sie entführen, brennen Häuser nieder und verüben Selbstmordattentate und Massaker. In Todesangst sind mittlerweile fast 160000 Nigerianer in die Nachbarländer Niger, Kamerun und Tschad geflohen. Innerhalb Nigerias sind schätzungsweise eine Million Menschen auf der Flucht. UNHCR hat Nothilfe-Teams an die Grenzen zu Nigeria entsandt. Für sie hat der Schutz der Flüchtlinge jetzt oberste Priorität«*, las Svenja vor.

»Guckst du nie Nachrichten, Fabi?«, fragte Hülya. »Vielleicht ist Tayo vor Boko Haram geflohen?«

Lisa zahlte und die fünf gingen ein paar Schritte weiter. »Ich glaube, der wollte nur einfach zu seinen Eltern. Ist doch verständlich. Wo steckt er eigentlich?«

Fabi zeigte auf ihn.

Tayo stand draußen auf dem Hof allein an einem der Kicker-Tische, an denen im Winter natürlich nichts los war. Er hatte seine Kopfhörer aufgesetzt und tippelte mit hängendem Kopf hin und her. Den Reißverschluss seines Parkas bis unters Kinn gezogen, der ihm im nasskalten Hamburger Märzwetter offenbar immer noch zu kühl war. Nun schlang Tayo seine Arme um sich.

»Was macht der da? Der wollte doch zu uns nachkommen? Los, wir gehen mal zu ihm«, schlug Lisa vor.

Fabi tippte sich an die Stirn. »Da draußen ist es arschkalt!«

»Weichei!«, raunte Lisa Fabi zu, zog sich ihre dicke Jacke zu und ging hinaus.

Svenja und Samira verabschiedeten sich, um zum Klassenraum zurückzugehen. Hülya blieb am Eingang im Warmen stehen und schaute Lisa von weitem zu.

Lisa gab sich einen Ruck und stellte sich zu Tayo.

»Do you have cold?«, fragte sie unbeholfen und schlang nun auch ihre Arme um sich. Tayo schüttelte zitternd den Kopf, während er abwechselnd mal mit dem einen, mal mit dem anderen Fuß an den jeweils anderen schlug. Genauso machte es auch Lisa, wenn sie fror. Jetzt erst sah sie, dass Tayo dabei einen Ball mal auf dem einen, mal auf dem anderen Fuß balancierte, nicht größer als ein Tischtennisball. Er trug braune Slipper. In der Spitze des linken Schuhs entdeckte Lisa ein Loch, so groß, dass sie dahinter sogar die rot-schwarz gestreifte Socke erkennen konnte.

»It's very cold, but I need the fresh air«, sagte Tayo, legte seinen Kopfhörer um den Hals und steckte den Ball in seine Jackentasche.

Lisa nickte verständnisvoll.

Die beiden schwiegen einen Augenblick, bevor Lisa die nächste Frage stellte: »Can I ask you some more questions?«

Er nickte und lächelte.

Am liebsten hätte sie ihm gleich gesagt, wie leid es ihr tat, dass es solche Hohlkopf-Glatzen gab und wie schlimm sie es fand, wie viel Angst und Schrecken sie mit ihren ausländerfeindlichen Parolen und ihren Gewaltaktionen verbreiteten. Und dass es mehr Glück als Verstand war, dass sie sich so glimpflich aus der Situation auf der S-Bahn-Station hatten retten können. Andererseits wollte sie nicht gleich ihre erste Begegnung ansprechen, bestimmt wurde auch er nicht gern daran erinnert, dass es für Menschen wie ihn manchmal besonders gefährlich werden konnte. Sie wollte auch nicht, dass er sich zu besonderem Dank genötigt fühlte.

Stattdessen wäre sie gern erst mal alle anderen Fragen losgeworden. Wo er denn jetzt wohne, ob er noch Geschwister hatte, wie er hergekommen war und warum. Ob er schon jemanden hier kannte, welche Musik er mochte, ob er Hobbys hatte und tausend Fragen mehr. Aber dazu musste sie erst mal fieberhaft in den Wirrungen ihres Gehirns nach den passenden Vokabeln und Formulierungen suchen. Fast jedes Wort musste sie mühevoll aus den Tiefen ihres Gedächtnisses kramen. Entsprechend oft stockte sie. An korrekte Grammatik war sowieso nicht zu denken.

Im Urlaub oder so fand sie das nicht besonders schlimm, wenn man mit jemandem sprach, für den Englisch ebenfalls eine Fremdsprache war. Aber für Tayo war es die Muttersprache. Dem fiel jeder kleinste Fehler sofort auf.

Was hieß noch mal *wohnen*? Sie stampfte verärgert auf den Boden. Das war doch nun wirklich kein schwieriges Wort!

Aber Tayo ahnte wohl, welches Wort ihr fehlte, und half ihr aus: »You want to know, where I live?«, fragte er lächelnd nach.

Lisa nickte.

Soviel sie verstand, wohnte Tayo im Moment mit fünf anderen Jungs im Süden von Hamburg, in einem Zimmer in Harburg.

Wieder brach er Sätze mittendrin ab und antwortete nur bruchstückhaft. Vielleicht aber auch nur, weil er das Gefühl hatte, dass Lisa sprachlich nicht alles mitbekam. Er zeigte ihr eine Visitenkarte. *Landesbetrieb Erziehung und Beratung, Erstversorgung 8, Nöldekestraße 17, 21079 Hamburg* stand darauf.

»This is the place, where I live«, sagte er und steckte die Karte sorgfältig zurück in seinen Geldbeutel.

»Und was ist mit deinen Eltern? What's the matter with your parents?«, übersetzte Lisa direkt.

Tayo zuckte mit den Schultern. »I haven't seen them for thirteen years.«

Lisa wollte nicht aufdringlich wirken und versuchte es mit unverfänglicheren Themen.

»Was ist deine Lieblingsmusik?« Sie zeigte auf seine Kopfhörer.

»Ich lörne muhs Deusch«, sagte er langsam und nahm die Kopfhörer von der Schulter.

»Listen!« Er hielt ihr einen Hörer ans Ohr. Und während sie lauschte, hagte er zeitgleich, was sie hörte: »Ich kohme aus Deuschland. Whie geyht es Ihnen? Danke, mir geyht es au-ch good. Wir 'aben sönes Whether 'eute.«

Aus seinem Mund hörten sich diese öden Übungs-Sätze sogar sehr nett an, fand Lisa.

»Ach, das ist ein Sprachkurs!«, stellte sie lachend fest.

»Ich lörne muhs Deusch«, wiederholte Tayo.

»Ich – muss – Deutsch – lernen«, korrigierte Lisa ihn, wobei sie darauf achtete, langsam zu sprechen. »Ich – helfe – dir – gern.« Sie wiederholte das Gleiche auf Englisch. »I have to learn English, will you help me?«

»Du bis' good!«, sagte Tayo.

Lisa errötete. Vermutlich meinte er Lisas Englischkenntnisse, aber man konnte es auch anders verstehen, wenn man wollte. Und Lisa wollte.

»Da warst du also vier oder fünf Jahre alt, als deine Eltern nach Deutschland gingen?«, rechnete Lisa nach. »You were four or five years old, when your parents went to Germany?«

Tayo korrigierte. »Drei, jetzt ich bin sechs-zig!«

Lisa lachte. »Nein nicht sech*zig*! Du meinst sech*zehn*!« Sie betonte die Endsilben. »Sixteen!«

»Ja, sech-*zeehn*!«, korrigierte sich Tayo, betonte die Endsilbe übertrieben und lächelte.

Dann läutete es zur nächsten Stunde.

# 3

Kaum hatte Lisa ihren Platz eingenommen, fragte Hülya: »Wieso bitte schön darf ich niemandem von deiner Heldentat in der S-Bahn erzählen?«

»Genau deswegen. Ich bin überhaupt keine Heldin und will auch nicht, dass alle so über mich reden! Das genügt doch wohl als Begründung, oder?«

»Dann verrat mir wenigstens, was ihr die ganze Zeit gesprochen habt«, grinste sie. »Und warum habt ihr zusammen Musik gehört?«

Lisa schmunzelte. »War keine Musik.«

Hülya sah sie verständnislos an und wartete auf eine Erklärung.

In dem Moment trat ihre Deutschlehrerin in die Tür. Nach einem kurzen Blick quer durch den Raum schritt sie direkt auf Tayo zu und begrüßte ihn mit Handschlag. »Ich bin Frau Falke und wie heißt du?«

Mit nickendem Kopf und aufmunternder Miene wartete sie auf Tayos Antwort.

»Wie – heißt – du?«, wiederholte sie und ließ seine Hand los.

Tayo hob kaum den Kopf, während er sie nur kurz ansah. 24 Augenpaare zielten auf ihn. Er schien mit sich zu ringen. Lisa nickte ihm aufmunternd zu.

»Ich 'eiße Tayo. Ich kohme aus Naidschiria. Whie geyht es Ihnen? Danke, mir geyht es auch good. Wir haben sssöhnes Whether 'eute«, sagte er langsam Wort für Wort.

Leises Gekicher im Raum. Lisa wusste wirklich nicht, was es da zu kichern gab. Fabi grölte los und grinste breit.

Tayo sah Rat suchend nach Lisa, die Tayo beide Daumen entgegenstreckte.

Sie wusste auch nicht, was mit Fabi los war.

»Wunderbar! Du machst bestimmt einen Sprachkurs?«, kommentierte Frau Falke. Ohne seine Antwort abzuwarten, schritt sie nach vorn zur Tafel. »Das ist doch schon ein guter Anfang!«

Ihr roter Seidenschal flatterte durch die Luft. Dann griff sie in ihre Tasche und übergab Tayo einen Textausschnitt von Goethes »Faust«, den alle anderen bereits in Kopie vor sich liegen hatten. Auf dem Plan stand: Textstudium. Eine komplizierte Sache, fand Lisa. Textstudium bedeutete: Sie mussten den Text nicht nur lesen und erfassen, sondern den Inhalt auch in wenigen Worten wiedergeben können.

*Heiße Magister, heiße Doktor gar*
*Und ziehe schon an die zehen Jahr*
*Herauf, herab und quer und krumm*
*Meine Schüler an der Nase herum –*
*Und sehe, dass wir nichts wissen können!*
*Das will mir schier das Herz verbrennen.*
*Zwar bin ich gescheiter als all die Laffen,*
*Doktoren, Magister, Schreiber und Pfaffen …*

Gütiger Himmel! Das verstand man ja als Deutscher schon kaum! Was war denn ein Laffe? Jedes Mal, wenn Lisa versuchte sich in den Textausschnitt zu vertiefen, dachte sie unwillkürlich darüber nach, wie es Tayo jetzt gehen musste.

Sie glaubte nicht, dass der je etwas von Goethe gehört hatte.

Ob Tayo etwas anderes kannte: Game of Thrones, Tribute von Panem?

Was las man in Nigeria?

Wieder eine Frage, die sie interessierte. Lisa überlegte, ob sie sich ein Büchlein anlegen sollte, in dem sie all die Fragen notierte, die sie Tayo stellen wollte. Doch dann verwarf sie den Gedanken gleich wieder. Sie war doch keine Reporterin! Sie wollte einfach nur mehr von ihrem neuen Mitschüler erfahren.

Lisa blickte wieder auf ihren Text.

*Mich plagen keine Skrupel noch Zweifel,*

*Fürchte mich weder vor Hölle noch Teufel –*

Lisa sah auf. Neun verschiedene Nationen in der Klasse, und sie lasen Goethes »Faust«, erschienen 1808!

Doch Frau Falke blieb trotz aller Einwände eisenhart.

»Das ist deutsches Kulturgut!«, pflegte sie zu sagen. »Das sollten alle kennen, die hier leben, egal woher sie kommen!«

Lisa wandte sich Tayo zu. »Do you know who Goethe is? He is one of the most important writer in the German history!«

Hey, was war das denn? Etwa ein flüssiger Satz auf Englisch?

Tayo nickte ihr zu. »Like Wole Soyinka!«

»Hä?«, fragte Lisa.

»Wole Soyinka«, wiederholte Tayo. »One of the most important writer of Nigeria!«

Der erste Schriftsteller Afrikas, der den Literaturnobelpreis bekam, erzählte Tayo. 1986!

Wow!, staunte Lisa. Was Tayo so alles wusste! Aber Goethe kannte er trotzdem nicht. Was Lisa aber vollkommen okay fand. Nur, wie sie einen solchen schon im Deutschen schwer verständlichen Text ins Englische übersetzen sollte, dazu sah sie sich außer Stande. Jemand anderes aus der Klasse konnte das sicherlich auch nicht. Nicht einmal Svenja.

Tayo las trotzdem angestrengt in dem Text, nahm sein Smartphone zu Hilfe, in dem er ein deutsch-englisches Wörterbuch gespeichert hatte.

*Mich plagen keine Skrupel.*

Lisa machte den Test und gab diesen Satz unter ihrem Tisch in ihr eigenes Smartphone ein, um ihn übersetzen zu lassen.

Das fand Fabi hinter ihr eine gute Idee. Auch er zog sein Smartphone aus der Tasche, aber nicht um ein Wörterbuch aufzurufen, sondern um die neuesten WhatsApp-Nachrichten zu lesen.

*I am plagued by no scruples* lautete das Ergebnis bei Lisa. Sie gab es erneut ein zur Gegenprobe. Die deutsche Übersetzung lautete nun: *Ich bin in keiner Skrupeln geplagt.* Ach du Scheiße, Goethe würde sich im Grab umdrehen!

Mitleidig schaute sie Tayo an. Wie sollte er damit klarkommen? »Do you understand this text?«

Tayo schüttelte den Kopf.

»Ich zähle bis drei!«, warnte Frau Falke in Fabis Richtung. »Dann ist das Handy verschwunden!«

»Aber die machen das auch!« Fabi zeigte auf Tayo und Lisa.

»Sag mal, spinnst du?«, zischte Lisa.

»Lisa?«, mahnte Frau Falke.

Murrend steckte Lisa ihr Smartphone weg und tötete Fabi mit ihrem Blick.

Nun deutete Frau Falke mit spitzem Zeigefinger auf Tayo und schüttelte den Kopf: »Smartphones nur in der Pause, aber nicht im Unterricht. Not here, not now!«

»Aber …«, begann Lisa. Das konnte sie ihm doch nicht verbieten!

»It's a dictionary!«, unterbrach Tayo Lisa und hielt sein Display in ihre Richtung.

»You can get a dictionary in the library«, antwortete sie.

»Sehr witzig!«, rief Lisa dazwischen. »Wenn wir wenigstens eine Schulbibliothek hätten!«

Frau Falke räusperte sich verlegen und wog den Kopf hin und her. »Na gut, für dich, Tayo, gilt eine Ausnahme! Aber nur einen Monat lang.«

»Nee, is klar!«, murmelte Lisa vor sich hin. »In vier Wochen hat man Goethe in einer Fremdsprache ja auch voll drauf.«

Tayo sah sich unsicher um. Offenbar hatte er Frau Falke nicht verstanden.

»For you it's allowed to use the handy«, sagte Fabi. »For us not.«

»What is a handy?«, fragte Tayo.

Svenja kicherte. »Es heißt mobile oder mobile phone«, klärte sie Fabi auf. »*Handy* gibt's gar nicht in der englischen Sprache.«

»Echt nicht?«, wunderte sich Fabi. »Ich dachte immer …«

»So, können wir uns vielleicht mal wieder dem Text widmen!«, unterbrach Frau Falke jegliche Debatte. Und wandte sich noch einmal an Tayo. »You get an exception! But only for dictionary, okay?«

Tayo verstand. »Okay!«

Dann tippte er weiter eifrig auf seinem Smartphone herum, wartete einen Moment, scrollte durch seinen Bildschirm – und lächelte. Triumphierend hielt er Lisa sein Smartphone hin.

»Goethes ›Faust‹ auf Englisch!«, rief sie, lauter als sie eigentlich wollte.

Tayo grinste.

Lisa hob den Daumen hoch. Zu helfen wusste er sich, das musste man ihm lassen. »Schlaues Kerlchen!«, kicherte Hülya.

Tayo schaute sie an: »Kerlch…?«

»Forget it!«, sagte Lisa.

Tayo suchte nun eifrig nach der Textstelle in seiner englischen Version, fand und las sie und kräuselte die Stirn: »Not easy, the text.«

»No«, lachte Lisa. »Not easy. Take it easy!«

Tayo lächelte.

Und Lisa schmolz dahin.

In der folgenden Stunde hatten sie Biologie und mussten dafür in den Fachraum wechseln. Auch dort hatte jeder seinen Platz und das hieß: Es war keiner mehr neben Lisa frei. Mit Bedauern schaute sie zu, wie sich Tayo schräg hinter ihr einen Platz suchte. Nicht einmal zu ihm hinschauen konnte sie, ohne dass es nicht total aufgefallen wäre.

Ihre Biologielehrerin, Frau Petri, überreichte Tayo als Erstes einen Trinkbecher, auf dem das Logo und der Name der Schule abgebildet waren: ein Kreis, ausgefüllt mit einem Netz aus farbigen Flächen.

In fließendem Englisch erklärte sie ihm, dass der Kreis für die Gemeinschaft stünde, zum Beispiel für die Schule oder die ganze Welt. Die Farben symbolisierten die verschiedenen Kulturen. Sie erklärte, dass Nelson Mandela ein besonderer afrikanischer Freiheitskämpfer war, der nach langen Haftjahren Südafrika als Präsident angeführt hatte. Aber das wüsste er wahrscheinlich besser als sie. Nelson Mandelas Name sei auch der Namensgeber der Schule.

»Können Sie auch mal wieder Deutsch reden?«, fragte Fabi.

Frau Petri warf ihm einen verächtlichen Blick zu.

Lisa wusste, wenn es nach Frau Petri ginge, dann würden sie in der Schule ausschließlich Englisch sprechen. Es war – neben Latein – eben die internationale Sprache der Naturwissenschaften. Alle bedeutenden Abhandlungen waren in Englisch verfasst. Frau Petri sah überhaupt keinen Grund, weshalb man überhaupt in irgendeiner Schule auf der Welt noch etwas anderes sprechen sollte als Englisch. Trotzdem wechselte sie nun Fabi zuliebe ins Deutsche: »So, zurück zum Unterricht: Warum sehen sich Zwillinge in den meisten Fällen ähnlich?« Die Biologie hatte sie wieder. Und Tayo geriet zumindest für diese Stunde gänzlich aus Lisas Blickfeld.

Das blieb auch nach Schulschluss so. Wie jeden Tag, wenn es nicht regnete, wartete Lisa am Schultor auf einige andere, mit denen sie zusammen einen Teil des Weges gemeinsam gehen konnte. Auch wenn es nur ein paar Meter waren, die Neuenfelder Straße entlang. Denn Lisa wohnte in der ersten Querstraße rechts, Im Schönenfelde.

Hülya stand bei Lisa. Samira kam vorbei. Philipp winkte ihnen nur kurz zu, zündete sich eine Zigarette an und schwang sich auf sein Fahrrad. Nur von Tayo war nichts zu sehen.

»Ich glaube, der musste noch mal ins Schulbüro«, sagte Samira und verabschiedete sich.

Statt Tayo kam Fabi zum Schultor, begleitet von Batu, der denselben Schulweg hatte. »Was macht ihr denn so heute Nachmittag?«, fragte er.

Hülya rollte mit den Augen. »Wir?«, fragte sie nach. Sie wusste ebenso gut wie Lisa, dass Fabi nur sie mit seiner Frage gemeint hatte.

Trotzdem sagte Fabi: »Ja, wieso?«

Hülya verkniff sich eine weitere Bemerkung.

»Also?«

Lisa zuckte mit den Schultern. »Ich muss endlich mal Englisch pauken!«

Hülya grinste.

Fabi zog die Augenbrauen hoch. »Den ganzen Nachmittag und Abend? Wir hatten seit langem nicht mehr so wenig Hausaufgaben auf. Das muss man doch ausnutzen!«

»Hast du nicht Fußballtraining?«, fragte Lisa zurück.

Fabi nickte. »Doch. Aber erst um 18 Uhr. Vorher auf 'ne Cola?«

Lisa überlegte, reckte ein klein wenig den Hals, um an Fabi vorbei zum Schulbüro linsen zu können. »'ne Cola? Wo denn?«, fragte sie, schaute aber weiter an Fabi vorbei. Und zwar auffällig genug, dass Fabi es bemerkte und sich umschaute. »Wartet ihr auf jemanden?«

»Tayo!«, antwortete Hülya. »Wir haben ein Stück gemeinsamen Weg!«

»Wegen der paar Meter? Verstehe!«, sagte Fabi.

Seine Enttäuschung war so deutlich herauszuhören, dass Lisa schnell reagierte: »Ist okay. Halb fünf im Eiscafé?«

Das war in einer Stunde.

Fabi nickte freudig: »Super, das schaffe ich. Ich geh dann von dort aus zum Training!«

»Okay, bis dann!«

Fabi verabschiedete sich und zog mit Batu davon.

Lisa blieb stehen und schaute wieder zum Schulbüro.

»Also ich gehe jetzt«, kündigte Hülya an. »Wer weiß, vielleicht ist Tayo schon weg?«

»Na gut, ich komm mit.«

Lisa nahm ihre Tasche und trat mit Hülya den Nachhauseweg an.

Zu Hause hockte sie sich wie jeden Nachmittag, wenn sie aus der Schule kam, zuerst an ihren Computer, startete das Musikprogramm, suchte sich eine Playlist aus, die ihrer Stimmung entsprach, und checkte ein paar Nachrichten.

Ihr stach sofort eine Meldung ins Auge, die ihr einen Schock versetzte. In Sachsen hatten ein paar Idioten wieder eine geplante Flüchtlingsunterkunft angegriffen. Dieses Mal hatten sie keine Brandsätze geworfen, sondern quasi zum gegenteiligen Mittel gegriffen: Sie hatten in der gerade fertiggestellten Unterkunft alle Wasserhähne aufgedreht, die Abflüsse verstopft und sie damit geflutet. Der Schaden ging in die Hunderttausende. Die Unterkunft war für die nächsten Monate unbrauchbar.

»Arschlöcher!«, fauchte Lisa den Computer an und schlug mit der flachen Hand auf den Schreibtisch, so dass fast ihre Teetasse auf den Boden geflogen wäre. Sie dachte an die Zelte ganz in ihrer Nähe am S-Bahnhof Wilhelmsburg, in denen über hundert Flüchtlinge auf eine bessere Unterkunft warteten. Sie dachte an Tayo, der am Abend zuvor nur durch ihr beherztes Eingreifen einer Attacke entkommen war, die vermutlich schlimm für ihn ausgegangen wäre. Die Angriffe nahmen zu, stellte Lisa fest.

Und dann fiel ihr Blick auf die kleinere Meldung rechts unten. In der Nähe vom Bahnhof war eine Dönerbude attackiert worden. Eine Gruppe von Jugendlichen hatte von außen die Scheiben eingeworfen. Als zwei Angestellte des Imbisses und ein paar Gäste vor die Tür traten, um sich zu wehren, kam es zu einem Handgemenge und zu einer Messerstecherei. Drei Verletzte und vier Festnahmen, hieß es in der Meldung. Ob aber die Angreifer oder die Türken, die sich gewehrt hatten, sich verletzt hatten oder festgenommen worden waren, stand dort nicht.

»Scheiße!«, fluchte Lisa. Denn sie war sich sicher: Bei den Angreifern konnte es sich nur um die Horde handeln, vor der sie mit Tayo geflüchtet waren. Der Standort der Dönerbude und der Zeitpunkt des Überfalls sprachen eindeutig dafür.

Die Glatzen hatten bestimmt aus Frust und Wut, Tayo nicht erwischt zu haben, den Imbiss angegriffen. Ein weiteres Indiz dafür, dass es für Tayo nicht glimpflich ausgegangen wäre.

Sie übersprang die ganzen Kommentare, die bereits zu dem Imbiss-Überfall gepostet worden waren.

Ob Tayo so etwas las? Lisa war sicher, dass er die sozialen Netzwerke nutzte, um Kontakt nach Hause zu halten oder sich zu informieren.

Lisa tippte Tayos Namen in das Suchfeld, aber sie fand ihn nicht.

Schade, dachte sie, lehnte sich zurück und überlegte, ob sie vielleicht einfach zu ihm gehen sollte? Erstversorgung, Nöldekestraße. Das wusste sie noch. Mit dem Fahrrad in die S-Bahn und dann eine Station bis Harburg. Von da aus war es nur noch knapp ein Kilometer. Und dann? Was sollte sie ihm sagen, weshalb sie gekommen war? War er überhaupt da? Wo war er nach der Schule abgeblieben, wieso war er nicht zum Schultor gekommen?

Lisa überlegte hin und her, schließlich verwarf sie die Idee. Sie würde sich ja nur lächerlich machen, wenn sie da plötzlich bei ihm auftauchte, ohne Grund. Nein, sie würde ganz bestimmt nicht hinfahren. Stattdessen ging sie in die Küche, um sich einen Tee zu machen. Als sie mit dem fertigen Tee in ihr Zimmer zurückkehrte, setzte sie sich auf ihr Bett und nahm sich vor, ein paar englische Vokabeln zu lernen. Bisher hatte sie das meistens gemeinsam mit Hülya getan. Aber sie konnte das doch ebenso gut mit … ja! Wieso eigentlich nicht? Es war schließlich seine Muttersprache und er musste außerdem möglichst schnell Deutsch lernen, wenn er in der Schule mitkommen wollte. Das war doch die Idee! Sie würde gemeinsam mit Tayo lernen, zu ihrer beiderseitigem Vorteil. Einen besseren Grund, ihn zu besuchen, konnte es gar nicht geben.

Lisa ließ ihren Tee stehen, sprang auf, zog sich Schuhe an, schnappte ihre Schlüssel und verließ das Haus.

Zwanzig Minuten später stand sie vor dem mehrstöckigen Backsteingebäude. In dieser Ecke von Harburg war sie noch nie. Auf der anderen Straßenseite ließ sich ein Lkw-Fahrer von einem Gewerbehof lotsen. Sonst war niemand zu sehen. Sie drückte die einzige Klingel, die sich dort befand.

»Wer ist da bitte?«, ertönte eine Männerstimme aus der Lautsprecheranlage.

Oh Mann, so einen Wirbel wollte sie um ihren Besuch doch gar nicht machen! Eine Sekunde lang zögerte sie, aber dann sprach sie ihren Namen in das Mikro und fragte nach Tayo.

»Komm rein, ich begleite dich zu ihm!« Der Türsummer ertönte. Lisa stieß ihren Körper, wie sie es von zu Hause gewohnt war, kräftig dagegen. Die Tür öffnete sich so leicht, dass es sie fast der Länge nach hingelegt hätte. Im letzten Moment fing sie sich, gerade noch so rechtzeitig, dass sie nicht in die Arme eines wildfremden Mannes fiel.

»Du musst Lisa sein!«, sagte der graubärtige Mann und lächelte. »Geht Tayo mit dir auf dieselbe Schule?«

Lisa nickte.

»Das ist aber sehr nett von dir, dass du ihn direkt an seinem ersten Schultag besuchst!« Er hielt Lisa die Hand entgegen. »Ich bin Leo, einer der Sozialarbeiter hier.«

Nachdem er Lisa den Weg gewiesen hatte, blieb sie noch einen Augenblick stehen, zögerte, ob sie Tayo wirklich besuchen sollte. Zu allem Überfluss bemerkte sie jetzt, dass sie überhaupt keine Unterlagen zum Englischlernen mitgenommen hatte. Na toll! Wie peinlich war das denn, wenn sie ohne Schulsachen zum Vokabellernen auftauchte! Gerade wollte sie doch lieber umkehren, da öffnete sich die Tür von Tayos Zimmer.

Heraus trat ein junger, schwarzer Mann. Bestimmt älter als Tayo, zumindest war er größer und kräftiger. Als er Lisa vor der Tür entdeckte, blieb er stehen, schaute Lisa an, wollte wohl gerade zu einer Frage ansetzen, als Tayo, der hinten im Zimmer an einem kleinen Tisch saß, sie entdeckte und ihr zurief: »Liza!« Wieder in der englischen Aussprache: Laisa!

Der junge Mann vor ihr wandte sich kurz zu Tayo um, zeigte

ihm den erhobenen Daumen, grinste dann wortlos, aber vielsagend Lisa an und ging.

Peinlich!, dachte Lisa. Sie hatte es ja gleich geahnt.

Tayo erhob sich von seinem Stuhl, ging auf Lisa zu und fragte sie, was sie hier wollte.

Lisa war froh überhaupt die Frage verstanden zu haben. Was natürlich noch lange nicht bedeutete, dass sie eine Antwort wusste. Sie linste an Tayo vorbei auf den Tisch und glaubte dort tatsächlich zwei aufgeschlagene Bücher und ein Schreibheft entdeckt zu haben. Lernte Tayo etwa? Das kam doch wie gerufen!

»It's … äh … possible to learn gemeinsam, ich meine … together?«, stotterte Lisa unbeholfen. »I must … äh … ich meine, I have to learn, äh … English and you German, oder?« Vermutlich zehn Wörter, elf Fehler, dachte sie bei sich. Egal. Hauptsache, er verstand sie!

Und das tat er. Allerdings schaute er ein wenig verwirrt und war wohl sehr erstaunt, hier Besuch aus seiner Klasse zu bekommen.

Er wohnte mit fünf anderen jungen Männern in dem Zimmer, in dem drei Doppelstockbetten standen, dazu gab es noch einen kleinen Tisch und einen Stuhl.

Tayo tippte auf die einzelnen Betten: »Marocco, Ghana, Nigeria, Kongo«, sagte er mit einem amüsierten Lächeln. »Here is Africa!«

»But here is colder!«, sagte Lisa.

Tayo lachte. »Yes! A little bit like North Pole.«

Lisa freute sich. Wahrscheinlich hatte sie auch das falsch gesagt, aber es war ihr gelungen, ihn auf Englisch aufzuheitern! Was wollte sie mehr?

Tayo deutete auf den Minitisch, an dem er gerade gesessen hatte, auf dem neben seinen Schulsachen noch eine Tüte Milch, ein paar leere gebrauchte Tassen, angebrochene Kekstüten, etwas Obst und eine noch nicht ganz ausgepackte Supermarkt-Tüte lagen. Lisa wunderte sich, wie das alles auf den kleinen Tisch passte.

»Here?«, fragte Tayo.

Gute Frage!, dachte Lisa. »Not a good place for learning.«

Tayo seufzte. »No!«

Dann sagte er noch etwas, zu schnell und zu kompliziert für Lisa. Sie verstand ihn nicht.

Tayo wiederholte es. »We have a lot of trouble here because there is not enough room for everybody. No chance for you and me to work here!« Lisa verstand nur den letzten Satz.

»Yes, it's true!«, sagte sie und fasste eine Entscheidung aus dem Bauch heraus. »Come with me. At my home!«

Tayo schaute sie verwundert an.

Lisa erschrak. Hatte sie mit ihrem schlechten Englisch etwas Falsches gesagt? Doch über Tayos Gesicht huschte jetzt ein kleines Lächeln. »To your house?«

Lisa nickte.

»Yes!«, bestätigte sie und fügte noch an: »For learning!«

Nicht dass er plötzlich etwas falsch verstand.

Lisa fing schnell an von ihrem Zimmer unterm Dach zu erzählen, ihrem Computer und dem schnellen Internet.

Oh Mann!, dachte sie, während sie sich selbst reden hörte. Hatte sie keine besseren Themen? Doch Tayo nahm jede Information freundlich auf.

»Okay!«, sagte er. »When?«

»When?«, wiederholte Lisa. »Äh, jetzt, ich meine: now!«

»Now?« Tayo schaute sich im Zimmer um, betrachtete das Chaos auf dem Tisch und antwortete Lisa: »Okay! Now!«

Sofort bereute Lisa ihr Angebot. War es zu vorschnell gewesen? Was würde ihr Vater sagen, wenn sie einen Jungen mitbrachte, den sie erst am selben Tag kennengelernt hatte. Vermutlich gar nichts. Vielleicht war ihr Vater noch gar nicht zu Hause.

Tayo kramte seine Sachen zusammen, stopfte alles in eine Plastiktüte und war bereit zum Gehen.

In dem Moment piepte Lisas Handy.

Bestimmt Hülya, dachte sie. Die hatte ein Talent fürs falsche Timing. Doch als sie aufs Display sah, schreckte sie zurück. »Ach du Scheiße!«

»Scheise?«, fragte Tayo.

Lisa winkte ab. Die Nachricht auf ihrem Smartphone kam von Fabi: *Wo steckst du?*

Verfluchter Mist! Den hatte sie vollkommen vergessen! Fabi wartete ja in der Eisdiele auf sie. Wenn sie jetzt noch hinging, musste sie Tayo mitbringen. Das würde bei Fabi sicher nicht gut ankommen. Und auch Tayo würde sie damit in eine peinliche Situation bringen. Denn Fabi würde ihr Treffen mit Tayo niemals unter dem Gesichtspunkt »Wir helfen einem neuen Mitschüler« betrachten. Vielmehr unter: »Lisa will nichts mit mir zu tun haben und wirft sich Tayo an den Hals!«

Lisa wusste nicht, was sie ihm antworten sollte, und schrieb ihm deshalb – nichts. Sie schloss die App und steckte das Smartphone zurück in die Tasche.

»Problems?«, fragte Tayo.

Lisa schüttelte den Kopf: »Everything is okay. Let's go!«

# 4

»Hier, ganz am Ende wohnen wir«, erklärte Lisa, während sie ihren Blick über die parkenden Autos am Straßenrand schweifen ließ.

»It's very clean«, bemerkte Tayo.

Lisa blieb stehen und schaute sich um. »Ja?« Das war ihr noch nie aufgefallen.

»And green!«, fiel Tayo weiter auf. »Your city is very green!«

»Yes!«, bestätigte Lisa.

Sie setzten ihren Weg fort. Schon von weitem erkannte Lisa den blauen Passat-Kombi.

»Schade!«, murmelte sie.

Es war nicht ungewöhnlich, dass ihr Vater nach der Frühschicht um diese Zeit schon zu Hause war. Dennoch hatte sie gehofft, dass es an diesem Tag aus irgendeinem Grunde anders gewesen wäre.

Entsprechend laut kündigte sie sich an, nachdem sie die Haustür aufgeschlossen hatte.

»Hallooo, bin dahaaa!«, rief sie in den Korridor während sie auf Tayos Schuhe deutete und ihn stumm aufforderte sie auszuziehen und mitzunehmen.

Tayo zog die Augenbrauen hoch und wusste erst gar nicht, was Lisa von ihm wollte. Als sie es ihm klarmachte, fragte Tayo: »Like in a Moschee? You are Moslem?«

»Was?«, entfuhr es Lisa. »Nein, Quatsch … äh … wieso? Einfach nur die Schuhe ausziehen. Ach so. Nein. Ich meine …« Es wurde ihr zu blöd. Sie winkte ab. »Ist egal!«

Sie nahm ihn an die Hand und schlich mit ihm die steile Treppe hinauf in ihr Zimmer.

Doch Tayo blieb wie angewurzelt auf der Schwelle stehen.

»Your favorite colour is white?«, fragte er.

Lisa wurde bewusst, dass er die weißen Wände bestaunte, den weißen Schrank, den weißen Schreibtisch, den weißen Bettüberwurf und vor allem den weißen Flauschteppich.

»You don't like white colour?«, fragte sie zurück, wobei sie bemerkte, dass es sich irgendwie komisch anfühlte, einem schwarzen Jungen eine solche Frage zu stellen.

Tayo antwortete nichts, sondern sah sich weiter staunend in ihrem Zimmer um.

»This room is only for you?«, fragte er.

Lisa nickte. Tayo hob die Augenbrauen hoch. Und Lisa überkam das Gefühl, sich dafür entschuldigen zu müssen, obwohl sie bisher nie wirklich Geschwister vermisst hatte.

Tayo schritt an Lisas Fernseher und Computer vorbei, warf einen kurzen Blick auf die vielen Bücher im Regal und blieb an einer Pinnwand mit Fotos hängen. Lisa hatte ein paar ausgedruckte Selfies angepinnt, die sie und Hülya zeigten, außerdem ein paar ältere Urlaubsfotos.

»You don't have a boyfriend?«, fragte Tayo.

Lisa errötete. Was sollte denn jetzt die Frage?

»Äh … nein … ähm …«, stotterte sie. Wieso stotterte sie denn? Sie hatte keinen Freund; war doch okay. Aber was dachte Tayo jetzt? Hatte er die Frage gestellt, weil er selbst seine Chancen abschätzen wollte? Hatte er ein Auge auf sie geworfen?

Quatsch!, dachte Lisa. Nach einem Tag, oder wie? Vielleicht wollte er auch nur herausbekommen, weshalb sie ihn eingeladen hatte? Glaubte er ihr nicht, dass sie mit ihm lernen wollte? Dachte er etwa, sie wollte ihn anbaggern?

Hastig stellte sie einen Locher, Taschenrechner, eine Flasche Wasser und ein Schälchen mit Haribos auf der Fensterbank ab und schuf damit zusätzlich Platz auf dem Schreibtisch. »Here we have a good place for learning!«

Doch Tayos Blick blieb an der Fotowand hängen. »What is this?«

Er zeigte auf das Foto von Lisas Einschulung, auf dem sie eine Schultüte trug, die sie deutlich überragte. Das Bild hing nur da, weil es Lisa vor einiger Zeit aus einem Album gefallen war und sie es auf die Schnelle dort angepinnt hatte, um es nicht wegräumen zu müssen.

Und ausgerechnet Tayo entdeckte es jetzt.

»What is this?«

Jetzt hat er die Zahnspange gesehen, dachte Lisa entsetzt.

Doch Tayo tippte auf die Schultüte.

Lisa bemühte sich diesen Brauch zu erklären, Schulanfängern eine sogenannte Schultüte mit allerlei Süßigkeiten und Schulsachen zu schenken.

»You don't know this?«, fragte Lisa.

Tayo lächelte. »A lot of children don't know a school!«, antwortete er.

»Of course!«, sagte Lisa. Schon wieder hatte sie so eine dämliche Frage gestellt.

»Nice«, kommentierte Tayo. Unklar blieb, ob er den Brauch, die Tüte oder Lisa als Sechsjährige meinte. Statt etwas dazu zu sagen, beschäftigte sie sich lieber damit, Tayo einen Stuhl hinzustellen. Den Kleiderberg darauf stopfte sie blitzschnell in den prallvollen Schrank.

»Wie wollen wir anfangen?«, fragte sie, aber Tayo verstand nicht. »We can talk about ourselves. So it's easier for me to learn English, and for you to learn German. Okay?«

»Okay!«, stimmte Tayo zu und setzte sich statt auf den Stuhl am Schreibtisch im Schneidersitz auf ihr Bett.

Lisa schaute ihn einen Moment unsicher an, dann drehte sie sich auf ihrem Schreibtischstuhl zu ihm.

»Ich fang einfach mal mit einer persönlichen Frage an dich an«, begann Lisa. »What was mostly surprising for you, when you arrived in Germany?« Und dann auf Deutsch: »Was hat dich am meisten überrascht, als du hier angekommen bist?«

»What?«, fragte Tayo und versuchte das Wort »überrascht« auszusprechen: »Oibärrasht?«

Lisa nickte. »Surprise! Überraschung!«

Tayo versuchte es erneut: »Oibär-ash-ung?«

»Ja!«, lachte Lisa. »Zumindest so ungefähr. Also: What was it?«

Tayo musste nicht lange nachdenken, was wiederum Lisa überraschte: »I told you: The order, the clean streets, the silence, no traffic chaos, no rubbish everywhere.«

»Langsam, ganz langsam«, unterbrach Lisa ihn. »Damit ich das auch verstehe. Also: die Ordnung, die sauberen Straßen, die Ruhe, kein Verkehrschaos und kein Müll überall? Das hat dich am Anfang am meisten in Deutschland überrascht?«

Tayo zuckte erst mit den Schultern, weil er nicht überprüfen konnte, ob Lisa ihn richtig verstanden und übersetzt hatte, dann aber nickte er einfach.

Langsam, damit Lisa mitkam, fing er an vom Verkehr in Lagos zu erzählen, wo es weder Verkehrsschilder noch Straßenbeleuchtung gab.

»Keine Verkehrsschilder?«, hakte Lisa nach. Hatte Lagos nicht irgendwas zwischen 14 und 20 Millionen Einwohner? Das hieß: sechs Mal so viele Einwohner wie Berlin. Und keine Schilder? Wie sollte so etwas funktionieren?

Tayo lachte. In Lagos benutzte man keine Verkehrsschilder, dafür aber – Tayo ahmte das Geräusch nach: eine laute Hupe.

Lisa lachte und hielt sich demonstrativ die Ohren zu.

»Wenn 20 Millionen Einwohner auf die Hupe drücken, na dann gute Nacht!«, sagte sie, unterließ aber den Versuch, es zu übersetzen.

»Good night?«, fragte Tayo. »Yes. Good night. But no light in the night.«

Jetzt lachte Lisa. »It's a good songtext:

It's no light in the night.«

»You must fight, that's all right!«, textete Tayo weiter.

Beide fingen an eine Melodie dazu zu summen. Dann sangen sie die kleine Zeile nochmals zusammen, bevor sie vor Lachen aufhören mussten.

Dann begann Tayo von seinem Onkel in Nigeria zu erzählen, bei dem er aufgewachsen war. Er erzählte von seiner Autowerkstatt und den vielen schrottreifen Autos, die – nachdem man sie in Europa längst aus dem Verkehr gezogen hatte – nach Afrika verschifft wurden, um dort noch jahrelang genutzt zu werden. Auch als öffentliche Verkehrsmittel. Es war nicht ungewöhnlich, in einem öffentlichen Bus zu fahren, der noch die Aufschrift irgendeines europäischen Bäckers, Metzgers oder Klempners trug. In der Regenzeit verwandelten sich die Straßen in reine Schlammwüsten, in der Trockenzeit hatte man mit metertiefen Schlaglöchern zurechtzukommen.

»Look at YouTube!«, sagte er und zeigte auf Lisas Computer.

Eine gute Idee, fand Lisa und sie rief einige Videos auf, die die Innenstadt von Lagos zeigten.

Ihr fielen die zahlreichen Müllberge auf, die verfallenen Hütten, die kaputten Fahrpisten, der ganze Schutt und Dreck auf den engen Straßen, durch die sich ohne Trennung sowohl der Auto-

als auch der dichte Fußgängerverkehr schob. Lisa bekam eine erste Vorstellung davon, wie gewaltig anders eine Stadt wie Hamburg mit ihren geleckten Straßen, den zahlreichen grünen Alleen, Parks und Stadtvillen auf Tayo wirken musste.

»But I have a question«, sagte Tayo plötzlich und berichtete, dass ihm ein Mitbewohner erzählt hätte, in Hamburg würde es im Winter bis zu minus 20 Grad kalt werden können. Er kicherte dabei und drehte seinen Zeigefinger vor der Stirn, als ob der Kumpel völlig durchgeknallt wäre.

Lisa räusperte sich. »Äh …«

Sie zögerte ihm die Wahrheit zu sagen, denn Tayo amüsierte sich immer noch. Er erzählte von seinem Onkel in Nigeria, der einen Kühlschrank besaß. Der schaffte es manchmal, auf acht bis zehn Grad hinunterzukühlen. Dreißig Grad kälter als ein Kühlschrank! Wie sollte man das wohl überleben können? Tayo kriegte sich gar nicht wieder ein!

Lisa räusperte sich erneut, leise und verschämt, bevor sie ihm sagte: »It's true!«

Tayo hörte auf zu lachen und schaute Lisa mit großen Augen an: »It's true? Minus twenty degrees? It's impossible.«

Jetzt war Lisa es, die YouTube aufrief, während sie ihm sagte, dass sie noch vor vier Wochen minus neun Grad hatten, und zeigte ihm ein Video, auf dem die Alster zugefroren war. Zigtausende Menschen fuhren Schlittschuh oder deckten sich an den unzähligen Buden auf dem Eis mit Glühwein ein.

Tayo rückte näher an den Monitor heran, zeigte auf die Verkaufsstände und die Menschenmassen. »It's on the water? They walk on the water like Jesus?«

Lisa kicherte und nickte. »It's ice! On ice it's possible.«

In dem Moment platzte Lisas Vater ins Zimmer hinein.

Lisa zuckte zusammen. »Papaaaa! Wieso klopfst du nicht an?«

Ihr Vater war ebenso erstaunt. »Ich wusste nicht, dass du Besuch hast. Ich wollte nur fragen, ob du etwas essen willst.«

Sein Blick fiel auf Tayo, der sich vom Bett erhob und zum Gruß nickte.

Mist!, dachte Lisa. Sie hatte mit Tayo nicht weiter auffallen wollen. Aber da sie ihn an ihrem Vater nahezu vorbeigeschmuggelt hatte, hatte sie erst recht Stoff für Spekulationen geliefert. Sie sah dem Gesicht ihres Vaters an, dass genau solche Gedanken gerade durch seinen Kopf gingen.

»Darf ich dir Tayo vorstellen?«, sagte sie eilig. »Er ist neu in meiner Klasse und er hilft mir beim Englischlernen und ich ihm beim Deutschlernen.«

»Aha«, sagte ihr Vater und wartete darauf, dass Lisa ihre Erläuterungen fortsetzte.

»Für Tayo ist hier alles neu, er lebt im Moment in einer Erstaufnahme für unbegleitete minderjährige Jugendliche.«

»Unbegleitet?«, hakte ihr Vater nach. »Was ist denn mit seinen Eltern?«

Lisa verzog das Gesicht. Das wüsste sie ja selbst alles gern. Noch war sie aber nicht dazu gekommen, Näheres von Tayo zu erfahren. Außerdem kam sie sich blöd vor, mit ihrem Vater über Tayo zu sprechen, während der dabeisaß und nichts verstand.

»Seine Eltern leben wohl in Hamburg. Warum Tayo nicht bei ihnen wohnt, weiß ich auch noch nicht«, versuchte sie das Thema so knapp wie möglich abzuhandeln.

Ihr Vater legte die Stirn in Falten. »Seit wann ist er denn hier?«

»In unserer Schule seit heute«, gestand Lisa.

Ihr Vater zog die Augenbrauen hoch.

»Und schon sitzt er auf deinem Bett? Nicht schlecht!« Diese Bemerkung hatte er sich nun doch nicht verkneifen können.

»Papa!«, mahnte Lisa ihn.

Er streckte Tayo die Hand entgegen. »Nigeria? They are good soccer players.«

Lisas Blick ging gen Himmel. Jetzt redete ihr Vater auch noch über Fußball! Wie peinlich war das denn! Was kam gleich noch? Die Frage, ob er auch gut trommelte und den Rhythmus im Blut habe?

Doch für Tayo war's anscheinend okay. Er reichte ihrem Vater die Hand, lächelte und antwortete: »Yes, I'm one of them.«

Lisa horchte auf. Tayo spielte Fußball? Sie hatte ihrem Vater Unrecht getan. Offenbar hatte er den Nagel auf den Kopf getroffen.

Sie hatten an ihrer Schule eine sehr gute Schulmannschaft im Fußball. Vielleicht konnte Tayo dort mitmachen? Lisa nahm sich vor, mit Fabi drüber zu reden, der ebenfalls in der Mannschaft spielte. Vielleicht konnte er ihn ja sogar auch einmal mit zur A-Jugend des HSV mitnehmen, bei der Fabi seit neustem Mitglied war?

Fabi! Lisa fiel wieder siedend heiß ein, dass sie mit ihm eigentlich verabredet gewesen war und seinen Anruf einfach ignoriert hatte. Hoffentlich ließ sich das wieder glätten.

»Und ihr lernt zusammen Englisch?«, fragte ihr Vater mit Blick auf das Dictionary auf dem Tisch.

Er lächelte, klopfte Tayo auf die Schulter und bemerkte grinsend: »You are a good man. Nobody made my daughter learn English before.«

Lisa rollte erneut mit den Augen. »Sehr witzig, Papa.«

»Du hast es verstanden? Dann macht ihr ja Fortschritte!« Er zwinkerte Tayo zu und verließ das Zimmer.

Lisa zog Augenbrauen und Schultern hoch. »My dad!«

»Yes, I agree, fathers can be very complicated«, sagte Tayo.

Lisa traute sich nicht, weiter nachzufragen, obwohl es sie interessiert hätte, weshalb seine Eltern ohne ihn nach Deutschland ausgereist waren und ihren dreijährigen Sohn zurückließen.

Bei seinem Onkel war er aufgewachsen. Und jetzt hatten seine Eltern ihn geholt. Oder doch nicht? Tayo hatte so eine Andeutung gemacht, dass sein Onkel ihn geschickt hatte, weil er krank war und nicht mehr für ihn sorgen konnte. War das gegen den Willen seiner Eltern gewesen? Vielleicht wollten sie ihn ja gar nicht hier haben? Lisa merkte, dass sie noch so gut wie nichts über Tayo wusste.

Doch bevor sie weiterfragen konnte, kam Tayo ihr zuvor: »What is the most important for you, living in Germany!«

So hatte sich Lisa die Frage noch nie gestellt.

Hamburg war ihre Geburtsstadt, ihre Heimat. Alle anderen Orte, ob in Deutschland oder im Ausland, hatte sie nur als kurzzeitige Besucherin erlebt, während eines Ausflugs oder während ein paar Wochen Urlaub. Hamburg, das war für sie der Ort, an den sie nach jeder Reise wieder zurückkehrte. Und jedes Mal verspürte sie dieses leise, kleine Kribbeln im Bauch, dieses sichere Gefühl, wieder zu Hause zu sein, ja, überhaupt ein Zuhause zu haben. Sie konnte sich beim besten Willen nicht vorstellen, wie es für sie sein würde, wenn sie – wie Tayo – ihre Heimat verlassen müsste, vielleicht sogar für immer und mit der Perspektive, möglicherweise niemals zurückkehren zu können, selbst wenn man wollte.

Sie ging zum Fenster und schaute hinaus. Hier kannte sie sich aus. Bei weitem war hier in ihrem Stadtteil nicht alles schön, aber alles war vertraut: das Viertel, die Menschen. Hier lebte ihr Vater, ihre Verwandten, hier hatte ihre Mutter gelebt. Hier ging sie zur Schule, hier würde sie in zwei Jahren ihr Abitur machen und vielleicht sogar hier studieren. All das versuchte sie Tayo in bruchstückhaftem Englisch zu erzählen, doch er schien alles verstanden zu haben.

»Hamburg ist eine sehr schöne Stadt!«, sagte sie weiter auf Deutsch.

Tayo griff es sofort auf: »Schühne Stadt!«

»Schöne!«

»Schühne!«

»Ja, ist okay!«, schwindelte Lisa. »I love this city but … some citizens have horrible thinking about people coming from outside, from other countries, about people who search some new place for living, some better place for living. Some think, that they have the right to discriminate, to cry out racialistic paroles.«

Lisa brach ab und staunte über sich selbst: Wo kam plötzlich ihr Englisch her? Wie eine lange vermisste und nun wiedergefundene Datei auf einer Festplatte standen ihr plötzlich Vokabeln und Sätze zur Verfügung, die längst als verschollen galten. Diesen Effekt kannte sie nur aus manchen Urlauben, nachdem sie schon etwas zu viel Alkohol getrunken hatte.

Tayo nickte ihr zu. »Like the men yesterday in the night?«

Lisa nickte mit ernstem Gesicht. »Yes, like the Arschlöcher yesterday.«

»Asch-löh-chch-ä?«

»Assholes!«, übersetzte Lisa.

Tayo grinste. »Yes! It's important to know that: Asch-löhch-hä!«

»Arsch-löch-cher!«, sprach Lisa ihm langsam vor.

»Asch-löch-chä!«

»Ja«, sagte Lisa und lachte. »Für die Arschlöcher wird's reichen! Und gestern hatten wir echt Schwein!«

»Schwein?«, fragte Tayo.

»Das Schwein ist bei uns ein Symbol für Glück. Schwein haben bedeutet in unserer Sprache: Glück haben. Schwein means pig and it is a synonym for good luck!«

»Yes?«, fragte Tayo. »A pig? So, yesterday you were my … pig?«

Lisa kicherte. »So nun auch wieder nicht. No, no! I didn't were your pig. I was …« Sie zögerte. Doch dann sprach sie es aus: »I *am* … your … friend.«

Lag etwas Zweideutiges in ihrem Satz? Lisa hoffte, nicht.

Das Handy klingelte. Auf dem Display erschien Svenja!

Nicht jetzt!, dachte Lisa. Oft rief Svenja einfach nur so zum Klönen an, ohne jeden Anlass. Meistens war das Lisa auch sehr recht, nur nicht in diesem Moment.

Aber wenn sie Svenjas Anruf jetzt nicht annahm, würde morgen in der Schule die Fragerei erst recht losgehen. Vermutlich würde sie Lisa gleich darauf auch mit WhatsApp-Nachrichten bombardieren, was denn los wäre und so weiter.

Lisa seufzte und nahm mit einer entschuldigenden Geste zu Tayo das Gespräch an.

Wie Lisa vermutet hatte, wollte Svenja eigentlich nichts. Zum Glück konnte Lisa sie relativ schnell abwimmeln.

Während des gesamten gemeinsamen Nachmittags erschien Lisa eine Sache sehr seltsam. Sie kannte Tayo noch nicht mal 24 Stunden, aber sie fühlte sich mit ihm bereits auf eine ungewöhnliche Art vertraut. Als hätten sie bereits seit dem Kindergarten viel Zeit miteinander verbracht. Dabei war doch das genaue Gegenteil der Fall. Sie wusste so gut wie nichts über ihn, seine Familie und seine Heimat. Unterschiedlicher hatten ihre bisherigen Welten, in denen sie aufgewachsen waren, kaum sein können. Doch ein bisschen war es so, als wäre ein alter Freund nach langer Zeit wieder zurückgekehrt. Sie machten Witze, lachten. Ihre Unterhaltung wurde immer ungezwungener und lockerer. Und das war die zweite Merkwürdigkeit: Ihre zweisprachige Unterhaltung war kein bisschen mühselig oder anstrengend. Und sie waren beide so sehr darum bemüht, sich gegenseitig verständlich zu machen, dass sie schon damit eine große Gemeinsamkeit teilten.

Als Tayo sich nach zwei Stunden verabschiedete, hatte Lisa einerseits das Gefühl, er wäre höchstens zehn Minuten da gewesen, andererseits aber, als hätten sie sich tagelang unterhalten.

# 5

Am nächsten Tag fingen Svenja und Hülya Lisa schon am Schultor ab.

»Und? Wie war's?«, fragte Svenja.

Lisa wusste nicht, was sie meinte.

»Mit Tayo. Der war doch gestern bei dir, oder?«

Lisa bekam einen roten Kopf. »Woher weißt du das?«

»Du hättest mal dein Gestotter am Telefon hören sollen!«, erklärte Svenja.

Hülya unterstützte sie mit einem unverschämten Grinsen. »Ist er auch so nett, wie er gut aussieht?«

»Woher soll sie das wissen?«, lästerte Svenja. »Sie versteht ihn ja nicht.«

»Ach, du meinst, sie haben auch geredet?«, setzte Hülya noch einen drauf.

Lisa stützte die Hände in die Hüften: »Ihr seid echt blöd!!«

»Natürlich!«, rief Hülya. »Sonst wärst du ja wohl kaum mit uns befreundet!« Sie hakte sich bei Lisa unter. »Nun mal im Ernst. Wie ist er denn so?«

Lisa zuckte mit den Schultern: »Nett!«

Svenja und Hülya lachten laut los.

»*Nett* ist der Bruder von Lahmarsch!«, giggelte Svenja. »Also, raus mit der Sprache. Tayo ist doch nicht nur *nett*!«

»Wir haben Englisch gelernt!«, stellte Lisa klar.

»Natürlich!« Svenja spitzte die Lippen. »Und zwischendurch auch ein bisschen Französisch?«

Lisa stieß sie beiseite. »Spinnst du?«

Sie ging auf den Klassenraum zu. Fabi kam gerade von der anderen Seite, würdigte Lisa und damit auch die anderen Mädchen keines Blickes.

»Hi, Fabi!«, rief Hülya ihm zu.

Fabi reagierte nicht, sondern wandte den Blick ab und stampfte ins Klassenzimmer.

»Was ist denn mit dem los?«

»Scheiße«, sagte Lisa leise und berichtete, wie sie Fabi versetzt hatte.

Hülya zog vielsagend die Augenbrauen hoch.

»Das hat überhaupt nichts mit Tayo zu tun!«, verteidigte sich Lisa.

»Natürlich nicht«, versicherte Hülya sarkastisch. »Hab ich das behauptet? Du warst nur rein zufällig allein mit Tayo bei dir zu Hause in deinem Zimmer, als du Fabi vergessen hast. Wer wollte da einen Zusammenhang herstellen?«

Lisa schnaufte und ging zu ihrem Platz. Dann drehte sie sich zu Fabi. »Tut mir leid wegen gestern, Fabi! Ich hab's echt voll verpeilt.«

»Hab ich gemerkt«, gab Fabi zurück. »Und dein Handy hattest du vergraben, oder wie?«

»Ja, ich hätte antworten können, aber ich wusste nicht, was ich schreiben sollte!«

Fabi verzog nur stumm das Gesicht.

Lisas Blick ging immer wieder zur Tür. Tayo war noch nicht erschienen.

»Suchst du jemanden?«, fragte Fabi.

Lisa wandte schnell den Blick von der Tür ab.

Zum Glück kam in dem Moment Herr Walter mit einem Stapel Unterlagen in den Klassenraum. Heute quälte er sie nur mit Mathe. Englisch war erst am nächsten Tag wieder an der Reihe.

»Wo ist denn dein neuer Schwarm?«, fragte Svenja.

»Hör auf!«, zischte Lisa sie an. Sie bemerkte, dass Fabi Svenjas Frage gehört hatte.

»Also, ich erkläre es jetzt zum letzten Mal: Mit Tayos Hilfe kann ich endlich meine Englischnote verbessern. Und ihr glaubt es nicht, aber ich mache jetzt schon kleine Fortschritte!«

Verdammt!, fluchte sie innerlich. Jetzt hatte sie selbst ausgeplaudert, dass sie sich mit Tayo getroffen hatte, während sie doch eigentlich mit Fabi verabredet gewesen war.

Fabi warf ihr einen kurzen bitteren Blick zu, dann vertiefte er sich in sein Matheheft.

Was soll's?, dachte Lisa. Da Svenja von ihrem Treffen wusste, ließ es sich ohnehin nicht lange geheim halten.

Lisa stützte den Kopf in die Hände. Zum ersten Mal in ihrem Leben hätte Lisa jetzt am liebsten Englischunterricht gehabt. Sie musste grinsen, als sie darüber nachdachte, wie schnell sich ein Hassfach zu einem Lieblingsfach mausern konnte.

»Tayo hat heute Morgen Behördengänge«, verkündete Herr Walter. »Fehlt sonst noch jemand?«

Alle waren da.

»Vielleicht könnte ja künftig jemand Tayo bei seinen Behördengängen behilflich sein?«, fragte der Lehrer. »Also vielleicht wenigstens, um für ihn zu übersetzen? Aufgrund der jüngsten hohen Flüchtlingszahlen steht da wohl nur noch selten ein Helfer von den Behörden zur Verfügung. Und die Betreuer aus der Erstversorgungseinrichtung schaffen das auch nicht, den halben Tag bei der Behörde im Wartesaal zu sitzen.« Herr Walter schaute zu Svenja. »Svenja? Du sprichst doch am besten Englisch! Wie wär's?«

Svenja zögerte, antwortete dann: »Ich glaube, Lisa wäre da besser.«

Herr Walter lachte. »Schöner Vorschlag. Aber schlecht Englisch sprechen können die in der Behörde selbst.«

Arschloch!, dachte Lisa. Wirst schon sehen!

Herr Walter lenkte ein: »Dann helft ihm doch zu zweit!«

»Gern!«, sagte Svenja. »Dürfen wir dann für Behördengänge auch morgens in der Schule fehlen?«

Herr Walter stutzte und bemerkte nun, dass sein Vorschlag praktisch gar nicht umsetzbar war. »Auf keinen Fall!«

»Super Vorschlag!«, raunte Lisa.

Die Klasse kicherte.

Herr Walter schob den Stapel Unterlagen auf die Ecke seines Pultes.

»Dann legen wir mal los.« Er erhob sich und ging zur Tafel. »Wo waren wir das letzte Mal stehengeblieben?«

Tayo kam an diesem Morgen nicht mehr und Lisa erschien der Vormittag doppelt so lang wie sonst. Es dauerte eine Ewigkeit, bis es endlich 14 Uhr wurde und die Schule vorbei war.

»Und?«, fragte Hülya. »Was läuft heute Nachmittag?«

Sie schaute Lisa vielsagend an. In ihrem Blick erkannte Lisa die Frage, die sie sich selbst auch schon gestellt hatte: Sollte sie sich heute wieder mit Tayo treffen? Da er nicht in die Schule gekommen war, hätte sie ein zweites Mal unaufgefordert zu ihm in die Erstversorgungseinrichtung gehen müssen.

Zu aufdringlich!, entschied sie. Also antwortete sie: »Ich hab noch nichts vor. Außer natürlich die ätzenden Mathehausaufgaben.«

»Heute trainiert die Schulmannschaft«, sagte Svenja. »Vielleicht gehe ich hin.«

Lisa wusste, dass der Mannschaft in der nächsten Woche ein wichtiges Spiel bevorstand. Zum Spiel wollte sie auch, aber zum Training? Sie wusste, dass einige Mädchen es sich zur Gewohnheit gemacht hatten, den Jungs zuzuschauen, so wie einige Jungs regelmäßig die Spiele der Mädchen-Volleyballmannschaft besuchten. In Wahrheit war es natürlich beidseitig stets nur ein willkommenes Mädchen-Jungs-Treffen, vor allem hinterher in irgendwelchen Eiscafés.

Jetzt fiel Lisa ein, dass sie ja Tayo mit Fabis Hilfe in die Schulmannschaft einführen wollte. Aber seit der Sache gestern konnte sie wohl nicht mehr auf Fabis Unterstützung zählen.

Doch plötzlich sagte Svenja: »Tayo kommt auch!«

Lisa merkte auf: »Wer sagt das?«

»Metzler!« Ihr Sportlehrer.

Wieso hatte Tayo ihr davon nichts erzählt?

»Okay! Mal schauen!«, sagte Lisa so lässig wie möglich. Aber klar war: Sie würde auf jeden Fall hingehen. Vorher aber fuhr sie nach Hause, um mit ihrem Vater gemeinsam Mittag zu essen. Das war das Beste an seinem Frühdienst. Immer dann, wenn er so früh nach Hause kam, kochte er für sie beide, sie aßen zusammen, dann legte er sich eine Stunde hin, während Lisa meistens in genau dieser Zeit ihre Hausaufgaben erledigte. Für heute hatte ihr Vater ihre Lieblingsvorspeise geplant und sie darum gebeten, frisches Brot von der Bäckerei am Bahnhof mitzubringen. Dafür nahm Lisa den Weg gern in Kauf.

Am Bahnhof stockte ihr Schritt. War das nicht …?

Tatsächlich. Einige Meter vor ihr ging Tayo. Aber für das Training war er doch viel zu früh dran. Lisa rief nach ihm. Tayo wandte sich um, erkannte Lisa, blieb stehen und lächelte.

Lisas Herz begann zu pochen.

»Hallo, wo willst du denn hin?«, fragte sie und vergaß dabei völlig, englisch zu reden.

Aber Tayo hatte sie verstanden oder aber er antwortete intuitiv richtig auf ihre Frage: »Doctor! Check up!«

Lisa verstand. Ob das Pflicht für Asylbewerber war, sich von einem Arzt durchchecken zu lassen? »At which time?«

»Three o clock!«, antwortete Tayo.

Es war jetzt Viertel nach zwei.

»Hunger?«, fragte sie.

Tayo zuckte mit den Schultern, nickte dann.

Lisa zeigte auf einen Imbissstand. Die Zeit reichte nicht, um Tayo zu sich einzuladen. Außerdem war sie sich unsicher, wie ihr Vater reagieren würde, wenn sie Tayo schon wieder mit nach Hause brachte. Schnell schickte sie ihrem Vater eine Nachricht, dass sie mit ihren Freundinnen unterwegs sei und später nach Hause käme.

»Hallo Lisa!«

Lisa wandte sich um und fluchte innerlich. Was machte der denn hier? Ihr Onkel Klaus winkte ihr zu.

Er stand hinter dem Infostand einer Bürgerinitiative, die sich gegen den geplanten Bau einer neuen Flüchtlingsunterkunft vor ihrer Haustür wehrte. Ausgerechnet hier und ausgerechnet jetzt, wo sie mit Tayo unterwegs war! Peinlicher ging's nicht! Was würde Tayo von ihr denken? Es half nichts, sie war zu nah, um vortäuschen zu können, dass sie ihren Onkel nicht gehört hatte.

»Na, Schulschluss?«, fragte ihr Onkel. Er winkte sie mit einem Papierstapel in der Hand heran. Neben ihm verteilten zwei Männer, die Lisa zum Glück nicht kannte, gemeinsam mit Lisas Nachbarin Frau Feldmann Flugblätter. Wieso machte die denn mit?, fragte sich Lisa. Die geplante Unterkunft würde fünfzehn Minuten Fußweg von ihrem Haus entfernt sein. Offenbar war das Frau Feldmann deutlich zu nah.

Lisa zögerte, ob sie zu ihrem Onkel hingehen sollte. Dann würde Tayo mitkommen und wer weiß, ob er nicht schon verstand, was für Flyer ihr Onkel dort verteilte.

Tayo lächelte ihn an.

»My uncle!«, erklärte Lisa.

Tayos Miene hellte sich noch weiter auf.

Mit »Onkel« verband er anscheinend erst einmal etwas Positives. Immerhin war Tayo ja auch dreizehn Jahre bei seinem Onkel aufgewachsen. Aber ihr Onkel war das Gegenteil, der wollte niemanden aufnehmen, sondern möglichst alle abschieben – zumindest, wenn sie ihm zu nah kamen.

»Hallo, Onkel Klaus!«, begrüßte Lisa ihn. »Das ist Tayo aus meiner Klasse!«

Ihr Onkel warf Tayo ein kaum wahrnehmbares Kopfnicken zu: »Hallo Tayo. Na, wollt ihr zu Hause Hausaufgaben machen?«

Die Begrüßung klang nett, doch Lisa wusste es besser. Es war ein getarnter Deutsch-Test, durch den Tayo prompt durchfiel. Er verstand die Frage nicht.

Stattdessen reichte er dem Onkel die Hand, lächelte ihn an und sagte: »Guten Tag.«

»Bist du erst so kurz hier?«, fragte Onkel Klaus. »Dass du noch kein Deutsch kannst?«

»Sprich doch bitte Englisch mit ihm«, bat ihn Lisa. Sie wusste, dass ihr Onkel kein Wort Englisch sprach.

Ihr Onkel verzog säuerlich die Mundwinkel.

»Hallo Lisa!« Frau Feldmann trat nun auch heran.

*Asylchaos und Eurokrise stoppen!* stand unübersehbar mit großen roten Buchstaben auf den Blättern.

»Wir können nicht die ganze Welt bei uns aufnehmen«, hörte Lisa im Hintergrund den einen Flugblattverteiler zu einem Passanten sagen.

»Ist Ihre Familie nicht selbst aus Ostpreußen hierher geflüchtet?«, fragte der Passant und erntete sofort Entrüstung.

»Das ist ja wohl etwas anderes.«

»Wussten Sie, dass die ersten Menschen vor sechs Millionen Jahren in Äthiopien lebten?«, fragte der Passant unbeirrt weiter. »Alles, was dann folgte, ist eine einzige Geschichte von Völkerwanderungen, Aus-, Umsiedlung und Flucht. Wenn jeder da geblieben wäre, wo er herkommt, wie Sie fordern, gäbe es uns hier gar nicht!«

»Wir müssen unser Christentum verteidigen!«, beharrte der Flugblatt-Verteiler.

»Sie tun so, als wäre Jesus ein Deutscher. Dabei ist Jesus in Betlehem geboren. Das liegt im heutigen Westjordanland, Palästina. Er hätte sie nicht einmal verstanden.«

Lisa konzentrierte sich wieder auf Frau Feldmann, die Lisa immer noch ihre Hand entgegenstreckte.

»Tag, Frau Feldmann.« Dann sagte sie an ihren Onkel gewandt: »Tayo ist erst vor einigen Tagen angekommen. Seine Eltern wohnen aber schon länger hier.«

»Und er geht in deine Klasse?«, wunderte sich Frau Feldmann. »Wie geht das denn?« Sie rückte ihre Brille zurecht und begutachtete Tayo. »Normalerweise müssen die doch erst …«

»Tayo hat eine Ausnahmegenehmigung bekommen!«, unterbrach Lisa sie. »Wir müssen jetzt weiter!«

»Das musst du mir aber erklären. Er besucht schon die Schule, obwohl noch gar nicht klar ist, ob er bleiben darf? Das kann doch nicht sein, oder?« Frau Feldmann sah Lisas Onkel fragend an.

»Wieso soll er nicht bleiben dürfen? Seine Eltern leben seit Jahren hier! Möchten Sie Tausende Kilometer von ihren Kindern entfernt leben?«, fragte Lisa aufgebracht.

»Ich habe keine Kinder«, antwortete Frau Feldmann.

»Ach ja!«, sagte Lisa. »Natürlich nicht!«

Frau Feldmann schob ihre Brille erneut zurecht. »Natürlich nicht? Was soll das denn heißen?«

»Seien Sie doch froh, Frau Feldmann. Wenn Sie selbst keine Kinder haben, zahlt vielleicht Tayo eines Tages Ihre Rente!«, entfuhr es Lisa.

Frau Feldmann schnappte nach Luft. »Also wirklich!«

»Lisa!«, mahnte ihr Onkel.

In Lisa stieg Wut hoch. »Tschüss. Wir müssen jetzt los!«

Tayo wollte noch ein Flugblatt nehmen.

Doch Lisa ging dazwischen. »No!«, sagte sie. »It's not good!«

»Nix gut?«, fragte Tayo. »Your uncle?« Er nahm ein Flugblatt.

Lisa seufzte. »Komm, wir müssen los!« Sie packte Tayo am Arm und zog ihn mit sich.

»Tschöss!«, sagte Tayo. Er folgte Lisa, hatte aber anscheinend nicht verstanden, was passiert war.

»Why do you run away?«

»Die quatschen uns voll und das willst du nicht alles hören …«, sagte Lisa. »Bestimmt nicht.«

Sie hatte vergessen, Englisch zu sprechen.

»What?«

»Nothing!« Ihr war jetzt wirklich nicht nach Erklärungen zumute.

Tayo hielt schweigend mit ihr Schritt. Lisa war froh, dass auch Tayo es dabei beließ und nicht noch mal auf ihren abrupten Abgang zu sprechen kam. Und auch nicht mehr auf die Flugblätter. Um ganz sicherzugehen, wechselte sie schnell das Thema, als sie die Imbissbude betraten.

»Ich nehm Pommes mit Mayo. Und du?«, fragte sie Tayo.

Tayo schaute sich die Tafel des Imbisses an. Und zuckte mit den Schultern. Er wirkte ratlos.

»Was isst du denn gern?«, fragte sie.

Gerade wollte sie es übersetzen, aber Tayo schien verstanden zu haben.

»Suya!«, sagte er. »Kilishi or Egussi Soup!«

Nun war Lisa es, die große Augen machte.

»Oder Döner«, ergänzte Tayo.

Lisa lächelte. »Okay, Döner ist gut, ich lad dich ein!«

Tayo bedankte und verabschiedete sich mit dem Döner in der Hand. Er musste los, wenn er nicht zu spät zum Arzt und vor allem anschließend zum Training der Schulmannschaft kommen wollte.

Dreieinhalb Stunden später traf Lisa pünktlich um 18 Uhr auf dem Schulsportplatz ein. Und war die Letzte. Die komplette Mannschaft stand bereits auf dem Platz. Am Rand traf sie Hülya und Svenja.

Lisa schaute sich um. »Was denn? Sind wir die Einzigen?«

»Na ja, so oft schaut ja niemand beim Training zu«, erwiderte Hülya. »Wir sind nur zu Tayos Ehren hier. Weiß er das überhaupt?«

»Dass wir hier sind? Klar!«, sagte Lisa.

»Dass wir *seinetwegen* hier sind«, präzisierte Hülya.

Lisa schüttelte den Kopf. »Bis jetzt wusste nicht einmal ich es.«

Hülya verzog die Mundwinkel zu einem ironischen Grinsen. »Okay. Fabi denkt vielleicht noch, du bist seinetwegen hier.«

Lisa wollte die Anspielung übergehen. Aber das funktionierte bei Hülya nicht.

»Und?«, hakte sie nach.

»Was, und?« Lisa wusste genau, worauf Hülya hinauswollte. Aber genau darüber wollte sie mit ihr nicht reden.

»Hat Fabi noch Chancen bei dir, seit Tayo aufgetaucht ist?« Hülya nahm wie immer kein Blatt vor den Mund.

Lisa wich der Frage aus: »Warst du es nicht, die mir da vor kurzem so ein Horoskop vorgelesen hat?«

»Ich verstehe!« Damit war für Hülya die Sache klar.

»Hör zu«, versuchte Lisa richtigzustellen. »Ich denke, Tayo braucht ein wenig Unterstützung am Anfang.« Dann erzählte sie von ihrer Begegnung mit ihrem Onkel am Nachmittag.

»Dein Nazi-Onkel?«, fragte Hülya.

»Der ist kein Nazi!«, korrigierte Lisa. Aber so ganz sicher war sie sich da selber nicht. Seine Abneigung gegenüber Asylbewerbern wurde immer schlimmer, je mehr nach Deutschland kamen. Einige Monate zuvor hatte er in Flugblättern die Todesstrafe für Pädophile gefordert, Homosexualität betrachtete er noch immer als Krankheit und bei jeder Verschärfung des Nahost-Konfliktes war Israel plötzlich immer sofort ein Mörderstaat und ihr Onkel zeigte verblüffend viel Sympathie für die Palästinenser, zumindest, wenn es gegen die Juden ging. Dann schienen seine Aversionen gegen Muslime vergessen zu sein.

Hülya schaute Lisa in die Augen und wartete auf eine Antwort auf ihre unausgesprochene Frage: *Was ist er dann?*

Lisa winkte erneut ab und kam zurück auf Tayo. »War jedenfalls ein Scheißgefühl, ausgerechnet mit ihm da bei meinem Onkel am Infotisch vorbeizukommen.«

Hülya nickte verständnisvoll.

»Mit jedem Tag länger in Deutschland wird Tayo begreifen, dass nicht nur solche Nazis etwas gegen seine Anwesenheit haben, sondern auch ganz normale Leute«, sagte Hülya.

»BRAVO!!!« Svenjas Jubel riss die beiden aus ihrem Gespräch. »Habt ihr das gesehen? Tayo hat ein Tor gemacht. Und was für eins!«

Hülya und Lisa hatten es verpasst.

»Mit der Hacke!«, schwärmte Svenja. »Genial!«

Fabis Gesichtsausdruck nach zu urteilen musste es wirklich ein toller Treffer gewesen sein. Denn Fabi spielte in der gegnerischen Mannschaft und stand nun entsprechend bedröppelt auf dem Platz.

»Purer Glückstreffer!«, verkündete er lauthals.

»Von wegen!«, widersprach Svenja leise vor sich hin. »So ein Tor musst du erst mal bringen, Fabi!«

Wenn Svenja das sagte, war es durchaus ernst zu nehmen. Sie verstand etwas von Fußball und spielte selbst in einem Verein in der Mädchen-A-Jugend. »Ist er wirklich so gut?«, fragte Lisa, die sich nicht die Bohne für Fußball interessierte.

»Scheint so!«, antwortete Svenja. »Guck mal!«

Tayos Mannschaft hatte nach dem Anstoß der Gegner schnell wieder den Ball erobert. Jetzt führte Tayo ihn am Fuß, umspielte einen, zwei, drei Gegenspieler, nahm Tempo auf, hatte auf halbrechter Position die Strafraumgrenze erreicht, trickste den Verteidiger aus und spielte den Ball mit einem präzisen Pass hinüber auf die linke Seite des Tores, wo Hinnerk völlig frei stand und ihn nur noch einschieben musste.

»2:0!«, stellte Svenja fest. »Ein Tor von Tayo selbst, das andere hat er vorbereitet. Ich sage euch, da hat unsere Schulmannschaft einen echten Knaller dazubekommen.«

Hülya dämpfte Lisas Freude darüber gleich ein wenig ab: »Wenn ich es richtig sehe, spielt er auf Fabis Position?«

Svenja nickte. »Offensives zentrales Mittelfeld. In den Trainingsmannschaften spielen sie gegeneinander, da ist es kein Problem, doch wenn sie gemeinsam in der Schulmannschaft antreten …«

»Was ist dann?«, hakte Lisa nach.

»Na ja«, erklärte Hülya. »Dann kann es gut sein, dass Fabi entweder seine Position wechseln muss oder nur noch Ersatzspieler ist.«

»Vor allem, wenn Tayo defensiv besser spielt«, ergänzte Svenja.

»Da! Seht ihr? Eine solche Grätsche, mit der er sich gerade den Ball geangelt hat, habe ich bei Fabi noch nie gesehen.«

»Fabi wird bestimmt nicht gerade begeistert sein über Tayos Fußballtalent«, bemerkte Lisa seufzend. Nicht, dass sie sich Fabis Kopf zerbrechen wollte, aber sie hatte gehofft, über Fabis Kontakte zur Schulmannschaft und vor allem auch zu seinem Fußballverein könnte er Tayo vielleicht unterstützen hier in Hamburg Fuß zu fassen, Anschluss und neue Freunde zu finden. Aber wenn Fabi ihn nur als Konkurrenten betrachtete … Und sie selbst war daran vielleicht auch nicht ganz unschuldig.

Lisa beschloss, Fabi gegenüber auf keinen Fall ein zweites Mal so unhöflich zu sein wie gestern, als sie ihn versetzt hatte. Allein schon Tayo zuliebe.

Vielleicht, dachte sie, wäre es gar keine schlechte Idee, wenn nicht nur Fabi, sondern überhaupt alle in der Klasse etwas mehr über Tayo und die Bedingungen in seinem Land erfahren würden. Er könnte doch in der Schule ein wenig über sein Land erzählen? Fast hätte sie sofort Svenja und Hülya gefragt, was sie von der Idee hielten, aber Lisa nahm sich vor, erst Tayo selbst zu fragen. Aber sie wollte ihm noch ein wenig Zeit lassen.

# 6

Zuerst war Tayo von Lisas Idee, sich vor die gesamte Klasse zu stellen und etwas über sein Heimatland Nigeria zu erzählen, nicht begeistert gewesen. Er hätte den anderen zwar gern von seiner Heimat berichtet, aber im Mittelpunkt zu stehen war einfach nicht seine Sache.

Das war Lisa auch schon aufgefallen. In der Schule wurde viel *über* ihn gesprochen, ein bisschen auch *mit* ihm, aber *von* ihm kam selten etwas. Tayo verkrümelte sich offenbar gern auf seinem Platz und ließ die anderen machen. Lisa aber wusste, dass das keineswegs etwas mit Desinteresse zu tun hatte. Im Gegenteil: Er ging zum Intensiv-Deutschkurs, lernte täglich allein privat noch weiter die Sprache, hatte sein erstes Training in der Schulmannschaft hinter sich und absolvierte tapfer seine zahlreichen Behördengänge. Und trotzdem wäre es ihm wohl am liebsten gewesen, niemand würde Notiz von ihm nehmen.

Tayo hatte sich zu einem Referat über Nigeria auch erst breitschlagen lassen, als Lisa ihm zusagte, es mit ihm gemeinsam zu halten. Allein schon, weil er es nicht in Deutsch schreiben und vortragen konnte.

Lisa hatte sich mit ihrem Vorschlag zwar ein zusätzliches, freiwilliges Schulreferat aufgehalst, aber das war für sie in Ordnung. Ihre Lehrerin Frau Tremmel war von der Idee sofort sehr angetan gewesen und so war es abgemacht. »Nichts Aufwendiges«, hatte Frau Tremmel gebeten. »Vielleicht so zehn Minuten zu Beginn der Stunde morgen.«

Morgen? So hatte sich Lisa das eigentlich nicht vorgestellt, aber dann kam sie aus der Nummer nicht mehr heraus. Tayo hatte nichts dagegen, anscheinend hatte er nicht damit gerechnet, dass er sich dafür groß vorzubereiten brauchte. Er kam schließlich aus Nigeria, da konnte er doch einfach ein bisschen über sein Land erzählen.

Tayo war ganz still geworden, als Lisa ihm aufzählte, was alles zu so einem Vortrag gehörte.

Da waren Zahlen und Fakten gefragt, die niemand über sein Land parat hatte. Oder kannte er etwa das Bruttoinlandsprodukt seines Landes oder die Sterblichkeits- und Geburtenrate, die Anzahl der Analphabeten im Land oder die Inflationsrate?

Und so hatten die beiden sich für später bei Lisa verabredet, um den Vortrag auszuarbeiten.

Nach der Schule war Lisa vor ihrem Vater zu Hause. Sie öffnete den Briefkasten und zog mit der Stromabrechnung, der Werbepost vom ADAC und einer Versicherung einen Flyer der AfD heraus. Sie warf kurz einen Blick darauf und hätte das Papier am liebsten gleich in den Müll gefeuert. *Mit Mut zu Deutschland das Asylchaos unter Kontrolle bringen!* stand da.

Der gleiche Unfug wie auf dem Flyer, den ihr Onkel neulich am Bahnhof verteilt hatte. Wütend knüllte Lisa das Papier zusammen.

»Asylchaos!« Sie hätte kotzen können! Das waren Menschen, die hier ankamen. Vor Krieg und Zerstörung geflüchtet, oder um einfach wieder bei den eigenen Eltern leben zu können, wie Tayo. Wie kamen diese arroganten Deppen dazu, diese Menschen, die einfach nur in Frieden, Freiheit und gemeinsam mit ihrer Familie leben wollten, als »Chaos«, »Bedrohung« oder gar als »Asylantenflut« zu beschimpfen? Manche Politiker, nicht nur Rechtspopulisten, sondern auch von der CDU, hatten die Flüchtlinge sogar als »Tsunami« bezeichnet. Ein Tsunami war eine Flutwelle, die alles und jeden mit sich riss, Tod und Zerstörung brachte. Wie konnte man Menschen wie Tayo mit so etwas gleichsetzen?

»Arschlöcher!«, schimpfte Lisa laut vor sich hin, als sich hinter ihr die Tür zum Treppenhaus öffnete. Ihr Vater kam nach Haus. Den letzten Fluch seiner Tochter hatte er gerade noch gehört.

»Na, na! Was ist denn in dich gefahren?«, fragte er mahnend.

Lisa zeigte ihm den Flyer und erzählte auch von der Begegnung mit Onkel Klaus.

Ihr Vater seufzte. »Ach, der Klaus ist doch kein schlechter Mensch!«

Nun seufzte Lisa. Sie wusste, was nun kam. Ihr Vater nahm seinen Bruder mal wieder in Schutz. Er war stets bemüht, auch dessen Seite und Argumentationen zu verstehen. Und so manches Mal, wenn ihr Vater wieder einen Einsatz bei irgendwelchen Messerstechereien, Schlägereien oder organisierten Einbruchsserien hinter sich hatte, zweifelte er selbst an seiner eigenen, im Großen und Ganzen weltoffenen politischen Meinung. Als Polizist kannte er eben beide Seiten: Es gab für ihn nicht nur die »guten« Ausländer wie die an Lisas Schule, wo man sich mehr als anderswo um ein multikulturelles Zusammenleben bemühte, sondern eben auch die Ausländer, die kriminell wurden und mit denen er täglich beruflich zu tun hatte.

»Weißt du, Lisa«, sagte ihr Vater wie so oft, »es gibt nicht nur unter uns Deutschen, sondern auch unter den Zuwanderern und Flüchtlingen zu viele Arschlöcher, die einem den Glauben an das Gute im Menschen wirklich schwer machen.«

»Ja, das weiß ich. Aber ich weiß auch, dass es unter den Ausländern proportional keine höhere Kriminalitätsrate gibt als unter Deutschen – auch wenn Leute wie Onkel Klaus so etwas mit ihren ganzen Statistiken immer wieder behaupten.«

Plötzlich stand Tayo beladen mit einem schweren Rucksack in der Eingangstür.

»Was hast du denn damit vor?«, wunderte sich Lisa.

Tayo erklärte auf Englisch, dass das alles Bücher und Materialien seien, die ihm die Schulsekretärin für den Unterricht ausgehändigt habe.

»Na dann will ich euch nicht länger vom Lernen abhalten«, sagte ihr Vater und ließ den beiden lächelnd den Vortritt zum Aufstieg ins Dachgeschoss. Ohne große Verzögerungen machten sich die beiden schnell an die Arbeit.

Nach drei Stunden waren sie fertig. Sie hatten durchgearbeitet! Lisa konnte sich nicht erinnern, wann sie das letzte Mal volle drei Stunden ohne Pause etwas für die Schule getan hatte. Aber Tayos Erzählungen waren einfach zu interessant gewesen. Tayo selbst hatte das Berichten aus seiner Heimat offenbar auch gefallen, denn auch er hatte keine Anstalten für eine Unterbrechung gemacht, sondern fast durchgehend erzählt. Ab und zu hatte Lisa das Gefühl gehabt, in Tayos Beschreibungen hatte sich eine große Melancholie gemischt. Er war nicht gern von zu Hause weg, das spürte man. Einerseits. Andererseits brannte er darauf, hier eine neue Lebenschance zu entdecken und wahrzunehmen. Und er freute sich sicher auch, hier in Deutschland wieder bei seinen Eltern sein zu können. Gerade wollte Lisa danach fragen, da kam Tayo ihr zuvor:

»Where is your mother?«, fragte er. »Does she not live here?«

Lisa schüttelte den Kopf. Überlegte, ob sie die Frage abwimmeln oder Tayo davon erzählen sollte. Sie sprach nicht gern drüber, weil sie selbst oft und gern die traurige Erinnerung an den Tod ihrer Mutter verdrängte. Zu schnell und zu heftig überkam sie oft die Sehnsucht und die Trauer, wenn sie drüber sprach. Und auf keinen Fall wollte sie an einem Nachmittag wie diesem anfangen vor Tayo loszuheulen. Dann aber entschied sie sich es Tayo zu erzählen.

Sie griff zu einem Foto an ihrer Wand und strich sanft ein paar Staubkörner von der Scheibe. »This was the day before she got the terrible message! Six months later she died. Strong illness in the brain, no chance to survive!«

»Oh shit!«, sagte Tayo. »I am so sorry, you have my sympathy.«

Lisa kannte die Formulierung nicht, aber sie hatte verstanden. Er fühlte mit ihr, bedauerte den Tod ihrer Mutter. Er, der jahrelang von seinen Eltern getrennt war und sie immer noch nicht wiedergefunden hatte.

Lisa hätte ihm jetzt gern gesagt, dass sie noch nie in ihrem Leben kapiert hatte, dass, wenn es einen Gott gab – wie immer man ihn auch nannte: Gott, Allah, Buddha, Brahma –, wieso er zuließ, dass Menschen durch Mord, Krieg, Gewalt oder schreckliche Krankheiten verendeten und nicht alle Menschen einfach glücklich, gesund und friedlich irgendwann nur an Altersschwäche starben. Wenn sie so etwas wie ein Gott wäre, wäre es das Erste, wofür sie sorgen würde.

Aber all das konnte sie Tayo nicht sagen, weil ihr die Worte und die Vokabeln dafür fehlten. So sah sie ihn nur stumm und wohl auch traurig an.

Tayo erwiderte ihren Blick und sie hatte das Gefühl, er verstand auch ohne Worte, was sie ihm so gern gesagt hätte.

»We have the chance to make the world a little bit better!«, sagte er lächelnd und legte seine Hand auf Lisas Hand.

Lisa wurde warm ums Herz. Gerade noch konnte sie ihrem Impuls widerstehen, Tayo zu umarmen oder vielleicht sogar zu küssen. Aber sie tat es nicht. Warum, wusste sie selbst nicht. Vermutlich einfach nur, weil es zu peinlich gewesen wäre, wenn Tayo ihre augenblicklichen Gefühle nicht geteilt hätte. Noch niemals war sich Lisa so unsicher gewesen einzuschätzen, was der andere dachte oder fühlte, wie bei Tayo. Lag das nur an der Sprachbarriere? An der unterschiedlichen Kultur oder … – Lisa hörte förmlich Hülyas Stimme in ihrem Kopf – weil sie diesmal echt verknallt war? War sie das überhaupt?

»Noch einen Tee?«, fragte Lisa, um sich selbst so schnell wie möglich von ihren eigenen Gedanken abzulenken.

Tayo nickte und zog seine Hand zurück, was Lisa nicht entging.

Mist!, dachte sie. Jetzt hatte sie die so besondere Stimmung zerstört. Sie stand auf, um aus der Küche neuen Tee zu holen. Als sie zurückkam, hatte Tayo sich bereits seine Jacke übergezogen und stand zum Gehen bereit.

»I have to go«, sagte er höflich. »We see us tomorrow. And thank you for your help!«

Lisa begleitete ihn zur Tür, winkte ihm kurz hinterher, schloss die Tür und legte ihre Stirn dagegen.

# 7

Kurz vor der Präsentation von Tayos Referat spürte auch Lisa innere Aufregung. Okay, aufgeregt war sie eigentlich immer, wenn sie vor der Klasse sprechen musste, aber jetzt auch noch im englischen Dialog mit Tayo, das machte die Anspannung nur noch schlimmer. Sie selbst und die ganze Klasse wusste, wie schlecht sie in Englisch war. Da musste man sein eigenes Desaster nicht auch noch öffentlich vorführen. Aber es war ja ihre eigene Idee gewesen mit Tayos Bericht über seine Heimat.

Während Tayo begann die Leinwand aufzubauen, installierte Lisa den Beamer.

Ihre Lehrerin Frau Tremmel stand etwas nervös und ratlos daneben. Frau Tremmel selbst hatte den Schulbeamer noch nie benutzt. Nun musste Lisa zusehen, wie sie mit dem fremden Gerät klarkam.

Tayo hatte die Leinwand aufgebaut und startete den Schul-Laptop.

»Weißt du, wie das geht?«, fragte Frau Tremmel. Sie wusste es jedenfalls nicht.

Tayo lächelte sie an, zeigte auf eine Steckdose am Laptop und sagte: »Wir brauchen a VGA cable.«

Frau Tremmel schaute ratlos. »Ein was?«

»Das Verbindungskabel zwischen Laptop und Beamer: VGA!«, rief Fabi nach vorn.

Lisa fischte es aus der Tragetasche heraus und reichte es Tayo, während sie den USB-Stick mit der Präsentation in den Computer steckte.

»Wir sind gleich so weit!«, versprach Lisa, betätigte die Powertaste des Beamers, wartete, ob er begann sich warm zu laufen, aber nichts tat sich. Sie prüfte nochmals die Anschlüsse am Gerät, alles war korrekt.

»Hat Tayo das Ding auch richtig reingesteckt?«, fragte Fabi.

»Vermutlich besser als du!«, kicherte Hülya.

Erst als Sandra laut auflachte, begriff Fabi die Zweideutigkeit von Hülyas Antwort. Sein Kopf lief knallrot an, die anderen lachten. Und Fabi klappte seinen Mund für den Rest der Stunde zu.

»Soll ich vielleicht mal den Hausmeister …?«, fragte Frau Tremmel.

Doch Tayo hatte an der Fernbedienung bereits das Menü aufgerufen, stellte den Beamer von HDMI auf VGA um und schon erschien auf der Leinwand eine Landkarte von Nigeria.

»Donnerwetter, das hätte ich jetzt nicht gedacht!«, sagte Frau Tremmel anerkennend.

»Was?«, fragte Lisa bissig. »Dass Nigeria so aussieht oder dass die dort auch schon Beamer kennen?«

Frau Tremmel überging die spitze Bemerkung und sagte: »Na, dann mal los. Bitte!«

Tayo und Lisa begannen ihren Vortrag mit einem Ländervergleich: Die Fläche Nigerias war gut zweieinhalb mal so groß wie die Deutschlands, mit etwas mehr als doppelt so vielen Einwohnern, wodurch die Bevölkerungsdichte in Deutschland nur leicht höher lag. Der erste krasse Unterschied ergab sich im Durchschnittsalter: In Nigeria lag es bei 53, in Deutschland bei 81 Jahren. In Deutschland gab es eine Arbeitslosenquote von 5 Prozent, in Nigeria betrug sie fast 24 Prozent.

Das Bruttoinlandsprodukt pro 1000 Einwohner lag in Nigeria bei rund 2 Millionen Euro, in Deutschland bei mehr als 33 Millionen Euro, mehr als das Sechzehnfache!

»Was ist noch mal ein Bruttoinlandsprodukt?«, fragte Fabi dazwischen.

Tayo verstand die Frage nicht, aber Lisa hatte mit ihr gerechnet. Deshalb hatte sie es selbst noch mal nachgeschaut: »Es ist der Gesamtwert aller Waren und Dienstleistungen, die eine Volkswirtschaft in einem Jahr herstellt. Wir schaffen also jedes Jahr mehr als sechzehn Mal so viele Werte wie Nigeria.«

Große Augen machten Lisas Mitschüler, als Tayo die wichtigsten Muttersprachen des Landes aufzählte: Yoruba, Hausa, Igbo und Ful.

»Hä?«, fragte Hülya. »Ich dachte, ihr sprecht Englisch?«

Tayo hatte die Frage verstanden und nickte Lisa bittend zu.

Lisa antwortete für ihn: »Englisch ist die Amtssprache! Aber Yoruba zum Beispiel wird in mehreren afrikanischen Staaten von insgesamt rund 30 Millionen Menschen gesprochen!«

»Verrückt!«, kommentierte Hülya. »Von den Sprachen habe ich noch nie etwas gehört. Sprichst du die auch, Tayo?«

Tayo schüttelte den Kopf, behauptete aber, dass er von den genannten vier Sprachen vieles verstand. »Better than German.«

Leichtes Gelächter im Klassenraum.

Dann wurde es allerdings schnell wieder ernst. Tayo und Lisa hatten nachgelesen, dass in Nigeria noch immer die Todesstrafe existierte, allein 2014 wurden 659 Todesurteile ausgesprochen, allerdings in dem Jahr keines vollstreckt. Zumindest, was die offiziellen, durch Gerichte verfügten Todesurteile angeht.

Gleichzeitig terrorisierte Boko Haram – was übersetzt heißt: »westliche Erziehung ist Sünde« – seit einigen Jahren den Norden des Landes: Die Terroristen entführten und vergewaltigten Mädchen, attackierten Dörfer, zündeten Autobomben, ermordeten Menschen. Seit 2001 wurden mehr als 10 000 Menschen bei den Kämpfen getötet, knapp 300 000 Menschen mussten fliehen.

Viele Schulen wurden aus Angst vor den Terroristen geschlossen. Dort im Norden, wo die Terroristen mittlerweile das Sagen hatten, wurden auch Minderjährige hingerichtet, weil dort das islamische Recht, die Scharia, galt.

Das Leben vieler Kinder in Nigeria war gezeichnet von Armut und Krankheit und Entbehrungen. Rund 13 Prozent aller Kinder unter 14 Jahren mussten arbeiten. Viele wurden aber auch von militanten Gruppen und Banden rekrutiert oder sogar in andere Länder verschleppt, um dort als Kindersoldaten in den Krieg zu ziehen.

Am Ende verglichen sie die Schulsysteme.

»In Nigeria gibt es keine Schulklassen, sie lernen alle gemeinsam in einem Raum. Das Schulgeld ist hoch, der Preis für die Schuluniform auch. Tayos Onkel zum Beispiel konnte das Geld am Ende nicht mehr aufbringen«, sagte Lisa.

»Wie?«, rief Fabi dazwischen. »Dann bist du gar nicht mehr zur Schule gegangen?«

»Hier bei euch besuchen ninetynine percent from all children die Schule«, sagte Tayo und legte sein Blatt beiseite.

»Die Schulbesuchsquote im Süden Nigerias liegt bei 70 Prozent«, ergänzte Lisa. »Im Nordosten gibt es überhaupt keine Schulen mehr. Wie gesagt: Da ist alles unter Kontrolle von Boko Haram. Die haben kein Interesse an Bildung. Bildung soll ausgemerzt werden. Gelehrt werden soll ausschließlich eine sehr strenge Auslegung des Koran. Kinder, die im Norden Nigerias in die Schule gehen, riskieren ihr Leben.«

Lisa machte eine kleine Pause. Dann erinnerte sie an die Entführung von 200 Schülerinnen durch die islamistische Terrorgruppe Boko Haram. »Der zweite Tag der Abiturprüfungen stand vor ihnen. Aber dazu kam es nicht mehr«, sagte sie. »In der Nacht wurden sie von fünfzehn Männern verschleppt und auf Lastwagen weggefahren. Bis heute ist unklar, wo die Mädchen sind, wie viele von ihnen noch leben und ob sie jemals befreit werden können.«

Schweigen im Saal.

Bis Tayo es durchbrach. »Aber unsere Land ist schön!«

Er und Lisa hatten beschlossen Tayos Vortrag nicht so deprimierend zu beenden.

Daher begann Tayo nun auf Deutsch einen kleinen Text über die beeindruckende Tier- und Pflanzenwelt Nigerias vorzulesen – mit erstaunlich guter Aussprache und Betonung. Dazu zeigte er im Hintergrund wunderschöne Landschaftsaufnahmen.

»Ein Grund mehr, sich das Land und unsere Erde nicht von Terroristen kaputt bomben zu lassen«, beendete Lisa den Vortrag.

Dann drückte sie die Aus-Taste des Beamers und schob den Vorhang zur Seite. Das Quietschen der Laufschiene durchbrach die gespannte Ruhe in der Klasse.

»So weit Tayos kleines Referat zu Nigeria und Deutschland«, sagte Lisa und lief mit den Unterlagen unter dem Arm und mit Tayo an ihrer Seite zurück an ihren Platz.

Die Klasse applaudierte.

Erst als Frau Tremmel nach vorne kam, ebbte der Applaus ab.

Lisa sah mit erhobener »Take-five-Hand« nach hinten zu Tayo. Tayo klatschte mit einem breiten Grinsen ab und schob Fabis Sachen, die auf seiner Seite gelandet waren, behutsam auf Fabis Tischhälfte zurück.

Fabi zog einen Flunsch, während er auch mit seinem Stuhl auf seine Seite zurückrückte. Dabei sah er so lustig aus, dass Lisa sich ein Lachen verkneifen musste.

»Danke. Eure Idee, das so aufzuziehen, hat mir gut gefallen«, sagte Frau Tremmel. »Und ein großes Lob an dich, Tayo, deine

Aussprache ist super! – your pronounciation is perfect! Die Fakten werden wir bei nächster Gelegenheit nochmals ausführlicher besprechen.«

In der Pause gönnte sich Lisa eine Donauwelle. Sie liebte diesen Schokokuchen mit Kirschen und weißer Cremeschicht.

Sie stellte sich neben Svenja und Hülya, die auf sie gewartet hatten. Ein rhythmisches Klatschen war zu hören: Einige Meter weiter hatten die Jungs wohl eine Wette laufen, wer am besten einen tennisballgroßen Schaumstoffball auf dem Fuß jonglieren konnte. Der Rekordhalter und Wettkönig in dieser Disziplin hieß Lukas, ein Schüler aus der Klasse über ihnen, auf den Svenja ein Auge geworfen hatte.

Mindestens dreißig Schüler bildeten inzwischen einen Kreis um die Wettkampfteilnehmer und klatschten im Takt. Immer mehr Schüler stellten sich dazu. Mit Svenja war keine Unterhaltung mehr möglich. Sie stieg auf die Heizung am Fenster und versuchte über die Köpfe der Jungs hinweg zu verfolgen, ob es ihrem Schwarm gelang, seinen eigenen Rekord zu brechen. Aber sie entdeckte ihn nicht, so sehr sie den Hals auch reckte.

»Kannst du ihn sehen?«, fragte sie einen Jungen neben sich auf der Heizung.

Der Junge nickte. »Der ist echt gut!«

Svenja wollte sich einen besseren Beobachtungsposten suchen. »Kommt ihr mit?«, fragte sie ihre Freundinnen.

»Och nö! Das ist doch voll langweilig«, maulte Hülya, folgte Sandra aber trotzdem. Lisa steckte sich den letzten Kuchenhappen in den Mund und trottete den beiden hinterher. Am Kreis angekommen trauten sie ihren Augen nicht.

Es war gar nicht Lukas, sondern Tayo, der mit dem Ball artistische Einlagen vorführte, wie sie sonst wohl noch niemand gezeigt hatte. Ein Trick war spektakulärer und schwieriger als der nächste. Mit kunstvoller Leichtigkeit und dazu extrem präzise beförderte Tayo den Ball von fast jeder beliebigen Körperstelle in die Luft.

»Das ist ja unglaublich!«, rief Hülya.

»Einfach genial«, staunte Lisa.

»Ich hab euch doch gesagt, dass er echt gut ist«, sagte Svenja und schaute sich gleichzeitig suchend um: »Habt ihr Lukas gesehen?«

»Niemand schaut gern dabei zu, wenn jemand den eigenen Rekord bricht«, grinste Lisa. »Aber einfach verschwinden?« Der Applaus schallte durch die ganze Halle. Statt Lukas entdeckte Lisa Fabi, der im Kreis stand und Tayos Kunststücke bewunderte. Das war doch eine gute Gelegenheit.

Sie ging auf ihn zu und fragte, ob er nicht Tayo einmal mit zur HSV-Jugend nehmen könnte.

Fabi verdrehte nur die Augen. »Mann, so schnell geht das nicht. Tayo ist doch gerade erst in der Schulmannschaft angekommen. Nun lass ihn sich da doch erst mal bewähren!«

»Bewähren?«, blaffte Lisa zurück. »Was soll das denn heißen. Du siehst doch selbst, was er draufhat!«

Fabi schüttelte den Kopf: »Du hast keine Ahnung von Fußball. Im Zirkus findest du auch tolle Ball-Jongleure. Auf dem Platz aber würden sie völlig versagen!«

»Ach ja?« Lisa hatte nicht vor, sich die Butter vom Brot nehmen zu lassen, auch wenn sie zugegebenermaßen wirklich nichts von Fußball verstand. Aber sie hatte Svenjas Einschätzung noch gut im Ohr. »Beim Trainingsspiel machte er aber gar nicht den Eindruck, als würde er versagen. So wie ich es sehe, hat er dich ziemlich alt aussehen lassen. Du hast ja nur Angst vor Konkurrenz.«

»So ’n Quatsch!«, entrüstete sich Fabi.

»Okay«, lenkte Lisa ein. »Wenn's Quatsch ist, kannst du Tayo ja gleich zum nächsten HSV-Training mitnehmen.«

Fabi öffnete den Mund – und schloss ihn wieder. Dazu fiel ihm wohl nichts mehr ein.

Sieg auf der ganzen Linie, dachte Lisa zufrieden.

»Eigentlich wollte ich dich etwas fragen«, begann Fabi zögerlich. »Am Wochenende wollen wir mit einigen Leuten zur Disco in der Kulturwerkstatt. Hast du Lust, mitzukommen?«

Lisa schaute ihn an und überlegte, dass die Kulturwerkstatt in Harburg ganz in der Nähe von Tayos Unterkunft lag, während Fabi eilig nachschickte: »Aber mal ohne Tayo, wenn's geht.«

»Wieso ohne ihn?«, fragte Lisa nach.

Fabi verdrehte erneut die Augen.

»Meinst du wirklich, er braucht ständig ein Kindermädchen? Man kann ja wohl auch mal was ohne ihn machen, oder?«

»Er kennt hier niemanden. Da ist es doch nur nett, wenn man ihm Kontakte vermittelt«, widersprach Lisa.

»Kontakte vermittelt«, wiederholte Fabi verächtlich. »Du bist ja wohl sein exklusiver Rund-um-die-Uhr-Kontakt. Man erwischt dich ja kein einziges Mal mehr allein!«, beschwerte sich Fabi. »Und neulich …«

»Schon gut!«, wehrte Lisa ab. Sie wollte sich nicht noch mal den Vorwurf anhören, dass sie Fabi versetzt hatte. »Ich hab mich dafür entschuldigt.«

»Also, kommst du mit oder nicht?«, forderte Fabi eine Antwort ein.

»Ich überlege es mir und sag Bescheid«, wand Lisa sich heraus.

Fabi verzog das Gesicht. »Schon klar.«

Lisa wusste, Fabi wertete das als eine Absage, aber das war sein Problem. Trotzdem erklärte sie beschwichtigend: »Ich frage Hülya und Svenja, okay?«

»Svenja hat schon zugesagt«, erläuterte Fabi. »Weil Lukas auch mitkommt.«

»Ich geb dir Bescheid«, wiederholte nun Lisa, als in der Menge ein großes Geraune losging.

Tayo war der Ball versprungen, aber den Pausenrekord hatte er trotzdem aufgestellt.

Lisa ging Beifall klatschend auf ihn zu.

»Wow!«, lächelte sie ihn an. »Congratulations!«

»Thanks«, sagte Tayo. »Soccer was my first love!« Er legte seine rechte Hand betont ergriffen auf die linke Brust.

»Ah ja?« Lisa zog vielsagend die Augenbrauen hoch. Tayo verstand nicht und Lisa wurde deutlicher. »Not the girls?«

Tayo kicherte. »If you are a good football-player, you get good girls too.«

»Ach ja?«, sagte Lisa wieder, diesmal allerdings weniger verführerisch, sondern eher erstaunt und leicht verstört. Was hatte Tayo denn für ein Frauenbild! Lisa träumte von so manchem, aber bestimmt nicht davon, irgendeine bescheuerte Spielerfrau-Tusse zu werden.

Offenbar sah Tayo Lisa die Missstimmung nicht an, sondern plauderte fröhlich und munter weiter.

Doch Lisa bremste ihn und erzählte ihm von Fabis Kontakten zur A-Jugend des HSV. Schnell winkte sie Hülya und Svenja zu sich herbei, damit die ihm es besser auf Englisch erläutern konnten.

Tayo schaute erst fragend, dann ungläubig, schließlich strahlte sein ganzes Gesicht. »Really?«, fragte er. »I have a chance to play there?«

Hülya zuckte mit den Schultern, doch Svenja sah da eigentlich kein Problem. »Die wären schön blöd, wenn sie dich nicht nehmen würden«, versicherte sie ihm.

Lisa zeigte auf Fabi und erklärte Tayo, dass er ihn bitten sollte ihm den Kontakt zu vermitteln.

Sollte Fabi es Tayo doch ins Gesicht sagen, wenn er nichts für ihn tun wollte, dachte sie bei sich. So wie sie Fabi einschätzte, würde er sich das nicht trauen. Er würde, wenn auch bestimmt widerwillig, Tayo bei der A-Jugend vorstellen.

Lisa war sehr mit sich zufrieden, besonders als sie sah, dass Tayo keine Sekunde verstreichen ließ und sofort auf Fabi zuging.

Der schaute über Tayos Schulter hinweg hinüber zu Lisa.

Ihre Blicke trafen sich, Fabi hatte sofort kapiert, wer Tayo den Anstoß gegeben hatte.

Lisa grinste, ging dicht an Fabi vorbei und raunte ihm zu. »Danke!«

Fabi rang sich ein verkniffenes Lächeln ab. Mit seinem Auftritt im Jonglierfußball war Tayo auf einen Schlag über seine Klasse hinaus in der Schule bekannt. Er hatte Lukas geschlagen, den besten Spieler der Schule!

# 8

Lisa fuhr mit einem mulmigen Gefühl mit der S-Bahn zur Disco. Genau auf dieser Strecke hatten sie und Hülya vor knapp einer Woche Tayo vor einer Katastrophe bewahrt. Bei jeder Station schaute sie aus dem Fenster und suchte den Bahnsteig ab, ob da draußen alles ruhig und friedlich ablief und nicht wieder irgendwelche Vollidioten die Gegend unsicher machten. Jedes Mal, wenn das Piepsen ertönte und die Türen sich schlossen, atmete Lisa wieder erleichtert durch.

»Ist mein Kajal verschmiert?«, fragte Hülya und riss damit Lisa aus ihren düsteren Gedanken.

Lisa schaute ihr ins Gesicht: »Alles bestens.« Und verfiel wieder ins Grübeln. In den letzten Wochen war ganz schön viel passiert und irgendwie hatte sich für Lisa alles nur noch um Tayo gedreht. Sie musste zugeben, dass ihre Freundschaft zu Hülya reichlich zu kurz gekommen war. Insofern tat ihr die gemeinsame Fahrt in die Disco ganz gut, und das Versprechen gegenüber Fabi, ohne Tayo zu erscheinen, hatte in diesem Sinne sogar sein Gutes. Obwohl sie sich eingestehen musste schon wieder an ihn zu denken, ja, wenn sie ganz ehrlich zu sich war, ihn schon jetzt zu vermissen. Sie widerstand dem Drang, ihr Smartphone aus der Tasche zu ziehen und nachzusehen, ob er ihr eine Nachricht geschrieben hatte. Wozu sollte er? Andererseits: Man konnte ja nie wissen.

Gerade wollte sie entgegen ihrem Entschluss doch nachsehen, da meldete Hülya: »Fabi und die anderen sind schon da, sie warten vor dem Eingang.«

Fabi war sichtlich erfreut, dass Lisa Wort hielt und ihn in die Disco begleitete. Doch Lisa versäumte es nicht, sofort nach seinem Anteil ihrer Abmachung zu fragen: »Hast du mal beim HSV gefragt?«

Fabi rollte mit den Augen. »Müssen wir heute Abend von Tayo reden?«

»Wieso nicht?«, fragte Lisa zurück.

Fabi seufzte und antwortete: »Also schön: Ja, hab ich. Ging auch gar nicht anders. Der ist ja nerviger als du und hat ständig nachgefragt. Er ist zum Training nächsten Dienstag eingeladen.«

Lisa strahlte und drückte Fabi einen Kuss auf die Wange. »Ich danke dir.«

»Was muss ich tun für einen Kuss auf den Mund?«, fragte Fabi.

Lisa lächelte ihn an, rückte mit ihrem Kopf dicht an Fabis Gesicht, so dass er fast schon denken musste geküsst zu werden, da hauchte Lisa ihm zu: »Einfach nur nett sein.«

»Okay!«, sagte Fabi und lächelte ebenfalls. »Bin ich ja sowieso immer.«

Alle waren nun zusammen: Fabi, Lukas, Svenja, Hülya und Lisa.

»Dann können wir ja rein«, sagte Hülya.

Sie zahlten Eintritt und schauten sich drinnen nach dem besten Standort um. An einen Sitzplatz war ohnehin nicht zu denken. Hülya nahm sofort die Tanzfläche ins Visier und Fabi fragte in die Runde: »Erst mal was zu trinken holen?«

»Später!«, bat Svenja. »Ist so sauteuer.«

»Leider wahr«, räumte Fabi ein, aber er ging trotzdem zum Tresen, um sich ein Bier zu holen und für Lukas eine Cola mitzubringen.

»Sportler!«, sagte Lukas. »Ich trinke keinen Alkohol.«

»Muslima«, antwortete Hülya grinsend. »Ich auch nicht.«

»Und wo ist dein Kopftuch?«, fragte Lukas.

Hülya lachte erneut: »Ich hab doch meinen Kajal!« Mit dem Zeigefinger tippte sie sich unter die Augen. »Ich geh tanzen. Kommt wer mit?«

Lisa wollte gerade zusagen, da wurde sie von Svenja angetippt. »Wo kommt der denn her?«

Lisa folgte Svenjas Blick und dann sah sie ihn auch: Tayo stand auf der anderen Seite der Tanzfläche, nuckelte an einer Cola mit Strohhalm, sah den Tanzenden zu und wippte mit dem rechten Bein im Takt.

»Hast du ihm doch Bescheid gesagt?«, fragte Hülya.

Lisa schüttelte den Kopf. Nein, das hatte sie nicht, so gern sie es auch getan hätte.

»Na, so ein Zufall!« Ausgerechnet in diesem Moment tauchte natürlich Fabi mit den Getränken auf und hatte Tayo ebenfalls sofort ausgemacht. »Ich dachte, du kommst mal ohne ihn!«

»Bin ich ja!«, versicherte Lisa, spürte aber sofort, dass Fabi ihr nicht glaubte.

»Ach hör doch auf!«, stänkerte Fabi weiter. »Tayo hat ja auch sicher die Taschen voller Geld, um allein in die Disco zu gehen!«

»Mann!«, fauchte Lisa ihn an. »Geh doch hin und frag ihn selbst!«

»Ts!«, machte Fabi. »So weit kommt's noch.«

Plötzlich kam auf der Tanzfläche Hektik auf, einige Tanzende stoben auseinander. Durch die laute Musik war das Zerschellen von Gläsern kaum zu hören, Scherben und Splitter flogen auf die Tanzfläche. Dort drüben war eine heftige Schlägerei im Gange. Und Tayo mittendrin, wie Lisa jetzt mit Entsetzen feststellte.

»Oh Scheiße!«, fluchte sie und rannte quer über die Tanzfläche, auf der einige unbeirrt weitertanzten. Hülya überlegte nicht lange, sondern folgte ihrer Freundin auf dem Fuße.

Die anderen blieben unschlüssig stehen. Bevor Lisa und Hülya den Ort des Geschehens erreicht hatten, waren schon zwei Security-Leute zur Stelle. Der eine hielt Tayo fest, dem die Nase blutete, der andere versuchte eine kleine Gruppe aufgebrachter Türken im Zaum zu halten. Es waren vier, fünf junge Männer, die wütend auf den Security-Mann einbrüllten, so dass der sofort nach Verstärkung rief.

Lisa versuchte zu Tayo durchzukommen, um zu fragen, was passiert war, doch der Security-Mann zerrte ihn schon mit sich hinaus zum Ausgang. Hülya und Lisa überlegten nicht lange, sondern gingen hinterher.

»Hausverbot, Freundchen!«, bestimmte der Security-Mann und setzte Tayo vor die Tür.

»Wieso?«, fragte Lisa. »Was hat er getan?«

»Sich geprügelt!«, antwortete der Security-Mann knapp und gereizt. »Das siehst du doch!«

Er zeigte auf Tayos immer noch blutende Nase.

Tayo sagte etwas auf Englisch, das Lisa ebenso wenig verstand wie der Kerl, der Tayo rausschmeißen wollte.

Lisa blickte hilflos zu Hülya, die übersetzte: »Die anderen haben angefangen!«

Lisas Blick wechselte von Hülya zum Türsteher. »Hören Sie, er hat gar keine Schuld.«

Der Security-Mann winkte ab. »Ist mir völlig schnurz. Wer sich prügelt, fliegt raus und bekommt Hausverbot. So einfach ist das.«

»Aber …«, wollte Lisa einwenden.

»Macht, dass ihr wegkommt!«, befahl der Türsteher.

»Wir?«, empörte sich Lisa. »Wieso denn wir?« Sie zeigte auf Hülya und sich.

»Wenn ihr zu ihm gehört, habt ihr auch Hausverbot. Hier gibt es keine Prügeleien. Fertig!«, lautete die Ansage des Mannes.

»What did he say?«, fragte Tayo.

Doch bevor sie das übersetzte, fragte Hülya den Security-Mann: »Und die anderen, die geprügelt haben?«

»Die werden auch gleich vor die Tür gesetzt«, versicherte der Mann. »Aber erst müsst ihr verschwinden. Wir wollen nicht, dass ihr hier vor der Tür wieder aufeinander losgeht. Also haut jetzt ab!«

»Unsere Freunde sind noch da ...« Lisa brach ihren Einwand ab. Sie wollte nicht, dass Fabi und die anderen nun auch noch rausgeworfen wurden.

»Was?«, hakte der Mann nach.

Lisa winkte ab. »Schon gut, wir gehen!«

Der Security-Mann nickte grimmig.

Lisa nahm Tayo am Arm, wandte sich an Hülya: »Hast du ein Taschentuch?«

Hülya zog ein Papiertaschentuch aus ihrem Disco-Handtäschchen und reichte es Tayo, der aber gar nicht wusste, was er damit anfangen sollte. Offenbar hatte er noch gar nicht mitbekommen, dass er blutete.

Lisa tippte gegen ihre Nase, um Tayo deutlich zu machen, was los war.

Tayo tupfte sich das Blut von der Nase. Dann gingen sie zu dritt einige Meter weiter.

»What happened?«, fragte Lisa.

Tayo berichtete, dass er nur dagestanden hatte. Dann hatte ihn ein Mädchen angelächelt. Tayo hatte zurückgelächelt.

Lisa zerschnitt es das Herz.

Hülya legte die Stirn in Sorgenfalten und warf Lisa einen mitleidigen Blick zu.

»Und dann?«, fragte Lisa tapfer.

Dann war einer der Typen auf ihn zugekommen, erzählte

Tayo weiter, hatte ihn an der Schulter gepackt und losgeschimpft. Aber Tayo hatte kein Wort verstanden, weil der Typ abwechselnd Deutsch und Türkisch gesprochen hatte. Beides verstand Tayo nicht.

»What's wrong?«, habe er auf Englisch gefragt. Da hatte er schon eins auf die Nase bekommen und Tayo hatte zurückgeschlagen. Daraufhin waren plötzlich drei weitere Jugendliche aufgetaucht, die auf ihn losgingen.

Von weitem drang nun der Lärm der Gruppe zu ihnen hinüber, die gerade aus der Disco gewiesen wurde. Sie lieferten sich ein lautstarkes Wortgefecht mit den Türstehern.

Lisa wollte Tayo sagen, dass er in Deutschland keine Angst vor Uniformierten oder Wachleuten zu haben brauchte, aber das war ihr sprachlich zu kompliziert. So beschränkte sie sich darauf, zu fluchen: »Scheiße, die machen selbst gegenüber den Türstehern noch Ärger. Lasst uns bloß schnell weiter!«

»Das trauen die sich nicht«, behauptete Hülya. »Den einen kenne ich.«

»Den kennst du?«, hakte Lisa entsetzt nach.

»Na ja, nicht wirklich kennen«, schränkte Hülya ein. »Metin heißt der, glaube ich. Mein Bruder hat mal mit ihm Fußball gespielt. Kreisliga. Da geht's sowieso voll zur Sache. Jedes Foul kann zur Schlägerei führen. Ich hab da mal zugeguckt. Die sind alle nicht mehr bei Sinnen. Metin hat den Verein gewechselt, zu einer rein türkischen Mannschaft. Die sind da alle noch härter drauf. Nationalistisch und immer auf Krawall gebürstet.«

»Wie: nationalistisch?«, fragte Lisa. »Was meinst du damit? Ich denke, das sind Türken und keine Deutschen?«

»Ha! Meinst du, unter Türken gibt es keinen Nationalismus? Und wie! Aber es sind die gleichen Typen: Erst schlecht in der Schule, dann keinen Ausbildungsplatz, fühlen die sich irgendwann wie der letzte Dreck. Und dann kommt irgend so ein Hirni und erzählt denen, sie haben keine Schuld, dass sie nix gelernt haben, sondern die Deutschen. Fangen an, was zu erzählen von dem Stolz der Türken, dem Islam, der allen anderen Religionen überlegen ist; den westlichen Frauen, von denen jede ohne Kopftuch sowieso nur eine Hure ist, und so weiter.«

»Das klingt wirklich wie bei unseren Nazis: Herrenmenschen, Scheiß-Ausländer und so weiter«, kommentierte Lisa.

Hülya nickte. »Sag ich ja. Die haben mehr gemeinsam, als sie beide wahrhaben wollen!«

»What?« Tayo verstand kein Wort. Und im Moment fand Lisa das auch besser so.

»Idiots!«, fasste sie knapp zusammen. »Come on, we want to go home.«

Tayo schaute sie verwirrt an. »Going home? Why?«

Lisa dämmerte, dass Tayo das mit dem Hausverbot noch gar nicht kapiert hatte.

Rat suchend wandte sie sich an Hülya: »Wie sollen wir ihm erklären, dass er Hausverbot dafür bekommt, wenn ihm irgendein Idiot eins auf die Nase haut?«

»Gar nicht!«, antwortete Hülya. »Das kann man nicht erklären.«

»Aus-Veboht?«, fragte Tayo. »What is Aus-Veboht?«

»Hausverbot!«, korrigierte Hülya und erklärte ihm nun doch, dass er, Lisa und Hülya die Disco wegen der Prügelei nicht mehr betreten dürften. Tayo wollte gerade etwas entgegnen, doch Hülya war schneller: »Not correct, I know. But it's true. Come on!«

Inzwischen waren die türkischen jungen Männer vor der Disco in ein Auto gestiegen. Mit quietschenden Reifen raste es auf Lisa und ihre Freunde zu und bremste direkt vor ihnen. Die Scheibe auf der Beifahrerseite surrte hinunter. Metin schaute hinaus: »Hey, Hülya, du alte Schlampe. Was hast du hier zu suchen, nachts auf der Straße? Ich sag deinem Bruder Bescheid!«

»Metin, was ist los mit dir? Hast du getrunken? Dann sag ich deinem Vater Bescheid!«, konterte Hülya.

Metin pöbelte nun etwas in Türkisch, worauf auch Hülya ins Türkische verfiel: »Ahmak! Sikdir lan!«

Der BMW startete mit quietschenden Reifen durch.

»Was hat er gesagt?«, fragte Lisa.

»Ach, nur, dass man mir die Kehle durchschneiden sollte, weil ich eine verdammte westliche Hure bin!«, übersetzte Hülya.

Lisa schnappte nach Luft. »Aber die sind ja …!«

»Wie die Nazis«, sprach Hülya den Satz zu Ende. »Sag ich doch. Die einen drohen mit Vergasung, die anderen mit Kehledurchschneiden.«

Tayo schaute fassungslos dem Wagen hinterher.

Er hatte zwar kein Wort verstanden. Aber Lisa glaubte in seinem Gesicht zu erkennen, dass Tayo zu ahnen begann, dass in dem Paradies Deutschland bei weitem nicht alles so paradiesisch zuging, wie er vielleicht geglaubt hatte.

# 9

Am darauffolgenden Montag schrieben sie wieder einmal einen Englischtest nach. Lisa hatte das ganze Wochenende Vokabeln gelernt, hatte ihr ganzes Zimmer mit bunten Klebezetteln gespickt. Diese Methode, sich besonders schwierige Vokabeln immer wieder vor Augen zu halten, hatte sie Tayo abgeschaut.

Als Herr Walter bereits am nächsten Tag die Tests zurückgab, traute sie ihren Augen nicht.

»Das gab's noch nie, das ist eine echte Premiere!«, rief sie, zeigte Hülya das Blatt und tippte immer wieder mit dem Finger auf die Note. Unter ihrem Vokabeltest stand eine 1. Sie hatte einen fehlerfreien Test abgeliefert! Sie?

Hülya grinste.

»Du wirst bald jemandem begegnen, der dein Leben verändert!«, zitierte sie das Horoskop, das sie Lisa neulich auf dem Bahnsteig vorgelesen hatte. »Zumindest, was dein Leben im Englisch-Unterricht betrifft, scheint es zu stimmen.«

»Du hast Recht!«, kicherte Lisa. Sie drehte sich um, suchte den Blickkontakt mit Tayo, hielt ihren Test in die Höhe und reckte ihm den Daumen entgegen.

Tayo lächelte, aber besonders glücklich wirkte er nicht dabei.

Gestikulierend fragte sie zu ihm hinüber, wie sein Test verlaufen war. Da Tayo fließend Englisch sprach, hatte Tayo dem Lehrer vorgeschlagen, er könne im Test ja die gleichen Vokabeln gestellt bekommen, nur andersherum, vom Englischen ins Deutsche.

Herr Walter hatte nach einigem Zögern zugestimmt und Tayo

während des Tests hinten im Klassenzimmer isoliert hingesetzt, denn schließlich entsprachen seine Aufgaben ja den Lösungen der anderen.

Tayo hatte glücklich ausgesehen, dass seine Idee aufgenommen worden war. Jetzt saß er jedoch ein wenig bedröppelt da und Lisa ahnte schon, dass sein Test wohl ziemlich schiefgelaufen sein musste.

In der Pause fragte sie nach.

»Nix!«, sagte Tayo.

Lisa verstand nicht. Was war das denn für eine Antwort?

»Nix!«, wiederholte Tayo. »Keine … äh … Töne?«

»Töne?« Dann begriff Lisa. »Ah! Du meinst Noten. Keine Note!«

Bei dem deutschen Wort »Noten« dachte Tayo offenbar nicht an eine Beurteilung, sondern an Musik.

Tayo nickte. »Ja, keine Note!«

Lisa warf einen Blick auf seinen Test. Obwohl seine Vokabeln ganz normal mit rotem Stift korrigiert worden waren wie üblich, hatte Herr Walter Tayos Test tatsächlich nicht benotet. Ganz unten stand in Rot ein kurzer Kommentar.

*»Bravo!«*, las Lisa vor. *»Eine tolle Leistung, Tayo. Nur neun Fehler. Weiter so!«*

Aber keine Benotung.

»Neun Fehler!«, sagte Lisa. »Hülya hat acht Fehler und eine Drei minus. Neun Fehler wären vermutlich das Gleiche: Drei minus!«

»He can say it to me!«, sagte Tayo. »Why he didn't?«

Lisa wusste es auch nicht. Vermutlich, so versuchte sie ihm zu erklären, sah Herr Walter Tayo als einen Sonderfall, weil er ja erst sehr kurz an der Schule war.

Sie hatte Recht. Genau so lautete die Begründung des Lehrers, als Lisa und Tayo ihn zufällig über den Hof gehen sahen und die Gelegenheit nutzten, um nachzufragen.

»Na ja«, erklärte Herr Walter. »Tayo muss doch erst einmal sehen, dass er hier zurechtkommt, sich eingewöhnen, seine Mitschüler kennenlernen. Das alles wird doch viel zu stressig, wenn wir ihn jetzt gleich von der ersten Stunde an benoten.«

Das Gleiche erzählte er Tayo auf Englisch.

Und schon begann eine Diskussion zwischen beiden in fließendem Englisch, so dass Lisa nicht mehr folgen konnte. Sie fing nun nur noch einzelne Wortbrocken auf.

Tayo verstand nicht, wieso er von Herrn Walter so behandelt wurde, als hätte er nicht täglich hart deutsche Vokabeln gepaukt. »Nicht benotbar«. Was das denn heißen sollte, fragte Tayo.

Lisa musste ihm Recht geben. Das klang ja wie geistige Unzurechnungsfähigkeit! *Der Lernende kann für seine Ausführungen im Test nicht zur Rechenschaft gezogen werden.* Das hatte Herr Walter gesagt.

»I demand a school grade!«, forderte Tayo. »Ich … äh … habe Drei minus!«

Wie er da vor ihrem Lehrer stand, sich starkmachte und selbstbewusst einforderte, wie alle anderen beurteilt und benotet zu werden, imponierte Lisa sehr. Sie selbst wäre in der Vergangenheit sehr froh gewesen in Englisch nicht benotet zu werden.

»Na schön!«, sagte Herr Walter. »Wie du willst. Gib mir deinen Test!«

Tayo reichte ihm das Blatt. Herr Walter kramte umständlich seinen roten Kugelschreiber aus seiner schweren ledernen Aktentasche und schrieb Tayo eine fette 4 unter den Test. »Neun Fehler ist eine Vier!«

»Vier plus!«, verlangte Lisa. »Hülya hat mit acht Fehlern eine Drei minus, also sind neun Fehler ja wohl mindestens Vier plus.«

Herr Walter malte ein Pluszeichen hinter die Vier und reichte Tayo den Test zurück. Dann ging er weiter, ohne noch ein Wort zu sagen.

Lisa lächelte Tayo an. »Super!«

»Shit!«, widersprach Tayo mit bösem Blick.

»Wieso shit?«, wunderte sich Lisa.

»Ich habe nur Vier plus!«, sagte Tayo verärgert. Und stampfte zurück zum Klassenraum.

Lisa sah ihm verdutzt hinterher.

Wie soll man aus dem schlau werden?, dachte sie bei sich.

Sie trottete ihm zum Klassenraum hinterher und hatte mittlerweile völlig vergessen sich noch über ihre sensationelle Eins zu freuen.

Jetzt aber dachte sie wieder daran und überlegte, wie sie die ihrem Vater präsentieren sollte? Erst verheimlichen und dann spätabends mit dem Knaller herausrücken? Ihm den Test gleich offen auf den Tisch legen?

An ihrem Platz wartete Hülya mit einer Neuigkeit auf.

»Schon gehört?«, fragte sie. »Im Erstaufnahmelager suchen sie Leute, die beim Kleidersortieren helfen. Svenja und ich wollen heute Nachmittag hin. Kommst du mit?«

Das war das Problem!, dachte Lisa. Wenn sie irgendwo arbeiten ging, dann tat sie es immer ehrenamtlich. Gut für die Gesellschaft, schlecht für den Führerschein, für den sie gerade sparte. Und für einen bezahlten Job blieb keine Zeit.

»Heute Nachmittag?«, fragte sie. »Da wollte ich eigentlich zur Redaktionssitzung der Schülerzeitung!«

Hülya sah sie mit großen Augen an. »Wir haben eine Schülerzeitung?«

»Nein!«, antwortete Lisa. »Noch nicht. Deshalb ja. Ist doch ein Unding. Wir sind so eine aktive Schule, machen so viele tolle

Sachen, aber niemand schreibt es auf. Einige aus der C wollen eine auf die Beine stellen.«

»Aus der C?«, fragte Hülya misstrauisch. »Jetzt sag nicht, Sumaika.«

»Doch!«

»Ha!«, machte Hülya und verzog das Gesicht. »Da kann ich mir die erste Ausgabe schon vorstellen. Titelzeile: Warum wir alle Kopftuch tragen sollten!«

»Jetzt übertreibst du aber«, gab Lisa zurück. »Sumaika trägt zwar Kopftuch und kommt nie mit zum Schwimmen, aber trotzdem ist sie ziemlich fortschrittlich.«

»Ha!«, machte Hülya wieder. »Also entscheide: Kleidung sortieren oder Kampfblatt für das Kopftuch schreiben!«

»Kampfblatt für das Kopftuch!«, wiederholte Lisa und rümpfte die Nase. »Also manchmal hörst du dich an wie mein Onkel!«

Am Tag nach der Testrückgabe hatte Tayo in der Schule gefehlt und Lisa hatte ihn auch nicht per Handy erreichen können. Sie hatte ihm ein paar Nachrichten gesendet, aber Tayo hatte nicht geantwortet. Am nächsten Tag tauchte er wieder auf, wirkte aber ungewöhnlich schweigsam und in sich gekehrt. Lisa fragte sich, was mit ihm los war und ob sie ihn so einfach drauf ansprechen sollte.

»Vielleicht hat er Liebeskummer?«, mutmaßte sie gegenüber Hülya.

»Quatsch!«, rief Hülya. »Vielleicht ist Tayo einfach nur mal nicht gut drauf. Soll's geben so etwas. Sogar bei Asylbewerbern.«

»Meinst du?«, Lisa glaubte nicht so recht daran, dass das der einzige Grund war.

»Du betütelst ihn doch wie eine Glucke ihre Küken«, behauptete Hülya. »Dann ist da noch Herr Walter, der ihm keine Note gibt, in der Schulmannschaft wird er sofort aufgenommen. Und selbst Fabi, der eigentlich eifersüchtig auf ihn ist, springt über seinen Schatten und empfiehlt ihn in der HSV-Jugend. Also ehrlich, bei so viel Nettigkeit um mich herum würde ich ausrasten!«

»Wieso das denn?« Lisa verstand überhaupt nicht, worin Hülya da ein Problem sah.

»Tayo ist weder ein Baby noch geistig schwer behindert. Der kann doch für sich selbst einstehen und braucht keine Fürsprecher, die ihn rund um die Uhr umsorgen.«

»Na, du musst es ja wissen.« Lisa fühlte sich angegriffen. Sie hatte Tayo doch nur helfen wollen. »Er ist ganz allein hier, verstehst du? Er kann die Sprache nicht, kennt sich nicht aus und …«

»… und ist von Nigeria hierhergekommen. Stell dir vor, das hat er ganz ohne deine Hilfe geschafft. Und jetzt ist er in Deutschland, hat sogar seine Eltern hier und wird sicher bald zu ihnen ziehen. Wenn du mich fragst, verstehe ich sowieso nicht, weshalb er in der Flüchtlingsunterkunft wohnt und nicht bei seinen Eltern. Ich meine, die haben ihn doch extra nachgeholt!«

»Nee, haben sie nicht«, korrigierte Lisa. »Sein Onkel hat ihn ins Flugzeug gesetzt und hierhergeschickt.«

»Hierhergeschickt?«, ereiferte sich Hülya. »Klingt wie bei einem Päckchen!«

Lisa nickte. »So ähnlich war's wohl auch. Tayo spricht nicht wirklich drüber. Aber ich bin mir nicht mal sicher, ob seine Eltern überhaupt wissen, dass er schon da ist.«

Hülya riss die Augen auf und stand mit offenem Mund da. Für einen Moment war sie sprachlos. »Wie?«

Lisa zuckte mit den Schultern. »Mehr weiß ich auch nicht. Als wir das Referat gemacht haben, hab ich versucht mehr aus ihm rauszubekommen. Aber er hat immer abgeblockt.«

»Der hat dir irgendeinen Quatsch erzählt!«, behauptete Hülya. »So etwas geht doch gar nicht. Stell dir doch mal vor: Er hat

Eltern hier und kommt aus Nigeria. Den würde doch nie eine Flüchtlingsunterkunft aufnehmen. Die würden ihn sofort zu seinen Eltern schicken.«

Lisa zuckte wieder mit den Schultern.

Hülya gab sich damit nicht zufrieden. »Das frag ich ihn jetzt!«

»Nicht!« Lisa wollte sie zurückhalten, aber Hülya ging entschlossen auf Tayo zu, der allein am anderen Ende des Schulhofs auf der Lehne einer Bank saß und auf sein Handy starrte.

»Hi Tayo!« Hülya kam sofort zur Sache. »Sag mal, wieso wohnst du eigentlich nicht bei deinen Eltern?«

Tayo blickte auf und schaute sie fragend an.

Hülya wollte es gerade auf Englisch wiederholen, doch Tayo hatte sie verstanden.

»Yes, Bähürde sagt, ich muss wohnen bei Eltern.«

Lisa kam vorsichtig näher. »Hi Tayo!«

Tayo bewegte zur Begrüßung nur leicht den Kopf.

Hülya gab seine Antwort wieder: »Siehst du, die Behörde hat ihm gesagt, er muss bei seinen Eltern wohnen. Hab ich doch gleich gesagt.«

Dann drehte sie sich wieder zu Tayo. »Und warum tust du's nicht?«

Tayo schaute sie an, überlegte, dann hatte er die Frage verstanden.

»I don't know … ich weiß nich … äh … where … wo they are.«

Lisa stutzte. Hatte sie das jetzt richtig verstanden? »Du weißt nicht, wo deine Eltern wohnen?«

Tayo nickte.

Lisa kräuselte die Stirn. »Aber wie … ich meine … das geht doch gar nicht. Dein Onkel, ich meine, der Bruder deines Vaters …«

Tayo schüttelte den Kopf. »The brother of my mother.«

»Auch gut«, fuhr Lisa fort. »Der hat doch bestimmt die Adresse deiner Mutter, ich meine, deiner Eltern.«

Tayo nickte: »Yes, aber the address was wrong.«

Hülya und Lisa waren sprachlos. Wie konnte das sein?

Tayo schaute betreten zu Boden und Lisa spürte sofort: Tayo verbarg etwas, worüber er nicht reden wollte.

Oder vielleicht doch? Möglicherweise wusste er nur nicht, wie er darüber sprechen sollte, vor allem aber nicht, mit wem.

Lisa räusperte sich vorsichtig. »Äh … ich komme gleich nach, Hülya. Gehst du schon mal vor?«

Hülya guckte etwas verwirrt, doch dann begriff sie. »Ah, okay. Klar. Ich geh schon mal vor! Bis später dann, Tayo!«

Hülya machte sich zügig aus dem Staub.

Lisa setzte sich zu Tayo auf die Banklehne. Sie schwieg, ebenso wie Tayo.

Der stierte wieder auf sein Smartphone.

»Was ist passiert?«, fragte Lisa. »Stimmt das, dass du wirklich nicht weißt, wo deine Eltern sind?«

Tayo räusperte sich.

»Nein«, sagte Tayo leise. »They found my father.«

Das war doch eigentlich eine gute Nachricht, dachte Lisa bei sich. Da Tayo aber alles andere als glücklich aussah, sagte sie nichts, sondern wartete einfach weiter ab.

»Er wo … wont …?«

»Wohnt?«, half Lisa.

»Ja, er wohnt in andere Wohnung«, sagte Tayo weiter. »Mit andere Frau. Und andere children.«

Lisa prüfte zunächst, ob sie alles richtig verstanden hatte, indem sie Tayos Worte noch mal langsam Revue passieren ließ. Dann erst fragte sie nach: »Deine Eltern haben sich getrennt?«

Tayo schaute kurz hoch. Lisa überlegte, was »Scheidung« auf Englisch hieß, aber es fiel ihr nicht ein. So erklärte sie es mit den Händen, indem sie ihre beiden Zeigefinger aneinanderlegte und dann auseinanderzog: »Your mother and your father …?«

»Yes!«, sagte Tayo. »There is no place for me, you know?«

»Kein Platz …?«, platzte es aus Lisa heraus. »Aber er ist dein Vater!«

»But she isn't my mother!«

Lisa glaubte zu verstehen: Die neue Frau seines Vaters wollte Tayo nicht bei sich wohnen lassen. Verrückt! Das ganze Land diskutierte über die Frage, ob man und wie man die Flüchtlinge aufnehmen sollte, aber seine eigene Stiefmutter weigerte sich?

»Und deine Mutter?«, fragte Lisa. »Deine echte, meine ich?« Sie wiederholte es auf Englisch.

Tayo zog die Schultern hoch. »They haven't found her yet.«

Lisa ahnte, dass sich hinter Tayos Geschichte noch ein viel größeres Drama verbarg, als sie bisher angenommen hatte. »Dein Onkel … er wusste nichts von der Trennung?«

Tayo nickte. »I think, he doesn't know!«

»Oh shit!«, stieß Lisa aus.

Tayo stimmte ihr zu. »Yes, great shit!«

Es läutete zur Stunde und die beiden schlichen mit hängenden Köpfen zurück in den Klassenraum.

»Übrigens: heute Nachmittag 16 Uhr!«, sagte Fabi, als Tayo sich neben ihn setzte. Tayo begann zu strahlen.

Lisa hatte keine Ahnung, worum es ging.

»Einzelprobetraining«, erläuterte Fabi. »Tayo hat bei seinem ersten Training mit uns offenbar unseren HSV-Trainer beeindruckt. Jetzt will der sich ihn genauer angucken.«

Nun huschte auch über Lisas Gesicht ein Lächeln. »Genial!«

»Ich drück dir die Daumen!«, sagte sie zu Tayo und zeigte es ihm mit einer entsprechenden Geste, ohne die geringste Ahnung zu haben, ob man in Nigeria diese Geste überhaupt kannte. Vielleicht bedeutete sie dort etwas ganz anderes, gar das Gegenteil? Lisa erschrak und fragte: »You understand?«

Tayo nickte beiläufig. Er schien mit den Gedanken ganz woanders zu sein.

Das war wirklich eine vertrackte Lage, dachte Lisa. Sie stellte sich vor, wie es ihr ergehen würde, wenn sie von heute auf morgen in ein für sie völlig fremdes Land auswandern müsste, dessen Sprache sie nicht sprach und die auch deutlich schwerer zu lernen war als Englisch. Der einzige Halt, den sie im fernen Land hätte, wäre ihr Vater und ausgerechnet der lehnte es ab, sie bei sich aufzunehmen. Das wäre doch der blanke Horror.

# 10

Offenbar hatte Tayo beim Trainer der HSV-A-Jugend einen hervorragenden Eindruck hinterlassen. Seine Niedergeschlagenheit war auf jeden Fall seit dem Einzelprobetraining wie weggeblasen. Er hielt sich jedoch mit seinen Berichten sehr zurück und so musste Lisa jede Kleinigkeit Fabi aus der Nase ziehen, um zu erfahren, wie Tayo sich beim HSV so machte.

»Na, du hast ihn ja selbst auf dem Pausenhof erlebt«, erzählte Fabi. »Seine Technik ist schon beeindruckend. Er schlägt gute Pässe, kann im richtigen Moment das Spiel verzögern, besitzt eine wirklich gute Spielintelligenz, wenn du weißt, was ich meine.«

»Das hört sich ja super an!«, freute sich Lisa.

Doch Fabi bremste ihre Euphorie sofort wieder. »Schon bei unserem Spiel gegen das MCG Wandsbek konnte es jeder sehen!«

»Was?«

»Dass er zwar gut am Ball ist, aber eine Kondition hat wie meine Oma«, erklärte Fabi und lachte. »Im Verein wurde es jetzt bestätigt. Seine Laktatwerte sind eine einzige Katastrophe.«

»Laktatwerte?«

»Ja, was denkst du denn«, sagte Fabi. »Hallo? Ich spreche hier von der A-Jugend des HSV, nicht von irgendeiner Thekenmannschaft. Wenn der HSV einen prüft, dann richtig.«

»Und was bedeutet das jetzt?«, hakte Lisa nach. »Hat er Chancen bei euch?«

Fabi zog die Schultern hoch. »Das kann man nie sagen. Es gibt Tausende Supertalente. Um es dann aber wirklich zu etwas zu bringen, da spielen Hunderte Faktoren eine Rolle. Mit der Kondition jedenfalls hat er nicht den Hauch einer Chance. Im Moment könnte er bestenfalls zehn Minuten mitspielen, danach kann er das Tempo nicht mehr mithalten. Ich sag ja, wie meine Oma!«

Lisa zog die Mundwinkel herunter. »Schön, dass du so eine fitte Oma hast. Und was machen wir da?«

»Wieso wir?«, fragte Fabi erstaunt zurück. »Das ist doch seine Entscheidung, ob er sich durchsetzen will oder nicht.«

Tayo war das offenbar bewusst. In den nun folgenden Wochen jedenfalls hatte Tayo deutlich weniger Zeit für Lisa. Soweit sie es mitbekam, ging Tayo jetzt dreimal pro Woche zum Training des HSV – »was auf Dauer zu wenig ist«, wie Fabi sogleich warnte. Zusätzlich joggte er dreimal die Woche, kickte mit einigen Kumpels in der Unterbringung und lernte in jeder freien Minute weiter Deutsch. Da er in den meisten Fächern nach wie vor nur sehr wenig verstand, besuchte er zwischendurch eine Sonderklasse, in der er gemeinsam mit anderen Schülern aus aller Welt Nachhilfe in Deutsch und in den anderen Fächern bekam.

Alles in allem aber war Tayo gut drauf, gut gelaunt und fühlte sich mit der Perspektive, in der HSV-Jugend einen Platz zu finden, offenbar pudelwohl.

Bis er an einem Montagmorgen wieder mit hängendem Kopf in die Schule kam.

Lisa musste gar nicht nachfragen, um sofort zu begreifen: Tayo war zu seinem Vater gezogen.

Zögerlich ging sie auf dem Schulhof auf ihn zu.

»Hallo Tayo!«

»Hallo!«, grüßte Tayo zurück.

Lisa ging mit ihm ein Stück gemeinsam. »Auch Lust auf einen heißen Kakao?«

»What?«

»A hot chocolate?«

Tayo schüttelte den Kopf.

Lisa kramte ein paar Münzen aus ihrer Hosentasche. »I will pay.«

Tayo überlegte, nickte dann.

Lisa ging mit ihm zusammen zum Getränkeautomaten und drückte zweimal auf Kakao, als plötzlich Hülya vor ihnen stand.

Das passte Lisa im Moment gerade gar nicht, denn sie befürchtete, Tayo würde nun erst recht nichts von sich erzählen, wenn gleich mehrere zuhörten.

Doch wieder einmal erwies sich Hülyas direkte Art als goldrichtig.

»Hi Tayo«, grüßte sie ihn, umarmte dann Lisa und begrüßte sie mit zwei Küsschen.

»Warum guckst du so traurig? Gibt es was Neues von deinen Eltern?« Sie fragte es gleich auf Englisch hinterher.

Tayo nickte. »I met my father. I live with him now.«

Wie Lisa es sich gedacht hatte.

»What's wrong?«, fragte Hülya direkt.

Tayo nahm seinen Kakaobecher, bedankte sich bei Lisa nochmals mit einem Kopfnicken dafür, pustete in das heiße Getränk und nahm einen vorsichtigen Schluck.

»He doesn't want that I play football.«

Lisa fiel aus allen Wolken. Hatte sie richtig gehört? Tayos Vater wollte ihm das Fußballspielen untersagen?

Er solle sich mehr auf seine Schule konzentrieren, erklärte Tayo. Und ... Er druckste noch mehr herum, als er es sonst ohnehin schon tat, und Lisa hatte große Schwierigkeiten, sein Gemurmel zu verstehen.

»Sein Vater meint, er solle am Nachmittag statt zum Fußballtraining lieber in die Koranschule«, übersetzte Hülya.

»WAS?«, rief Lisa entsetzt. »Aber wieso? Ist Tayo denn ...?« Sie sprach Tayo nun direkt an: »Bist du denn, ich meine, you are …« Sie wusste nicht, wie sie das auf Englisch fragen sollte.

Ohne die Frage formuliert zu haben, antwortete Hülya statt Tayo: »Wie mein Onkel Sümer in Dortmund«, seufzte sie. »Meine Cousins müssen da auch hin. Offenbar ist Tayos Vater sehr strengreligiös.«

Vielleicht hatte sich Tayos Mutter deswegen auch von ihrem Mann getrennt, überlegte Lisa. Mit so jemandem zusammenzuleben war bestimmt nicht einfach. Hinzu kam, dass sich Tayo jetzt in seinem neuen Zuhause ein Zimmer teilen musste mit zwei jüngeren Halbgeschwistern, die er gar nicht kannte … Tayo war echt nicht zu beneiden.

Zu allem Übel bekamen sie in der darauffolgenden Unterrichtsstunde eine Mathearbeit zurück, die – anders als bei dem Englischtest – ganz normal benotet worden war, mit einer glatten Sechs!

Lisa ahnte, es würde sinnlos sein, dagegen zu protestieren. Mathematik war international, in mathematischen Gleichungen herrschten keine Sprachbarrieren. Trotzdem empfand Lisa die Benotung als ungerecht. Sie wusste von Tayo, dass er in Nigeria am Ende gar nicht mehr zur Schule gegangen war, weil sein Onkel das teure Schulgeld nicht mehr hatte zahlen können. Und wie die meisten Kinder hatte auch Tayo schon in jungen Jahren arbeiten müssen, wobei er als Helfer in der Werkstatt seines Onkels vermutlich noch ein besseres Los gezogen hatte. Sie erinnerte sich an das Referat, das sie zusammen ausgearbeitet hatten. Viele Kinder in Nigeria leisteten Schwerstarbeit auf dem Feld oder in irgendwelchen maroden Fabriken.

»Das ist doch voll ungerecht«, schimpfte Lisa vor sich hin. »Wie soll er denn in Mathe auf unserem Stand sein, nach nur wenigen Wochen?«

Sie selbst hatte auch nur eine Vier bekommen und sah dies als Beleg dafür an, wie schwer die Arbeit gewesen war. Auch wenn Hülya dezent darauf hinwies, dass Lisa in Mathe noch nie besser als Drei minus gewesen war.

Tayo selbst wollte sich gar nicht beschweren. »Besser als keine Note!«, sagte er. »Aber … what will my father say.«

Lisa konnte gut nachempfinden, wie Tayo zu Mute sein musste.

Tayo beschloss die Arbeit seinem Vater nicht zu zeigen.

Doch dieser Plan ging nach hinten los. Die Nelson-Mandela-Schule war keine, in der die Lehrer ihre Schüler mit den Problemen alleinlassen wollten. Bei jedem einzelnen beobachteten sie sehr genau, wohin seine Entwicklung ging, wie die Neuen sich im ungewohnten Umfeld der Schule zurechtfanden, ob sie Kontakte, gar Freundschaften fanden, wie sich ihre Sprachkenntnisse entwickelten, und natürlich auch und besonders, unter welchen Bedingungen sie zu Hause in der Flüchtlingsunterkunft, in der Großfamilie, im Stadtteil und so weiter lebten. Kurz, es dauerte nicht lange, da meldete sich der Mathelehrer bei Tayos Vater, um mit ihm über die schulische Zukunft seines Sohnes zu sprechen. Klar, dass dabei die Mathe-Sechs zur Sprache kam und Tayos Schwindel aufflog.

Es war einer dieser Tage, die wirklich nicht gut für Tayo liefen.

# 11

Es ging auf Ende März zu, aber von Frühling war keine Spur. Im Gegenteil, der Winter, der eigentlich zu seiner normalen Jahreszeit weitgehend ausgeblieben war, schlug noch mal richtig zu. Als Lisa morgens aus dem Fenster schaute, traute sie ihren Augen nicht: Die Straßen waren weiß mit Schnee bedeckt. Zwar wusste Lisa, dass er nicht lange liegen bleiben würde, doch es war genug, um rauszumüssen und den Weg vor ihrem Haus zu fegen. Ihr Vater hatte Frühdienst, also lag es an Lisa, diese Aufgabe zu erledigen.

Lisa fluchte. Der heiße Kakao musste heute wohl ausfallen, wenn sie rechtzeitig im Unterricht erscheinen wollte. Als Lisa mit ihrem Besen vor die Gartenpforte trat, stürzte ihre Nachbarin Frau Feldmann auf sie zu, einen Schneeschieber in der Hand. Sie sah aus, als hätte sie schon seit Wochen hier gestanden, um jemanden zum Klönen zu finden.

»Guten Morgen, Lisa!«, grüßte Frau Feldmann freundlich.

Lisa grüßte ebenso freundlich zurück, ahnte aber schon, dass dies wieder einmal nur der Einstieg war zu einem sehr unangenehmen Gespräch.

»Du hast doch eigentlich gar keine Zeit, vor der Schule noch Schnee zu schippen. Aber es ist ja Pflicht!«, begann Frau Feldmann.

»Stimmt!«, bemerkte Lisa knapp.

»Da hat man schon die ganzen Flüchtlinge vor der Tür, aber dass die sich mal nützlich machen, wenn sie schon mal da sind, auf die Idee kommt auch keiner«, fuhr Frau Feldmann fort.

Lisa hatte es ja gewusst.

»Na ja, die sind ja hierhergekommen, weil sie Schutz suchen«, antwortete Lisa. »Und nicht, weil uns Diener und Putzpersonal fehlen.«

Frau Feldmann schnappte nach Luft.

Lisa fegte so schnell, wie sie konnte, huschte wieder hinein ins warme Haus, ohne die Nachbarin noch eines Blickes zu würdigen, schnappte sich ihre Tasche und beeilte sich zur Schule zu kommen.

Dort traf sie als Erstes auf Tayo, der frierend auf dem Schulhof stand und zuschaute, wie es schneite.

Lisa stutzte erst, doch dann begriff sie: Vermutlich sah Tayo gerade zum ersten Mal in seinem Leben Schnee.

»It's nice«, sagte er zur Begrüßung.

»Na ja«, schwächte Lisa ab. Auch sie mochte den Schnee. Aber das hier, worüber sich Tayo gerade freute, war eher das, was man als nasskaltes Hamburger »Schmuddelwetter« bezeichnete: ein Schnee, der eigentlich mehr ein Schneeregen war.

»It's wet and cold«, kommentierte Lisa.

Tayo sah sie an und lachte: »*You* are cold? Für dich it's normal. Ask *me*!«

»Yes, for you it must be terrible.«

»No«, widersprach er und wiederholte. »It's nice, because it's nature. I love it, because it's fascinating.«

So kann man es natürlich auch sehen, dachte Lisa. Sich über das Wunder der Natur zu freuen, statt sich darüber zu ärgern, sich auf dem Schulhof den Arsch abzufrieren.

»You too!«, sagte Lisa.

Tayo zog die Augenbrauen hoch. Er verstand nicht.

»Nice and fascinating«, sagte Lisa freiheraus, was ihr gerade durch den Kopf ging.

Tayo zeigte ein kurzes Lächeln.

Mit Komplimenten kann er auch nicht so gut umgehen, dachte Lisa bei sich.

Um davon abzulenken, fragte sie ihn: »Did you make some pictures?« Sie zeigte auf seine Hosentasche, in der er sein Smartphone stecken hatte.

»Of the snow?«

Tayo schüttelte den Kopf. »No!«

»Why not?«, hakte Lisa nach. Er hatte zum ersten Mal Schnee gesehen, das würde doch seine Verwandten in Nigeria bestimmt interessieren. Dann fiel ihr genau das ein, was Tayo ihr jetzt auch antwortete: »I don't have someone to show it.«

Lisa schluckte. »Your uncle?«, fragte sie mit verlegener Piepsstimme.

Tayo wog den Kopf hin und her. »Perhaps.«

Lisa suchte schnell nach einem anderen Gesprächsthema.

»You need a new …«

Weil ihr die Vokabel nicht einfiel, zupfte sie an seinem dünnen Parka.

»A new coat?«, fragte Tayo.

Lisa nickte.

»You have one?«, fragte Tayo.

Lisa stockte. Nein, sie hatte keinen neuen Mantel für ihn. Verdammt, wieso sagte sie dann so etwas? Lisa verfluchte sich innerlich.

»Äh …« Sie kam ins Stottern. Um das zu überspielen, sagte sie schnell: »Ich kann einen besorgen.« Kaum hatte sie es ausgesprochen, grübelte sie, wie sie das ins Englische übersetzen sollte, und zwar so, dass sie das Versprechen, das ihr gerade so herausgeflutscht war, schnell noch ein wenig abmildern konnte. Denn wo um alles in der Welt sollte sie eine neue Winterjacke für ihn herbekommen?

Doch sie hatte unterschätzt, wie schnell Tayo Deutsch lernte. Er hatte sie verstanden.

»Toll!«, sagte er auf Deutsch. »I can einen gut brauchen ... gebrauchen?«

Lisa nickte. »Gut!«, lobte sie seine Sprachkenntnisse und verdammte sich ein weiteres Mal. Sie hatte gerade Tayo eine neue Winterjacke versprochen!

»When?«, fragte Tayo. »Äh ... wann?«

Lisa sah ihn an und hoffte, ihr Gesichtsausdruck wirkte nicht allzu entsetzt. Wann? Ja, gute Frage.

»In ... in ...« Was sollte sie ihm bloß sagen? »In drei Tagen!«

Tayo strahlte. »Seähr gut! Danke!«

»Bitte!«, flüsterte Lisa. Jetzt hatte sie ein Problem. Sie hatte ab jetzt genau drei Tage Zeit, für Tayo eine neue, gute Winterjacke zu besorgen. Und zwar ohne eine kaufen zu müssen, denn dafür hatte sie kein Geld.

Hülya war die Erste, der Lisa von ihrem Dilemma erzählte. Wie so oft, entpuppte sie sich als Retterin in der Not.

»Lass uns doch eine Sammlung machen«, schlug sie vor. »In der ganzen Klasse!«

»Geld sammeln für einen Mantel für Tayo?«, fragte Lisa zweifelnd. Sie glaubte nicht, dass das besonders gut ankommen würde, weder bei der Klasse noch bei Tayo selbst. Wie sie ihn bisher kennengelernt hatte, würde er sich wie ein Bettler vorkommen.

Doch Hülya winkte ab. »Quatsch! Wir sammeln kein Geld, sondern Klamotten. Und zwar nicht für Tayo, sondern für die Erstaufnahmeunterkunft, aber unsere Schüler dürfen sich als Erste etwas aussuchen. Tayo ist nämlich nicht der Einzige, der ein paar neue Klamotten gebrauchen könnte, wenn du dich hier mal so umschaust«, stellte Hülya fest.

Und damit hatte sie Recht. Tayo war auch nicht der Einzige, der erst seit kurzem an der Schule war.

»Wie wäre es mit einem Gratis-Flohmarkt?«, schlug Hülya vor. »Jeder, der kann, bringt etwas Nützliches mit. Jeder, der etwas braucht, darf es sich nehmen. Gratis. Dazu laden wir als Schule die Bewohner entweder der Erstunterkunft ein oder die Bewohner von Tayos Unterkunft für unbegleitete Jugendliche. Da kennt er doch noch die meisten. Oder beide. Und bestimmt ist dann auch ein Mantel für Tayo dabei. Du hast ja nicht gesagt, dass du selbst einen Mantel hast, sondern dass du einen besorgst. Also bitte …«

»Meinst du?«, fragte Lisa. Sie war unsicher, ob sie damit wirklich ihr Versprechen einlösen würde. »Ich kann ja auch mal meinen Vater fragen, ob er nicht eine gut erhaltene Winterjacke übrig hat. Die Größe müsste sogar in etwa hinkommen.«

»Nee, klar!« Hülya tippte sich mit dem Zeigefinger gegen die Stirn. »Was würdest du denn sagen, wenn ich dir morgen ein Kleid von meiner Mutter mitbringen würde?«

Lisa lachte auf. »Ich in einem Kleid deiner Mutter?«

Hülya grinste sie an. »Siehst du?«

»Schon verstanden«, gab Lisa zu.

»Und selbst wenn dein Vater eine Jacke hat, die Tayo gut passt, dann fällt es über diese Aktion wenigstens nicht auf, dass sie von deinem Vater ist.«

»Stimmt auch wieder«, räumte Lisa ein. »Allerdings braucht so ein Schul-Flohmarkt einige Zeit an Vorbereitung. Wir müssen das mit der Schulleitung absprechen. Dann kommt vermutlich noch der Elternrat, die Schulkonferenz, die Absprachen mit den Unterkünften … Das Ganze dauert doch Wochen. Aber Tayo und die anderen brauchen warme Klamotten, bevor der Schneeeinbruch vorbei ist.«

»Okay!«, stimmte nun Hülya zu. »Dann machen wir das einfach zu einer Spontan-Aktion unserer Klasse oder wenigstens unseres Jahrgangs, damit mehr zusammenkommt, und zwar übermorgen!«

»Übermorgen!«, stieß Lisa aus. »Wie willst du das denn machen?«

»Wir schaffen das!«, antwortete Hülya kichernd und machte mit den Händen die Raute der Kanzlerin nach. »Außerdem hast du Tayo doch versprochen, dass du innerhalb von drei Tagen eine Jacke besorgst. Also bitte!«

»Und wie sagen wir so schnell den anderen Bescheid?«

Hülya verzog die Mundwinkel und schüttelte fassungslos den Kopf. Sie fischte ihr Smartphone aus der Tasche, wedelte damit Lisa vor ihrem Gesicht herum und fragte: »Seit wann leben wir hinter dem Mond?«

In Windeseile hatten die beiden einen kleinen Text aufgesetzt, an alle Kontakte per WhatsApp verschickt, das Gleiche noch mal auf Facebook und Twitter gepostet und innerhalb von wenigen Minuten waren alle informiert.

Es dauerte keine dreißig Sekunden, ehe die ersten Reaktionen eintrudelten.

»Prima Idee. Bin dabei«, schrieb Svenja.

Ebenso kamen prompte Rückmeldungen von Samira und einigen anderen Mädchen aus der Klasse und dem Jahrgang. Aber selbst nach fünf Minuten hatte sich noch kein Junge gemeldet.

»Lahmärsche!«, schimpfte Lisa. »Ich kann Tayo ja wohl schlecht einen Damenmantel besorgen.«

»Du weißt doch, dass Jungs mitunter einen Extratritt in den Hintern brauchen«, behauptete Hülya mit einem verschmitzten Lächeln, während sie Fabi, Philipp und einige andere ganz direkt anschrieb.

Es dauerte noch ein wenig, dann sagte auch Fabi zu.

Alles in allem schien die Aktion zu klappen.

Samira, Sandra, Hülya und Lisa legten sich sofort mächtig ins Zeug. Lisa informierte zusammen mit Tayo die Bewohner der Unterkunft, in der Tayo selbst noch vor kurzem gewohnt hatte. Als sie mit ihm das Gebäude betrat, hatte sie fast den Eindruck, Tayo sehnte sich zurück. Mehr Platz hatte er bei seinem Vater auch nicht. Während er sich hier das Zimmer mit fünf anderen hatte teilen müssen, die aber wenigstens in seinem Alter gewesen waren, wohnte er nun im Zimmer seiner beiden viel jüngeren Halbschwestern. »Übergangsweise« hieß es und Tayo wusste, dass zumindest die neue Frau seines Vaters das sehr ernst meinte. Doch Tayo sah auf absehbare Zeit keinerlei Chance, ein eigenes Zimmer und schon gar nicht irgendwo eine eigene Wohnung zu bekommen. Hinzu kam nun auch noch die Kontrolle seines Vaters, die es hier in der Unterkunft auch nicht gegeben hatte. Hier hatte er sich zwar allein und fremd gefühlt, aber immerhin als selbstständiger junger Mann. Sein Vater behandelte ihn wie einen kleinen Jungen. Alles versuchte er ihm vorzuschreiben, bis hin zum Fußballverbot.

»Wie sieht es damit eigentlich aus?«, fragte Lisa. »Spielst du jetzt nicht mehr?«

Mehr und mehr konnte man mit Tayo nur Deutsch sprechen. Er verstand bereits viel in der fremden Sprache.

»Doch«, antwortete Tayo. »Aber nur zwei Mal in Woche. Mein Vater sagt: Probe. Und Naach… Hilfe.«

»Du nimmst Nachhilfe in Mathe? Das ist doch toll!«, sagte Lisa.

Doch Tayo schüttelte den Kopf. »Koranschule. Ich muss hin. One of the Imam gibt mir auch Nachhilfe. Sehr streng.«

Lisa wusste nicht, was sie dazu sagen sollte. Das, was sie bisher über die Koranschulen gelesen hatte, zu denen strenggläubige Muslime ihre Kinder schickten, war nicht gerade nur Gutes. Lisa konnte es aber nicht so recht beurteilen, ob das wirklich alles stimmte. Kein anderer Muslim aus ihrer Klasse besuchte so eine Schule. Allerdings gab es wohl ein paar Jungs in den Parallelklassen, die dort hingingen.

Tayo selbst machte sich nicht viel aus Religion, unter seinem Onkel war er sehr frei und weltoffen aufgewachsen. Entsprechend hart und überraschend traf ihn die Tatsache, dass sein Vater strenggläubig war und dies auch von seiner Familie verlangte.

Und so besuchte er eher widerwillig drei Mal pro Woche nachmittags die Koranschule und durfte dafür probeweise noch im Fußballverein bleiben.

Die Flohmarkt-Aktion der Schulklasse kam in der Unterkunft sehr gut an. Die meisten bedankten sich und sagten zu, am morgigen Vormittag vorbeizuschauen. Einige boten sogar ihre Hilfe an.

In einem Fall hatte Lisa allerdings exakt das gegenteilige Gefühl: Ein Marrokaner drehte sich weg, als Tayo erschien, schaute ihm grimmig nach und verschwand, ohne ein Wort zu sagen.

Er nahm es ihm übel, so erzählte Tayo mit einem Mix aus Englisch und Deutsch, dass Tayo mit dem Flugzeug in Deutschland eingereist war und bereits einen Platz in einer richtigen Schule bekommen hatte. Auch ein paar Syrer, so Tayo weiter, hätten Probleme damit, wie er gekommen war. »Mit dem aeroplane. I can understand this«, erklärte Tayo. Die Syrer hatten ihr Leben riskiert, als sie von Schlepperbanden in maroden, völlig überfüllten Booten übers Mittelmeer geschippert wurden, bis sie völlig entkräftet die Küste einer griechischen Insel erreicht hatten und von dort ihre Irrfahrt fortsetzten, die meisten noch über die Balkan-Route, bis sie schließlich nach vielen Wochen in München angekommen waren und von dort in einer endlosen Busfahrt nach Hamburg gebracht wurden.

»Für sie ich bin ein Tourist, you know, not a refugee.«

Lisa verstand. Tayo selbst fühlte sich ja nicht einmal als Flüchtling oder Asylbewerber. Sein Onkel hatte sich mit ihm ins Flugzeug gesetzt und ihn in Hamburg, der Stadt, in der seine Eltern lebten, abgesetzt. Für ihn war es eher ein dauerhafter Familienbesuch.

»A first class refugee, they said«, fügte Tayo an und lächelte vorsichtig.

Und jetzt kam er sogar als jemand, der ihnen Kleider spendete, dachte Lisa bei sich. Kein Wunder, dass er von manchen etwas schräg angesehen wurde.

Nach einer Stunde waren Lisa und Tayo durch alle Gebäudeteile gegangen und hatten ihre Einladung zum Flohmarkt ausgesprochen. Samira und Svenja waren zum Erstaufnahmelager in Harburg gegangen. Dort hatten die Betreuer sie allerdings abgefangen und die Einladung mit dem Ort und Zeitpunkt direkt in verschiedenen Sprachen notiert und an ein großes Mitteilungsbrett gehängt. Hülya und einige andere sagten rundum in der Nachbarschaft der Schule Bescheid. Auch im Döner-Imbiss, dem kleinen Kiosk und sogar im Solarium direkt gegenüber.

Lisa war gespannt auf den übernächsten Tag.

# 12

Die ersten Überraschungen kamen schon, bevor der Flohmarkt überhaupt begonnen hatte.

Lisa und ihre Mitschüler hatten sich für Samstag acht Uhr im Klassenraum verabredet. Um zehn Uhr sollte der Gratis-Flohmarkt eröffnet werden. Bis dahin musste alles aufgebaut sein.

Als Lisa die Klasse betrat, hatten die Ersten schon ihre großen Einkaufstüten ausgeschüttet, in denen sie die ausgediente Kleidung von zu Hause mitgebracht hatten. Einige Tische waren zusammengeschoben worden, auf denen sich nun die ersten Kleiderberge auftürmten. Samira und Svenja hatten mit dem Sortieren bereits begonnen. Der Klassenraum begann auszusehen wie die zentrale Annahmestelle für Kleiderspenden an den Messehallen, wo Lisa und Hülya so manche Stunde geholfen hatten.

»Das darf ja wohl nicht wahr sein!«, schrie Svenja so laut auf, dass sich alle, die schon da waren, zu ihr umdrehten.

Svenja hielt ein braunes T-Shirt in die Höhe, das von oben bis unten mit weißer Farbe beschmutzt war.

»Wer hat das mitgebracht?«, fragte Svenja vorwurfsvoll in die Runde.

Philipp lief rot an und eilte zu ihr hin. »Sorry, da ist mein Renovierungs-Shirt mit reingerutscht!«

Svenja verzog das Gesicht und warf ihm das T-Shirt zu. Dann zeigte sie auf einen kleinen Haufen weiterer Kleidungsstücke: »Ist das alles von dir?«

Philipp schüttelte den Kopf und zeigte auf zwei T-Shirts. »Nur das.«

Svenja hob die Shirts mit spitzen Fingern an. »Die sind ja auch nicht gewaschen!« Sie feuerte ihm die beiden Shirts entgegen. »Hast du eigentlich 'nen Knall? Wir sammeln hier Kleidung und keinen Müll!«

»Waschen können die ja wohl selbst!«, meckerte Philipp zurück.

»Ja, und dich haben sie wohl zu heiß gebadet! Wenn du schon nichts Vernünftiges spendest, kannst du wenigstens draußen auf dem Flur die Tische aufbauen!«

»Ich geh erst mal eine rauchen!«, widersprach Philipp und verließ mürrisch den Klassenraum.

»Arschloch!«, fauchte Svenja ihm hinterher.

Und dann traute Lisa ihren Augen nicht.

Denn plötzlich stand Fabi vor ihr und hielt ihr eine Plastiktüte entgegen.

Lisa wusste zuerst nichts damit anzufangen, wollte soeben verwundert zupacken, als sie merkte, dass sie gar nicht gemeint war. Hinter ihr stand Tayo, dem Fabi die Tüte überreichte.

»Eine persönliche Spende?«, fragte Lisa.

»Ja«, antwortete Fabi. »Aber nicht von mir, sondern vom HSV. Ich hab's ihm nur mitgebracht, weil Tayo gestern nicht da war. Die Ausstattung, die jeder A-Jugendspieler bekommt.«

Tayo schaute in die Tüte, dann zu Fabi, dann wieder in die Tüte, als könnte er nicht glauben, was er da sah. Er zog ein paar nagelneue Fußballschuhe heraus, betrachtete sie ehrfurchtsvoll und legte sie auf den Tisch, wie ein Juwelier ein Diamantcollier präsentieren würde. Als Nächstes fischte er einen Trainingsanzug hervor, dann vier Trikots in zwei verschiedenen Farben.

»Zwei Heim- und zwei Auswärtstrikots«, erläuterte Fabi.

Eine Regenjacke, eine sportliche Winterjacke, zwei Polo-Shirts mit Vereins-Logo, drei Paar Stutzen, Schienbeinschützer, drei

Sport-Unterhemden, einige Sockenpaare, Knöchelschützer, Armlinge, Beinlinge und vier kurze Hosen, passend zu den Trikots.

»So viel bekommt jeder Spieler bei euch?«, staunte Lisa.

»Nein!«, sagte Fabi. »Wir bekommen natürlich mehr. Aber das ist erst mal die Grundausstattung, die man mit nach Hause nimmt. Gewaschen wird das nach Gebrauch natürlich im Verein. Dort hat er auch noch mehr Fußballschuhe zur Auswahl.«

»Wow!«, stieß Lisa aus.

Tayo glotzte auf die Sachen wie ein kleiner Junge zu Weihnachten.

Vielleicht, so hoffte Lisa insgeheim, würde dieses riesige Geschenkpaket auch Tayos Vater etwas milder stimmen, seinem Sohn das Fußballspielen weiter zu erlauben.

Tayo zog den Parka aus und die Winterjacke an. Sie passte perfekt, sah super an ihm aus und schon auf den ersten Blick erkannte man, dass sie deutlich besser wärmte als sein Parka.

Fabi räusperte sich. »Na ja, das ist die Jacke für die Ersatzbank. Eigentlich trägt man sie nicht auf der Straße.«

»So ein Quatsch!«, ereiferte sich Lisa. »Die Jacke ist warm, sieht gut aus, also kann er sie auch tragen!«

»What?«, fragte Tayo, der die Jacke noch immer anhatte, während er sich all die anderen Sachen jetzt genauer anguckte.

»Nicht schlecht!«, ertönte auf einmal von hinten Philipps Stimme. »So eine teure HSV-Jacke hätte ich auch gern!«

Fabi drehte sich zu ihm um: »Dann musst du besser Fußball spielen, du Krücke!«

Lisa warf Fabi ein dankbares Lächeln zu, das dieser sichtlich genoss.

»Pah!«, gab Philipp zurück.

»Spielt Philipp überhaupt Fußball?«, fragte Lisa. In der Schulmannschaft war er jedenfalls nicht, so viel wusste sie.

»Ja!«, bestätigte Fabi. »Beim 1. FC Schienbeinbruch in Wilhelmsburg! Da spielen keine Torhüter, sondern Türsteher, wenn du verstehst, was ich meine. Kein Spiel ohne Klopperei. Jedes zweite Spiel wird abgebrochen.«

»Quatsch!«, empörte sich Philipp. »Stimmt gar nicht!«

Lisa war's egal. Hauptsache, die Debatte, dass ein Asylbewerber mehr als ein deutscher Jugendlicher bekam, war hiermit beendet.

Nach und nach trudelten auch die restlichen Schüler des Jahrgangs ein, lieferten ihre gespendete Kleidung ab, halfen beim Sortieren und empfingen die Nachbarn, die ebenfalls etwas spendeten und etwa eine halbe Stunde vor Beginn des Gratis-Flohmarkts ankamen. Es waren mehr, als Lisa erwartet und erhofft hatte.

»Klasse!«, freute sie sich und klatschte mit Hülya ab, die ja schließlich die Idee für diese Aktion gehabt hatte. Von der Presse, die die Schulleitung eingeladen hatte, ließ sich leider niemand blicken, bis auf einen Praktikanten eines lokalen Anzeigenblättchens, der ein paar Fotos machte und Herrn Walter als betreuendem Lehrer ein paar Fragen stellte.

Auch Tayo half beim Sortieren, obwohl es ihm schwerfiel, die Tüte mit seiner neuen Fußball-Ausrüstung beiseitezustellen und nicht weiter zu beachten. Lisa glaubte, am liebsten hätte er alles sofort angezogen und wäre zum nächsten Fußballplatz gefahren, um die Sachen auszuprobieren. Zumindest die Winterjacke des HSV ließ er an.

Benni aus der Parallelklasse kam zum Helfen im St.-Pauli-Kapuzenshirt, sah Tayo in der HSV-Jacke, hielt sich die Hände vors Gesicht, als ob ihn ein Scheinwerfer blenden würde, und sagte: »Och, Alter. Haben Flüchtlinge es nicht schon schwer genug? Müsst ihr sie jetzt auch noch in so eine Zwangsjacke stecken?«

Tayo verstand kein Wort, aber das war auch gut so, fand Lisa.

Doch bevor sie Benni zurechtweisen konnte, zog Benni eine dicke Winterjacke aus der Tüte. »Hier, zieh die an!«

Im ersten Moment dachte Lisa natürlich, es handelte sich um eine Jacke des FC St. Pauli, und sah schon beim nächsten HSV-Training Ärger auf Tayo zukommen, aber schnell entpuppte sich Bennis Jacke als zwar sportliche, aber neutrale, richtig gute Winterjacke. Sie sah nagelneu aus.

Tayo starrte auf die Jacke und konnte nicht glauben, dass sie für ihn sein sollte.

»Boah, ey. Jack Wolfskin. Das Teil kostet locker zweihundert Euronen!« Philipp war wieder da.

»Na und?«, bemerkte Lisa. »Bringt eben nicht jeder nur ungewaschene T-Shirts mit. Verzieh dich, Philipp.«

Tayo zog seine HSV-Jacke aus, legte sie sorgfältig zusammen und steckte sie zurück in seine Tüte mit den anderen Sportsachen, bevor er langsam die neue Jacke anzog, die ihm perfekt passte. »It' for me, really?«

Benni zog die Schultern hoch. »Klar!«

»Die sieht aus wie neu«, stellte Lisa anerkennend fest.

»Die hat mein Bruder letztes Jahr zu Weihnachten bekommen. Dann hat er Abi gemacht und ist für ein Jahr nach Australien. Da braucht er sie nicht. Und wenn er wiederkommt im nächsten Winter, dann will er bestimmt sowieso 'ne andere«, erklärte Benni.

»Vielen Dank!« Lisa war hin und weg.

Auch Tayo bedankte sich überschwänglich.

Und Hülya lachte: »Na, Tayo? Jetzt bedauerst du wohl, dass der Winter bald vorbei ist, oder?«

Samira unterbrach die Szene, indem sie hereinkam und rief: »Der Bus ist da!«

Die Betreuer der beiden Unterkünfte hatten einen Bus organisiert, mit dem sie nun an der Schule vorfuhren, damit die Flüchtlinge sich von den Tischen passende Kleidung aussuchen konnten.

»Dann los!«, rief Hülya.

Jeder Schüler nahm sich einen Stapel Kleidung und trug ihn hinaus zu den Tischen auf dem Flur, wo die Sachen zum Anprobieren und Mitnehmen ausgelegt wurden.

»Dürfen wir auch etwas nehmen?« Vor Lisas und Hülyas Tisch baute sich Murat auf, ein Türke aus der Parallelklasse.

»Du nicht. Verschwinde, Murat!«, sagte Hülya entschieden.

Nicht nur Murat, auch Lisa war erschrocken von Hülyas schroffer Ablehnung.

»Wieso denn nicht?«, fragte sie. »Der Gratis-Flohmarkt ist für alle, die etwas brauchen.«

»Eben«, sagte Hülya. »Murat braucht aber nichts. Sieh ihn dir doch an. Alles Markenkleidung. Der will sich nur Sachen nehmen, um sie auf dem nächsten Flohmarkt zu verticken. Richtig, Murat?«

»Nein!«, ereiferte sich Murat. »Ich brauch das. Wirklich! Ich hab 'nen Bruder und …«

»Murat, erzähl keine Scheiße. Dir geht's gut, deinen Brüdern auch. Deinem Vater gehört der türkische Supermarkt in Wilhelmsburg. Also, hör auf mich zu verarschen und hilf mit!«

»Oh Mann, Alter! Ich will auch so 'ne Jacke wie der da«, meckerte Murat.

»Dann sag deinem Vater, er soll dir eine kaufen, Murat«, wehrte Hülya ihn weiter ab. »Und jetzt hilf oder verschwinde.«

Murat verzog sich.

Lisa schüttelte den Kopf. »Nicht zu fassen!«

Dann kamen die ersten Flüchtlinge an die Tische und begannen sich die Sachen anzusehen, anzuprobieren und sich zu nehmen, was sie brauchten. Im Gegensatz zu Murat hatte Lisa den Eindruck, dass sich wirklich jeder nur das nahm, was er wirklich benötigte. Lisa sah nicht einen, der sich beispielsweise zwei dicke Jacken nahm, im Gegenteil: Sie machten sich untereinander auf Kleidungsstücke aufmerksam, die ihnen selbst nicht, aber dem anderen vielleicht passen und zusagen würden.

Die ganze Aktion wurde ein großer Erfolg.

»Das hätte besser nicht laufen können!«, verkündete Lisa nach drei Stunden, nachdem der Bus wieder abgefahren war, um alle Flüchtlinge zurück in ihre Unterkünfte zu bringen. Alles, was übrig geblieben war, wollten Lisa und Hülya am Nachmittag zu den Messehallen bringen, zur zentralen Spenden-Sammelstelle.

»Find ich auch!«, stellte Hülya zufrieden fest. »Und du hast dein Versprechen doppelt erfüllt: Tayo hat jetzt sogar zwei Winterjacken: eine normale und eine zum Fußball!«

Lisa war rundum zufrieden und froh. Aber ihr Glücksgefühl hielt nur bis zur kommenden Nacht.

# 13

Nachts um zwei läutete das Telefon. Lisa schreckte hoch, weil das völlig ungewöhnlich war. Erstens rief sowieso um diese Zeit niemand an, und wenn, dann wohl eher per Handy-Nachricht. Doch es war das Festnetztelefon, das klingelte und von dem Lisa ohnehin nicht wusste, weshalb ihr Vater es überhaupt noch hatte.

Ein Anruf um diese Zeit konnte eigentlich nur zweierlei bedeuten: Entweder war irgendwo in der Familie etwas Schlimmes passiert – vielleicht mit Onkel Klaus – oder die Dienststelle ihres Vaters meldete sich. Letzteres wäre noch mehr als ungewöhnlich, da ihr Vater ohnehin in zwei Stunden aufstehen und zur Arbeit musste, da er in dieser Woche Frühdienst hatte.

Lisa saß aufrecht im Bett und lauschte. Da sie nichts hören konnte, stand sie auf, schlich zur Tür, öffnete sie einen Spalt.

Sie hörte nur die knappen Antworten ihres Vaters: »So eine Scheiße! Verstärkung? Ja, okay. Ich fahr sofort los. Bis gleich.«

Dann legte er auf und wollte wohl gerade ins Badezimmer huschen, als Lisa auf der Treppe stand und von oben fragte: »Was ist passiert?«

»Ich muss zum Dienst. Leg dich wieder hin, Lisa.«

»Wieso musst du zum Dienst?«

»Brandanschlag!«, teilte ihr Vater knapp mit.

Brandanschlag? Lisas Adrenalinspiegel schoss in die Höhe. Sie ahnte Böses. »Wo?«

Ihr Vater druckste erst etwas herum, dann rückte er damit heraus: »Erstaufnahme, Alte Post in Harburg!«

Lisa war so geschockt, als hätte jemand soeben einen Brandsatz direkt in ihren eigenen Flur gefeuert. Obwohl Tayo mittlerweile bei seinem Vater wohnte und auch gar nicht in dieser Erstunterkunft untergebracht gewesen war, traf sie die Nachricht wie ein Schlag. Oft hatte sie in dieser Unterkunft geholfen: gespendete Wäsche sortiert, Essen ausgegeben, mit den Kindern gespielt, Menschen vom Bahnhof abgeholt und in die Unterkunft gebracht, beim Ausfüllen der ersten Formulare geholfen. Und jetzt hatten ein paar Irre dort einen Brandsatz hineingeworfen?

»Schlimmer!«, rückte ihr Vater allmählich mit der ganzen Wahrheit heraus. »Es war ein großes Treffen der Rechten in Dresden geplant. Aber unsere Kollegen haben zwei Busse voller rechtsradikaler Gewalttäter, die sich aus ganz Norddeutschland versammelt hatten, auf der Autobahn gestoppt und an der Weiterfahrt nach Dresden gehindert. Kurzerhand sind diese dann umgedreht und haben die Erstunterkunft hier in Harburg angegriffen.«

»Das darf doch nicht wahr sein!«, schimpfte Lisa.

»Also ein gewalttätiger Massenauflauf dort direkt vor der Tür«, erläuterte ihr Vater. »Zu allem Überfluss ist das natürlich sofort zu den Linken durchgesickert, die sich nun ihrerseits auf den Weg dorthin machen. Darunter die gesamte autonome Szene rund um die Rote Flora. Für die ist das natürlich ein gefundenes Fressen, außerhalb vom 1. Mai mal wieder Revolution zu spielen. Scheiße! Und wir dürfen da nun wieder mittenmang unsere Köpfe hinhalten!«

»Ich komme mit!«, sagte Lisa.

Ihr Vater sah nur kurz die Treppe hinauf zu Lisa und wischte sich mit der Handfläche vor der Stirn herum. »Plemplem?«

»Ich meine es ernst«, sagte Lisa. »Ich will sehen, was da los ist.«

»Du spinnst wohl! Ich kann dir sagen, was dort los ist: Dort stehen auf jeder Seite Hunderte von Durchgeknallten, die nichts Besseres zu tun haben, als sich mit Pflastersteinen und Molotow-Cocktails zu bewerfen. Ich *muss* dorthin; mit Helm, Schutzanzug, Schild und Wasserwerfer. Aber du, mein Fräulein, bleibst hier.«

»Fräulein!«, raunte Lisa verächtlich.

»Hast du verstanden?«, hakte ihr Vater ernst nach. »Wehe, ich sehe dich dort!«

Lisa nickte ihm zu. »Pass auf dich auf.«

»Mach ich«, versprach ihr Vater.

Lisa drehte sich um, ging in ihr Zimmer, schrieb eine WhatsApp-Mitteilung an Hülya, Samira und Svenja. Und zog sich an.

Knappe zwanzig Minuten später trafen sich die vier Mädchen am Bahnhof Wilhelmsburg, von wo sie gemeinsam eine Station bis zum Bahnhof Harburg fuhren. Von hier aus waren es nur 800 Meter zur Alten Post, aber schon ab der Kreuzung Hörstener Straße – Harburger Poststraße hatte die Polizei die Straße abgeriegelt. Die gesamte Hörstener Straße Richtung B73 stand mit Mannschaftsbussen der Polizei voll, von der anderen Seite rückten Wasserwerfer heran.

Lisa schaute sich nach ihrem Vater um, der zum Glück hier nicht zu sehen war. Vermutlich steckte er mitten im Geschehen direkt vor der Post, wo sich die rechten Brandstifter und die linken Demonstranten wohl schon gegenüberstanden. Lisa konnte nur erahnen, welch heikle Situation dort entstanden sein musste: eine brennende Flüchtlingsunterkunft mit 250 Betten, davor die völlig verstörten Flüchtlinge, die mitten im Schlaf von dem Anschlag überrascht worden waren und nun draußen vor der Tür herumirrten und nicht wussten, was sie tun sollten. Davor pöbelnde Nazihorden, die johlend weitere Brandsätze auf die Flüchtlinge warfen, denen gegenüber wütende linke Demonstranten, die sich eiligst zusammengefunden hatte, um mit Pflastersteinen und Feuerwerkskörpern den direkten Kampf mit den Nazis zu suchen – was die Flüchtlinge allerdings keineswegs vor den Angriffen schützte, sondern im Gegenteil: ihre Verstörung eher vergrößerte.

Dazwischen zig Feuerwehrleute, die einfach nur versuchten ihren Job zu machen und das Feuer so schnell wie möglich in den Griff zu bekommen, und Hundertschaften der Polizei, die nicht wussten, was sie zuerst tun sollten: die bibbernden und zitternden Flüchtlinge versorgen, den Feuerwehrleuten den Rücken frei halten, die Brandstifter verhaften oder die Nazis und die Gegendemonstranten voneinander fernhalten.

»Fuck, ey!«, fluchte Hülya. »Als ob die Flüchtlinge dort drinnen von Krieg und Terror nicht genug traumatisiert wären, müssen sie jetzt selbst hier, im sicheren Deutschland, vor nächtlichen Brandbomben flüchten.«

»Ja«, pflichtete Lisa ihr bei. »Man schämt sich Deutsche zu sein.«

»Ich bin nur halbe Deutsche«, sagte Hülya. »Und ich schäme mich auch.«

Samira, die aus Marokko kam, nickte zustimmend.

»Was machen die jetzt mit den Bewohnern?«, fragte sich Lisa. »Meinst du, die stehen noch da und niemand kümmert sich?«

»Vermutlich«, sagte Hülya. »Los, wir müssen denen irgendwie helfen. Vielleicht kommen wir über den Neuländer Platz ran.«

»Gute Idee!«, befand Lisa. »Wir müssen zusätzlich aufpassen«, warnte Lisa. »Mein Vater darf mich nicht entdecken, sonst ist zu Hause die Hölle los.«

»Der wird anderes zu tun haben«, entgegnete Hülya.

Doch Lisa wusste, dass eine Reihe Kollegen ihres Vaters sie kannten und auch erkennen würden. Sie nahm sich vor, doppelt vorsichtig zu sein.

Sie hatten Glück. Der Weg war tatsächlich frei und sie gelangten bis in die unmittelbare Nähe der Unterkunft.

Das Bild, das sich ihnen bot, war noch schrecklicher, als Lisa es sich vorgestellt hatte.

Gerade als sie die Harburger Poststraße erreicht hatten, stürmte eine Horde vermummter, schwarz gekleideter Männer auf sie zu. Lisa wusste sofort, dass nicht sie gemeint waren, sondern die Männer flüchteten laut brüllend vor der Polizei. Sie schrien nicht vor Angst, sondern vor Wut, ließen ihren Schlachtruf ertönen, bereit zum nächsten Angriff.

»Scheiße!«, fluchte Svenja. »Wir sind auf der falschen Seite. Das sind die Faschos, die da auf uns zukommen!«

»Hier rein!« Lisa packte Hülya am Arm und zerrte sie mit sich ins Gebüsch am Straßenrand. Auch Samira und Svenja duckten sich in die Büsche.

Zu allem Überfluss machten die Neonazis genau dort halt, wo sich die Mädchen verkrümelt hatten. Den Polizisten genügte es anscheinend, dass sie die gewaltbereite Horde ein Stück vom Ort des Geschehens fortgetrieben hatten. Sie zogen sich leicht zurück und bildeten eine Kette. Lisa erinnerte das an ein Football-Spiel, bei dem die eine Mannschaft ein paar Yards gutgemacht hatte.

Doch dann rannten die Rechten wieder auf die Polizeikette zu und warfen mit Flaschen und Steinen auf die Beamten.

»Wir müssen hier weg!«, zischte Svenja. »Auf die andere Seite!«

»Die ist abgesperrt!«, erinnerte Lisa sie.

»Hier auch!« Svenja wies mit dem Kopf zu der Straßenschlacht, die wenige Meter entfernt entbrannt war. Hinter der Polizeikette tauchten jetzt zwei Wasserwerfer auf, die ohne weitere Vorwarnung in die Gruppe der Rechtsradikalen spritzten. Die Gischt der Fontänen sprühte bis vor die Füße der Mädchen.

»Aufpassen!«, warnte Svenja. »Da ist vielleicht Reizgas drin!«

Lisa sah nun, wie hinter der Polizeiabsperrung lichterloh Flammen hochschlugen.

»Die Arschlöcher werfen Mollis in die Polizisten. Die sind echt so krank!«

Lisa wusste, dass ihr Vater als Dienststellenleiter auch hier eine leitende Funktion innehatte. Somit stand er bestimmt nicht mitten in den Reihen, denen gerade die gefährlichen Geschosse um die Ohren flogen. Trotzdem zitterte sie am ganzen Leib, auch aus Furcht, selbst etwas abzubekommen.

Svenja hatte vollkommen Recht. Sie mussten weg von hier, und zwar schnell.

»Habt ihr irgendetwas von den Flüchtlingen gesehen?«, rief sie und reckte den Hals in alle Richtungen. »Stehen die da draußen? Wurden die abtransportiert?«

»Keine Ahnung. Ich kann nichts sehen!«, antwortete Samira.

Plötzlich kamen ihnen einige Fotografen entgegengelaufen. Das bedeutete, dass die Polizei zu einem erneuten Angriff ansetzte.

»Jetzt kommt schon!«, rief Hülya.

Die vier Mädchen rannten los, zurück zur Fußgängertreppe, über die sie gekommen waren, um über den Weg am Bahnhof vorbei die andere Seite zu erreichen, die zwar – wie sie wussten – gesperrt war, aber vielleicht gab es ja doch irgendein Durchkommen.

Am Bahnhof aber blieben sie stehen.

Samira stieß Lisa in die Seite: »Schau mal, ist das nicht Tayo?«

Jetzt sah Lisa ihn auch, drüben auf der anderen Straßenseite. Er war nicht allein. Neben ihm humpelte in gebückter Haltung ein zweiter Afrikaner, dem Tayo seinen Arm um die Schulter gelegt hatte.

»Tayo!«, rief Lisa.

Aber er hörte nicht.

Hülya steckte sich die beiden Zeigefinger in den Mund und stieß einen lauten Pfiff aus, während Lisa schon dabei war, die Straße zu überqueren.

Samira, Svenja und Hülya folgten ihr.

»Tayo!«, rief Lisa erneut.

Jetzt wandte er ihr das Gesicht zu, auf dem sich für einen Sekundenbruchteil ein Lächeln abzeichnete, dann legte es sich allerdings gleich wieder in sorgenvolle Falten.

Lisa erkannte auch, weshalb.

Tayos Augen waren angeschwollen, gerötet und tränten. Er musste Reizgas abbekommen haben. Sein Begleiter, den er stützte, war ein Jugendlicher in Tayos Alter. Er schien sich am Fuß verletzt zu haben, seine Stirn wies eine Platzwunde auf, sein Gesicht war blutüberströmt.

»Meine Güte! Was ist mit euch passiert?«, fragte Lisa.

Tayo stellte den Jugendlichen, der verletzt in seinen Armen hing, als Rachid aus Marokko vor. Rachid war ein Freund eines gleichaltrigen Marokkaners namens Brahim, mit dem Tayo zusammen in einem Zimmer gewohnt hatte. Mitten in der Nacht hatte Rachid Brahim angerufen, ihm von dem Überfall berichtet und um Hilfe gerufen. Brahim hatte Tayo per Handy informiert und so waren beide blitzschnell hierhergekommen.

»Wieso hast du mich nicht angerufen?«, fragte Lisa.

Tayo überging die Frage und erzählte stattdessen weiter, dass Rachid bei der Flucht aus der Unterkunft in der Panik auf der Treppe umgeknickt war und sich den Fuß verletzt hatte. Kaum draußen, war er blind in irgendeine Richtung geflohen und so in die Demo der Nazigegner geraten, und zwar leider genau in jenen Block, der gerade mit Steinwürfen auf die Polizisten losgegangen war. Die Polizei stieß gegen die Demonstranten vor, so wie Lisa es auf der anderen Seite auch erlebt hatte. Rachid hatte gerade einen

Gummiknüppel zu spüren bekommen, als Tayo und Brahim zur Stelle waren und ihn aus der Gefahrenzone herauszerrten. Dabei hatten allerdings Tayo und Brahim etwas von dem Reizgas im Wasserstrahl abbekommen.

»Oh Mann!«, stöhnte Lisa. »Was für eine Geschichte! Ihr braucht einen Arzt!«

Sie sah sich nach einem Krankenwagen um. Aber die waren alle direkt vor Ort, nicht hier am Bahnhof.

Doch Tayo schüttelte den Kopf. »Nein, das ist nicht … äh … possible!«

»Ich weiß!«, sagte Lisa und dachte, Tayo meinte, dass sie hier am Bahnhof niemanden finden würden. Doch Tayo meinte etwas anderes. »Rachid is … äh … not legal!«

Lisa stutzte. »Hä? Was soll das heißen?«

»Später!«, bat Tayo. »Wir müssen weg hier!«

»Wo ist denn dein Kumpel Brahim?«, fragte Hülya. Vergeblich schaute sie sich um.

»Bei die andere«, antwortete Tayo. »Kümmert sich um Familie von ihm!« Er zeigte auf Rachid.

Lisa verstand. Aber was hatte Tayo mit »nicht legal« gemeint? Wer in einer Erstunterkunft war, dessen Status musste doch erst noch geklärt werden. Marokko galt nicht als sicheres Herkunftsland – jedenfalls noch nicht – und insofern konnte Rachid in dem Sinne nicht illegal hier sein. Sonst hätten er und seine Familie gar nicht in der Erstunterkunft wohnen können. Wieso also keinen Sanitäter rufen? Aber Tayo hatte sie eindringlich darum gebeten und er würde seinen Grund haben.

»Was sollen wir mit Rachid machen?«, fragte Lisa nun.

»Zu mir geht nicht«, stellte Tayo klar. »Wegen meine Vater.«

Lisa schaute Hülya an, die gab den Blick weiter an die anderen beiden Freundinnen. Erst jetzt wurde ihnen bewusst, dass Tayo für seinen Kumpel – oder besser für den Kumpel seines Kumpels – eine Bleibe suchte.

Bei ihr ging es auch nicht, darüber brauchte Lisa gar nicht erst nachzudenken. Ihr Vater würde sonst erfahren, dass sie ihr Versprechen gebrochen hatte und doch hierhergekommen war, und außerdem: Wenn Rachid illegal hier war, wieso auch immer, dann war ihr Zuhause ein denkbar schlechter Ort: Ihr Vater war schließlich Polizist.

Also Hülya? Die winkte sofort ab. »Nee, ist klar. Ich komme mitten in der Nacht, in der ich eigentlich friedlich in meinem Zimmer schlafen sollte, von einer gewalttätigen Demo nach Hause und bringe einen fremden Jungen mit! Geht's noch? Meine Eltern sind ja schon fortschrittlich, aber das geht wirklich nicht. Und was meinst du, was meine Brüder mir erzählen?«

Lisa konnte es sich ausmalen. Das ging wirklich nicht. Samira schied aus demselben Grund aus. Sie war zwar auch aus Marokko und das hätte wunderbar gepasst, aber Rachid war eben ein Junge. Und: Samira und ihre Familie lebten selbst noch in einer dauerhaften Flüchtlingsunterkunft, mit sechs Personen auf engstem Raum. Und Svenja brauchte Lisa gar nicht erst zu fragen. Ihr Vater war zwar nicht ganz so schlimm drauf wie Lisas Onkel Klaus, aber dass sie nachts mit einem fremden, verletzten Flüchtling zu Hause antanzte, schloss sich definitiv aus.

Lisa schaute ihrer besten Freundin Hülya ins Gesicht und wusste Bescheid: Hülya war der Auffassung, dass Lisas Zuhause trotz aller Schwierigkeiten noch der beste Platz wäre.

»Er braucht Hilfe!«, sagte Hülya.

»Das seh ich selbst!«, fauchte Lisa sie heftiger an, als sie eigentlich gewollt hatte.

Auch Tayos flehender Blick traf Lisa ins Mark.

»Verdammt, okay. Dann zu mir!«, entschied sie. Kaum hatte

sie es ausgesprochen, bereute sie es schon. Aber nun gab es kein Zurück mehr. Obwohl sie wusste, dass sie einen Höllenärger mit ihrem Vater bekommen würde.

»Also los!«, sagte Lisa. »Gehen wir. Wir müssen Rachid verarzten.«

Lisa setzte an zu gehen.

Doch Tayo und Rachid blieben stehen.

»Seine Familie!«, sagte Tayo.

Lisa drehte sich um. »Was?«

»Seine Familie!«, wiederholte Tayo. »Muss mit!«

Lisa tippte sich an die Stirn. »Bist du bescheuert? Wie stellst du dir das vor?«

Doch da kam Brahim mit Rachids Familie schon die Straße entlang: Rachids Eltern und zwei kleine Brüder, der eine vielleicht elf Jahre alt, den anderen schätzte Lisa auf vielleicht fünf.

»Tayo, das geht nicht!«

»Wohin sollen sie?«, fragte Tayo.

Lisa atmete tief durch.

Hülya zog nur stumm die Schultern hoch. Sollte heißen: Den Platz dafür hättet ihr!

Das wusste Lisa selbst. Sie wohnte mit ihrem Vater in einem großen Haus. Der Keller war ausgebaut und das ehemalige Arbeitszimmer ihrer verstorbenen Mutter stand noch immer leer. Ihr Vater hatte ein Jahr nach dem Tod seiner Frau das Zimmer komplett ausgeräumt, aber bis heute nicht neu eingerichtet. Es diente nicht einmal als Abstellkammer oder als Gästezimmer. Es stand einfach nur leer und es lag direkt am Gästebad. Die äußeren Bedingungen also konnten gar nicht besser sein. Wenn nur ihr Vater nicht Polizist wäre …

Lisa seufzte noch einmal tief und sagte dann: »Scheiße, Leute. Also okay. Alle zu mir.«

Hülya drückte ihr einen Kuss auf die Wange: »Du bist ein Engel!«

»Erzähl das bei Gelegenheit meinem Vater«, antwortete Lisa. »Und du bleibst heute Nacht bei mir und erklärst es ihm mit mir zusammen!«

Hülya schaute auf die Uhr, nickte, schrieb eine SMS an ihren ältesten Bruder, weil sie annahm, dass ihre Eltern bereits schliefen, und sagte dann laut: »Okay!«

# 14

Der befürchtete Ärger ließ nicht lange auf sich warten. Er kam in Gestalt ihres völlig erschöpften Vaters, der nach seinem nächtlichen Einsatz zu seinem normalen Frühdienst gefahren war und nun, um kurz vor 14 Uhr, endlich schlafen wollte.

Lisa und Hülya hatten an diesem Tag die Schule ausfallen lassen, nachdem sie noch in der Nacht Luftmatratzen, Decken und Kissen aus dem Keller und im ganzen Haus zusammengesucht hatten, um notdürftig genügend Schlafstätten für alle fünf Gäste zu schaffen. Es war ihnen nur mäßig gelungen.

Jetzt am ersten Tag wollte Lisa die Familie nicht allein im fremden Haus lassen und schon gar nicht, dass ihr Vater unvorbereitet auf sie traf.

Am Morgen war Hülya schnell losgeradelt, um frische Brötchen zu kaufen, während Lisa den Frühstückstisch deckte. Wobei sie gehofft hatte, ihre Gäste würden dabei helfen. Aber sowohl der Vater als auch die drei Söhne hatten sie nur verständnislos angeguckt, während wenigstens die Mutter Tee zubereitete, sich aber ansonsten in der fremden Küche zu wenig auskannte, um eine wirkliche Hilfe zu sein.

Hülya hatte mitgedacht und brachte neben den normalen Brötchen auch Fladenbrot mit und stellte eine Flasche Olivenöl auf den Tisch.

Ulima, die Mutter, ignorierte die laufende Kaffeemaschine, nahm einen kleinen Stieltopf, kochte mit ihm Wasser auf und schüttete das Kaffeepulver direkt hinein, um Mokka zuzubereiten, wobei sie eine Prise Zimt zugab. Lisa staunte, wie gezielt sie die kleine Zimtdose zwischen unzähligen anderen im Gewürzfach herausgefischt hatte. Sie und ihr Mann tranken den Kaffee so am liebsten, für die Söhne war der Minztee bestimmt. Mit einem freundlichen Lächeln honorierte sie Lisas beachtliche Auswahl an Teesorten. Lisa stellte die vorhandenen Marmeladen hinzu, stutzte aber bei den Wurstsorten im Kühlschrank.

»Weißt du, welche aus Schwein sind, Hülya?«

»Vergiss die Wurst«, antwortete Hülya. »In Deutschland sind fast alle Wurstsorten aus Schweinefleisch, wenn sie nicht ausdrücklich anders benannt sind wie *Rindersalami* oder so.«

»Und was ist mit Käse?«

»Kein Problem«, lachte Hülya. »Oder habt ihr Schweinekäse im Kühlschrank?«

Lisa suchte noch die Küchenschränke ab, fand eine Dose Oliven und sogar ein paar Weinblätter in Dosen, deren Haltbarkeitsdatum allerdings abgelaufen war.

Lisa warf die Dose in den Müll, was ihr einen entsetzten Blick von Ulima einhandelte.

Ulima kramte die Dose wieder aus dem Müll hervor, öffnete sie, roch an den Weinblättern und befand: »Gut!«

Hülya grinste. »Ich denke, auf ihre Nase können wir uns mehr verlassen als auf den Industriestempel!«

Leider sprach niemand aus der Familie Englisch, sondern nur Arabisch und ein paar Brocken Französisch, so dass sich die Unterhaltung während des Frühstücks auf spärliche Gestik und Mimik beschränkte. Trotzdem herrschte eine gemütliche, freundliche Atmosphäre, wie sie so mit sieben Personen rund um den Esstisch saßen und ausgiebig frühstückten. Besonders der Jüngste genoss die frischen Brötchen mit Nuss-Nougat-Creme. Lisa war sehr zufrieden.

Ulima hatte ein paar Stücke des Fladenbrots – in Ermangelung von Maisfladen, wie Hülya erklärte – in Öl angebraten, sie mit Konfitüre bestrichen und reichte sie ihrem Mann. Erst danach aß sie selbst ein wenig. Der jüngste Sohn stierte die ganze Zeit auf Lisas Müsli und schien sich zu fragen, welchem Vogel sie das Futter gestohlen haben mochte.

Nachdem die Eltern ihre Mokkas getrunken hatten, griffen auch sie zum Minztee, den sie so stark süßten, dass es Lisa schauderte.

Beim Abräumen stellte Lisa wieder fest, dass keiner der männlichen Gäste es auch nur annähernd als seine Aufgabe ansah, mitzuhelfen. Doch Lisa dachte nicht daran, das zu akzeptieren. Sie drückte Rachid den leeren Brotkorb und die Butter in die Hand und zeigte mit einem Kopfnicken Richtung Küche. Rachid zuckte entschuldigend mit den Schultern und zeigte auf sein verletztes Bein. Lisa lachte nur. Sie hatte Rachid in der Nacht weitgehend verarztet. Seine Kopfwunde hatte sich glücklicherweise als weniger schlimm herausgestellt, als sein blutverschmiertes Gesicht befürchten ließ. Den verknacksten Fuß hatte sie mit Salbe eingerieben.

Lisa sah ihn erwartungsvoll an. Rachid blickte unsicher zu seinem Vater, der mit einem kaum sichtbaren Kopfnicken die Erlaubnis gab. Rachid zog die Mundwinkel hinunter, stand auf und brachte schlurfend den Brotkorb in die Küche. Auf gleiche Weise spannte Hülya Rachids beide Brüder ein. Nur der Vater ließ sich nicht dazu bewegen, einen Handschlag zu tun. Stattdessen ließ er sich von seiner Frau noch einen Minztee mit vier Löffel Zucker einschenken.

Hülya kannte den Umgang mit solchen Verhaltensmustern sehr gut von ihren Brüdern. Sie räumte ihm die volle Teetasse vor der Nase weg und reimte vergnüglich auf Englisch: »No work, no tea! That's Germany!«

Dann trabte sie mit der Tasse und der Kanne in den Händen aus dem Wohnzimmer in die Küche.

Ulima sah ihr entsetzt, der Vater verdutzt hinterher.

Und dann, wenige Stunden später, kam der Ärger.

Lisa saß in der Küche und stierte aus dem Fenster hinaus auf die Straße, um ihren Vater auf keinen Fall zu verpassen. Hülya leistete ihr wie versprochen Gesellschaft. Die marokkanische Familie hielt sich in dem leeren Gästezimmer auf. Es war Lisa schleierhaft, wie sie es dort drinnen aushielten, denn es gab nichts, womit sie sich beschäftigen konnten. Dem Jüngsten hatte sie ein paar Comics hingelegt, aber sie besaß selbst nur sehr wenige. Trotzdem und obwohl er kein Wort von den Sprechblasen verstand, blätterte der Junge darin neugierig und mit wachsender Begeisterung. Der Vater hatte sich auf die Matratze gelegt und döste vor sich hin, die Mutter schaute einfach nur ins Leere und Lisa wusste nicht, ob sie nachdachte oder entspannte. Rachid und dem Elfjährigen hatte sie ein Mensch-ärgere-Dich-nicht-Spiel hingelegt und versucht das Spiel zu erklären. Die beiden hatten es eine Zeit lang gespielt, aber im Moment spielten sie nur mit den Würfeln.

Als Lisas Vater aus seinem Wagen ausstieg, öffnete sie ihm schon die Tür und empfing ihn auf der Schwelle mit den Worten: »Wir haben vorübergehend Gäste!«

Lisa war vorher schon klar gewesen, dass sie nicht ohne Unterbrechung die Umstände würde erläutern können. Schon bei dem Bericht, wo sie der Familie überhaupt begegnet war, hakte ihr Vater erwartungsgemäß ein: »Du warst gestern Nacht bei den Auseinandersetzungen dabei?«

Auch Lisas Versuche, zu erläutern, dass sie ja schließlich mittlerweile einige Flüchtlinge persönlich kannte, einige ihrer Mitschüler noch in Flüchtlingsunterkünften lebten und sie auch Tayo getroffen hätte, ließ ihr Vater nicht gelten.

»Ich habe dir ausdrücklich untersagt, dort hinzugehen. Ich bin noch immer auch für deine Sicherheit verantwortlich!«, schimpfte er.

Doch dabei beließ er es.

Lisa und Hülya schauten sich verdutzt an. Lisas Vater stand auf und sagte: »Ich gehe jetzt schlafen. Alles andere regeln wir später.«

Damit verließ er das Wohnzimmer und verschwand nach oben, um sich hinzulegen.

»Das war's?«, fragte Hülya verdutzt. »Er geht nicht mal zur Familie, um mit ihr zu sprechen oder sie zu begrüßen?«

Lisa zog die Schultern hoch. Sie war ebenso verwundert, sie wusste aber auch: »Das war's noch lange nicht!«

Im Gegenteil, wenn ihr Vater sich so verhielt, dass er ein Problem nicht sofort aus der Welt schuf, dann deshalb, weil er derart sauer war, dass er befürchtete, im ersten Moment überzureagieren. Nur höchst selten kam das vor. Lisa konnte sich vielleicht an zwei, maximal drei Situationen erinnern, in denen das der Fall gewesen war.

»Das ist ein Zeichen für ganz, ganz dicke Luft!«, sagte Lisa ernst. »Mist!«

»Und was machen wir jetzt?«, fragte Hülya.

Wieder zog Lisa die Schultern hoch. Sie hatte keine Ahnung.

Auch am Abend geschah nichts.

Zwischendurch kam eine SMS von Tayo, der fragte, ob er mit Brahim vorbeikommen könnte, um Rachid zu besuchen.

Doch Lisa lehnte ab. »Geht momentan nicht. Mein Vater! Ich melde mich.«

Erst nachdem ihr Vater am Nachmittag aufgestanden war und geduscht hatte, betrat er das Gästezimmer, um mit der Flüchtlingsfamilie, die in seinem Haus Unterschlupf gefunden hatte, zu sprechen. Lisa hatte keine Ahnung, wie das Gespräch verlief, denn als sie selbstverständlich mit ins Zimmer wollte, hielt ihr Vater sie zurück: »Du nicht!«

Verdutzt blieb Lisa vor der Tür stehen. Was war nur mit ihrem Vater los? Sie legte das Ohr an die Tür, konnte aber nichts verstehen. Wie auch: Sie wusste ja, dass die Familie weder Englisch noch Deutsch sprach. Und ihr Vater konnte kein Arabisch und auch kein Französisch. Wie also sollte die Kommunikation stattfinden?

Entsprechend kam ihr Vater auch schon nach wenigen Minuten aus dem Zimmer. Lisa rannte schnell in die Küche, um nicht erwischt zu werden, dass sie gelauscht hatte.

»Ich muss noch mal weg«, sagte ihr Vater nur, verschwand aus der Tür und fuhr davon.

Lisa sah ihm aus der Küche mit einem dicken Kloß im Hals hinterher. So hatte sie ihren Vater wirklich noch nie erlebt. Was war nur mit ihm los?

Sie sollte es früher erfahren, als ihr lieb war.

Sie zog die Gardine des Küchenfensters wieder vor und klopfte an die Zimmertür der Flüchtlingsfamilie. Es hatte sich nichts verändert. Der Vater lag noch auf der Matratze, der Kleine schaute sich die Comics an, Rachid und der Mittlere würfelten.

Obwohl sie wusste, dass niemand Englisch sprach, versuchte Lisa es trotzdem noch mal. »I want to go to the …«

Lisa brach ab. Ihr Englisch war einfach zu schlecht. Jetzt fiel ihr auf, dass sie in all den vielen Wochen mit Tayo nicht ein einziges Mal gefragt hatte, was »Flüchtlingsunterkunft« eigentlich auf Englisch hieß. Und natürlich auch nicht »Erstaufnahmestelle«. Lisa wich aus und sagte: »I want to go to your home.«

Sie kam sich blöd vor, es so zu formulieren, aber was sollte sie tun?

Rachid schien sie tatsächlich zu verstehen, und wohl auch zu begreifen, weshalb Lisa das gesagt hatte. Sie wollte, dass jemand mit ihr kam, um zu sehen, ob die Unterkunft nicht wieder bewohnbar war und sie zurückkehren konnten.

Rachid schüttelte energisch den Kopf.

»Wieso nicht?«, fragte sie. Dann gleich wieder auf Englisch: »Why not?«

Keine Reaktion. Hatte Rachid nicht verstanden oder wollte er nicht antworten?

»Okay!«, sagte Lisa, verließ das Zimmer und simste Tayo an. Der konnte zwar auch nicht helfen, weil er kein Arabisch sprach, aber sein Kumpel Brahim. Es war ein Fehler gewesen, die beiden abzuweisen. Nur mit Brahim als Dolmetscher war eine Unterhaltung möglich.

Doch Tayo war um diese Zeit immer beim Fußballtraining, fiel ihr ein. Deshalb konnte er gar nicht antworten.

Lisa überlegte nicht lange. Sie entschied, raus nach Stellingen zu Tayos Trainingsplatz zu fahren. Dort konnte sie das Ende abwarten, er konnte Brahim Bescheid geben und gemeinsam konnten sie zurück nach Hause fahren, um sich mit der Familie zu unterhalten. Auf dem Weg konnten sie vielleicht ein paar Sachen einkaufen fürs Abendessen. Lisa ging wieder in die Küche, zog eine Schublade auf, in der das »Haushaltsgeld« lag, wie ihr Vater es nannte. Wann immer Lisa Zeit fand, etwas für den Haushalt einzukaufen, konnte sie sich hier Geld dafür herausnehmen.

Lisa steckte sich einen Fünfziger ein und fuhr mit der S-Bahn zum Fußballplatz.

Als sie gemeinsam mit Tayo und Brahim, bepackt mit drei Einkaufstüten fürs Abendessen, wieder zu Hause ankam, erwartete sie eine faustdicke Überraschung: Die Familie war verschwunden!

Das Gästezimmer war leer geräumt. Die Comics und das Spiel lagen verstreut auf dem Boden und den Matratzen. Von dem ohnehin spärlichen Gepäck war nichts zu sehen. Die Familie war eindeutig ausgezogen.

»Wo sind die hin?«, fragte Lisa.

Tayo und Brahim hatten keine Ahnung und auch keine Idee, wohin sie gegangen sein könnten.

Zurück in die Unterkunft, lautete natürlich Lisas erster Gedanke, doch genau das hatte Rachid doch vor einigen Stunden noch abgelehnt.

Die Antwort kam von Lisas Vater, der plötzlich überraschend in der Tür auftauchte.

Mit ernstem Gesicht bat er Tayo und Brahim zu gehen, weil er mit seiner Tochter allein sprechen wollte.

Lisa hatte ja gleich gewusst, dass das Thema noch nicht vom Tisch war. Aber was kam jetzt? Wo war die Familie hin und was hatte ihr Vater damit zu tun? Lisa war äußerst unwohl zu Mute, nachdem Tayo und Brahim sich verabschiedet hatten und sie das »Gespräch« mit ihrem Vater erwartete. Sie ging fest davon aus, dass nun eine Standpauke auf sie niederprasselte.

Sie sollte Recht behalten.

Kaum waren Tayo und Brahim verschwunden, begann ihr Vater: »Du bist wohl von allen guten Geistern verlassen?«

»Wieso?«

Ihr Vater wechselte vom Flur in die Küche, nahm sich eine Flasche Wasser aus dem Kühlschrank und trank einen Schluck. Lisa nutzte den Moment, um zu fragen, wo die Familie hin wäre.

Ihr Vater zuckte mit den Schultern: »Ich weiß es nicht. Aber ich habe sie rausgeworfen!«

Lisa glaubte nicht richtig zu hören. »Du hast WAS? Wieso das denn?«

Ihr Vater stellte die Flasche zurück in den Kühlschrank und schaute Lisa sehr ernst an: »Was glaubst du, was ich gemacht habe, als ich noch mal weggefahren bin?« Er wartete Lisas Antwort nicht ab, weil sie ohnehin nicht draufgekommen wäre. »Ich bin in die Dienststelle gefahren und habe mich schlaugemacht über deine Gäste. Sie sind illegal hier, in Nordrhein-Westfalen wurde ihr Asylantrag abgelehnt. Und zwar schon vor einem Jahr. Seitdem sind sie untergetaucht. Und hier nun unter neuem Namen, aber ohne Papiere, wieder aufgetaucht. Sie dachten wohl, im Strom der vielen neuen Flüchtlinge würden sie nicht auffliegen.«

Lisa stockte der Atem. »Aber … ich meine … wie hast du das herausbekommen?«

»Fingerabrücke!«, antwortete ihr Vater. »Dein feiner Rachid ist nämlich in Dortmund auch schon mal bei einem Ladendiebstahl erwischt worden.«

Lisa wurde schwindelig zu Mute. »Moment, Moment!« Sie kam nicht mehr richtig mit. Was hatte ihr Vater da gerade gesagt? »Du hast von unserer Gastfamilie Fingerabrücke genommen?« Sie konnte es nicht fassen.

»Was denkst du denn?«, schnauzte ihr Vater sie an. Sein Ton wurde härter. »Sie sind illegal hier. Hast du das nicht verstanden? Damit haben sie sich gesetzeswidrig verhalten!«

»Na und?«, brüllte Lisa zurück. »Deshalb kannst du sie doch nicht behandeln wie Verbrecher. Wo sind wir denn?«

Auch ihr Vater wurde lauter. »Wir sind im Haus eines leitenden Polizeibeamten! Klingelt da was bei dir? Wenn ich eine illegale Familie beherberge, mache ich mich strafbar. Dann bin ich meinen Job los! Weil mein Fräulein Tochter jeden hier fröhlich hereinspazieren lässt! Hast du eigentlich mal für eine Minute nachgedacht, was du da tust?«

Lisa hatte nicht vor sich kleinkriegen zu lassen.

»Was *ich* da tue?«, schrie sie zurück. »Was tust *du* denn? Du setzt eine hilfsbedürftige Familie, der sie gestern Nacht die Betten unter dem Arsch angezündet haben, auf die Straße und machst dir kein Fünkchen Gedanken darum, wo die jetzt bleiben soll! Hast du sie nicht mehr alle? Der Jüngste von ihnen ist gerade mal fünf Jahre alt!«

»Sag mal, kapierst du nicht?«, gab ihr Vater zurück und schrie jetzt auch. »Sie sind hier illegal.«

»Das ist doch scheißegal!«

»Das ist überhaupt nicht scheißegal.«

Lisa und ihr Vater standen keine zwei Meter voneinander entfernt, aber ihre Auseinandersetzung hatte eine Lautstärke angenommen, als würde eine vierspurige Straße zwischen ihnen hindurchführen. Und inhaltlich hatten sich Welten zwischen ihnen aufgetan.

»Eigentlich hätte ich sie festnehmen und in Abschiebehaft stecken müssen!«, brüllte ihr Vater. »Durch mein Mitgefühl habe ich mich schon extrem in eine Grauzone begeben!«

»Grauzone!«, wiederholte Lisa. Sie spuckte ihrem Vater das Wort verächtlich entgegen. »Du setzt hilflose Kinder auf die Straße! Und das nennst du auch noch Mitgefühl?«

Ihr Vater drohte jetzt mit dem Zeigefinger.

»Pass auf, was du sagst!«, warnte er. »Noch mal: Ich bin Polizist! Begreifst du das?«

»Ja, das begreife ich. Ein Polizist für Recht und Ordnung! Wie viele von den Brandstiftern habt ihr gestern denn festgenommen? Ich wette, mal wieder keinen einzigen! Aber die Familie, ja klar, die gehört in Abschiebehaft, weil ihnen irgendein Papier fehlt. Was hat das mit Recht zu tun? Und eine hilfsbedürftige Familie mit kleinen Kindern, die gerade einem Brandanschlag entkommen ist, auf die Straße zu setzen, wo ist das denn bitte schön in Ordnung?«, ereiferte sich Lisa. »Du bist genauso schlimm wie Onkel Klaus!«

Lisa rannte aus der Küche und knallte die Tür hinter sich zu.

»Lisa!«, rief ihr Vater ihr hinterher.

Aber Lisa hörte nicht. Sie warf sich ihre Jacke über, schlüpfte notdürftig in ihre Schuhe und rannte heulend hinaus, ohne zu wissen, wo sie hinwollte. Nur weg hier. Weg aus diesem Polizisten-Haus! Lisa war verzweifelt. Wenn sie bloß wüsste, wo sich Rachid und seine Familie jetzt aufhielten, dann hätte sie sich wenigstens bei ihnen für ihren Vater entschuldigen können. Lisa rannte und rannte. Instinktiv schlug sie die Richtung ein, die sie immer nahm, wenn sie nicht mehr weiterwusste: zu Hülya.

Hülya kochte einen Tee und hörte eine Zeit lang einfach nur schweigend zu, was Lisa ihr zu sagen hatte.

»Ich meine, er hätte doch wenigstens ankündigen können, was er vorhat«, klagte Lisa über ihren Vater.

Hülya schaute Lisa durchdringend an: »Du glaubst doch selbst nicht, dass du mit dir darüber hättest diskutieren lassen, ob dein Vater sie rauswerfen soll oder nicht.«

»Stimmt«, musste Lisa zugeben. Fügte aber an: »Trotzdem!«

Im Gegensatz zu Lisa zeigte Hülya ein gewisses Verständnis für das Verhalten von Lisas Vater. »Er würde als Polizist wirklich große Schwierigkeiten bekommen, wenn er illegale Leute bei sich untertauchen lässt!«

»Jetzt fang du nicht auch noch an!«, blaffte Lisa sie an. »Kein Mensch ist illegal!«

»Nach dem Gesetz schon!«, korrigierte Hülya.

Lisa stieß ein verächtliches Zischen aus. »Gesetz! Was ist das für ein Gesetz!«

»Eines, an das dein Vater sich halten muss. Ich meine, wenn

schon Polizisten sich nicht ans Gesetz halten, wer denn überhaupt noch?«

»Pah!«, konterte Lisa. »Jetzt verteidigst du auch noch den Rauswurf?«

Hülya schüttelte den Kopf. »Quatsch! Aber ich kann das auch gut kritisieren, ich bin kein Polizist!«

»Weißt du, wenn alle Leute immer nur nach dem Gesetz gehandelt hätten statt nach ihrem Gewissen und nach Menschlichkeit, dann wäre zum Beispiel in der Nazizeit wohl überhaupt kein Jude gerettet worden. Wie viele haben da ihr Leben riskiert und gegen das Gesetz gehandelt, um Menschen zu retten? Und wir werfen Flüchtlinge vor die Tür, weil wir Angst um Ärger im Job haben?«

»Der Vergleich ist nicht fair«, widersprach Hülya. »Dein Vater ist Polizeibeamter eines demokratischen und sehr sozialen Staates, für dessen Einhaltung der Gesetze er einstehen muss. Das ist sein Job!«

»Ha!«, lachte Lisa bitter auf. »Sehr sozial, wenn Flüchtlinge sich hier verstecken müssen!«

Hülya ließ das nicht gelten. »Immerhin so sozial und demokratisch, dass Hunderttausende, vielleicht sogar Millionen, hierherwollen. *Ins* Nazi-Deutschland ist niemand geflohen, nur millionenfach davon weg.«

Lisa sagte nichts, sondern nahm einen neuen Schluck von ihrem Tee. Sie fand trotzdem, dass ihr Vater falsch gehandelt hatte. Basta!

»Ich möchte wissen, wo Rachid und seine Familie jetzt stecken«, sagte sie dann.

»Du willst sie doch nicht etwa zurückholen?«, fragte Hülya.

Lisa schaute sie an: »Und wenn?«

Hülya winkte ab: »Keine gute Idee, Lisa, Rachid und seine

Familie zum Spielball des Streits mit deinem Vater zu machen. Oder wie stellst du dir das vor: Du holst sie zurück, dein Vater wirft sie morgen wieder raus, du holst sie zurück … oder wie?«

»Hast Recht!«, gab Lisa zu. »Trotzdem: Ich möchte wenigstens wissen, wo sie sind, wie's ihnen geht, ob sie Hilfe brauchen.«

»Natürlich brauchen sie Hilfe«, stellte Hülya klar. »Eine fünfköpfige Familie, die hier illegal unterwegs ist und kein Dach überm Kopf hat, wie sollte die keine Hilfe benötigen? Nur, ob *wir* die leisten können, ist die Frage. Ich denke, die brauchen eher einen Anwalt oder so.«

»Lass uns doch zumindest mal in der Unterkunft nachschauen. Vielleicht sind sie zurückgegangen?«

Hülya schüttelte abermals den Kopf. »Glaube ich nicht. Vielleicht hat dein Vater nicht mal weitergegeben, dass die Familie hier unter falschem Namen angemeldet war. Aber sie werden dennoch befürchten, dass dein Vater das getan haben könnte, und sich deshalb nicht mehr zurücktrauen.«

»Und was meinst du, was die jetzt machen?«, fragte Lisa.

Für Hülya gab es nur eine Möglichkeit: »Das, was sie schon einmal getan haben: Sie wechseln das Bundesland und melden sich irgendwo neu an, wieder unter falschem Namen.«

»Aber das ist doch keine Lösung«, wandte Lisa ein. »Die können doch nicht ewig im Untergrund leben, unter falschem Namen, ohne Krankenversicherung und so.«

Hülya lachte auf. »Du bist ja lustig. Glaub mir, eine fehlende Versicherung ist das Letzte, worüber die sich Gedanken machen. Die haben ganz andere Probleme: irgendwo ein Bett und etwas zu essen zu bekommen, ohne aufzufliegen. Und in Kategorien von *ewig* denken sie auch nicht, sondern eher: Was wird *morgen* sein? Der Rest wird sich irgendwie finden und scheint besser zu sein als ihr Leben zu Hause.«

»In Marokko?«, fragte Lisa. »Ich weiß da gar nichts drüber. Aber Krieg herrscht da doch nicht, oder?«

»Nein«, bestätigte Hülya. »Deshalb soll Marokko in Deutschland ja auch bald als sicheres Herkunftsland gelten, dann würden die Asylbewerber noch schneller abgeschoben werden. Aber Rachid und seine Familie sind ja bereits nicht anerkannt worden. Also, ihre Chancen, legal bleiben zu dürfen, liegen ziemlich genau bei null.«

Lisa schüttelte den Kopf. »Aber die werden nicht aus Spaß ihre Heimat verlassen haben.«

»Vermutlich nicht«, stimmte Hülya zu. »Obwohl man auch sehen muss, dass manche Flüchtlinge genauso verdrehte Vorstellungen von Deutschland haben wie manche Deutsche von den Flüchtlingen. Es ist traurig, wie wenig die Menschen trotz Internet und so immer noch voneinander wissen.« Sie legte eine kleine Pause ein, um von ihrem Tee zu trinken, und fügte dann nachdenklich hinzu: »Aber wenn die jetzt schon länger als ein Jahr hier illegal, ohne Bleibe und ohne Einkünfte, durchs Land irren, dann werden sie ihre Gründe haben.«

»Das denke ich auch«, sagte Lisa leise. »Und ich hab mit Rachid nicht mal 'ne Handynummer ausgetauscht oder so. Verdammt!«

»Wir könnten Brahim fragen!«, fiel Hülya ein. »Der hat bestimmt eine Nummer von Rachid.«

Eine gute Idee, fand Lisa. Sogleich schrieb sie Tayo an, der wiederum Brahim Bescheid gab. Brahim hatte tatsächlich eine Handynummer von Rachid. Doch seine verschickte Nachricht kam nicht an, meldete Tayo nach einer ganzen Weile. Auch am nächsten Tag nicht.

»Rachid muss changed … äh, wechselt … ihr, nein sein … mobile phone«, lautete Tayos einzig mögliche Erklärung. »Dein Vater hat die Familie … wie heißt das … abgeschreckt?«

»Eher aufgeschreckt?«, schlug Lisa vor.

Tayo nickte und wiederholte: »Ja, aufgeschreckt. Sie sind not legal und nun sie haben Angst. I think, we will never hören etwas von sie.«

# 15

Der Frühling, den Lisa schon so lange herbeisehnte, kam erst Mitte Mai. Endlich herrschten bei Sonnenschein auch angenehme Temperaturen wie an diesem Montag. Bei gut zwanzig Grad saß Lisa unter ihrem offenen Dachfenster, ließ sich die Sonne ins Gesicht scheinen, hörte laut Musik, die niemanden störte, weil ihr Vater schon zum Spätdienst außer Haus war, genoss einen frisch gepressten Orangensaft und dachte an Tayo, den sie nun seit ein paar Wochen schon nicht mehr außerhalb der Schule getroffen hatte.

Jeden Tag verließ er überstürzt die Klasse, sobald es geläutet hatte. Als Lisa ihn ganz direkt darauf angesprochen hatte, was los wäre, hatte Tayo nur entschuldigend mit den Schultern gezuckt und geantwortet: »Keine Zeit.« Die Koranschule, sein Fußballtraining, die Deutschkurse, das alles forderte ihn enorm. Aber Tayo blieb keine Wahl, wie er ihr erklärt hatte. In der Schule wollte er gut lernen, denn genau dafür hatte ihn sein Onkel nach Deutschland gebracht: um zu lernen, um ein besseres Leben führen zu können. Eine dieser Optionen auf ein besseres Leben bestand in seinem Fußballtalent. Vielleicht konnte er tatsächlich den Sprung zum Fußballprofi schaffen und dadurch finanziell abgesichert sein? Versuchen wollte er es zumindest, auch wenn es ihm durch den Widerstand seines Vaters doppelt und dreifach schwerfiel.

Lisa stellte fest, dass sie nicht mehr diese Sehnsucht nach Tayo empfand wie am Anfang, als sie sich frisch kennengelernt hatten. Dennoch bedauerte sie den schwindenden Kontakt. Gern hätte sie weiterhin mehr Zeit mit ihm verbracht. Mit einem leichten Zwicken in der Magengrube gestand Lisa sich ein, dass Tayo längst nicht mehr auf ihre Hilfe angewiesen war. Eigentlich bescheuert das zu bedauern, rügte Lisa sich selbst. Denn genau das war doch eigentlich der Sinn einer freundschaftlichen Hilfe: jemanden so weit und so lange zu unterstützen, bis er diese nicht mehr brauchte. Und doch fehlte ihr plötzlich etwas.

Vielleicht war dies das Gefühl, von dem Eltern sprachen, wenn deren Kinder alt genug geworden waren, um zu Hause auszuziehen, und die Eltern allein zurückließen? Lisa musste grinsen. Gut, dass niemand ihre Gedanken lesen konnte. Sie als Tayos Mutter, also echt! Und Muttergefühle waren es auch ganz bestimmt nicht, die sie für Tayo empfand. Sie war noch immer von ihm fasziniert, ja vielleicht war sie doch noch ein bisschen in ihn verliebt.

In der Schule verhielt sich Tayo aber eigentlich wie immer. Er war nett, freundlich, verbrachte die Pausen mit seinen Mitschülern, scherzte, wobei ... Jetzt, da Lisa darüber nachdachte, kam es ihr schon so vor, dass Tayo ernster wirkte als die meisten ihrer Mitschüler. Bei den üblichen Pausen- oder Freistunden-Vergnügungen hielt er sich ohnehin zurück. Ein »Bierchen« vorm Supermarkt um die Ecke zu trinken kam für Tayo überhaupt nicht in Frage. Lisa hatte nie genau herausbekommen, ob Tayo aus Rücksicht auf seinen Vater, dem aus religiösen Gründen der Alkohol verboten war, auch darauf verzichtete oder weil er als Leistungssportler nicht trinken wollte. Fabi jedenfalls war da bei weitem nicht so streng mit sich.

Lisa trank den letzten Schluck ihres Orangensaftes und überlegte, warum sie Tayo nicht einfach mal beim Training besuchte. Jetzt zum Beispiel. Sie wusste, dass Tayo sich gerade auf dem Sportplatz befand und in einer Stunde Trainingsschluss haben würde.

Sie lächelte, denn sie hatte plötzlich ein Déjà-vu. Wie lange war es jetzt her, dass sie Tayo das erste Mal gesehen hatte und genau an dieser Stelle überlegt hatte, ob sie ihn – gleich am ersten Schultag – nachmittags in seiner Flüchtlingsunterkunft besuchen sollte? Zweieinhalb Monate, überschlug sie im Kopf. Keine lange Zeit, wenn man bedachte, wie gut Tayo bereits Deutsch sprach und sich eingelebt hatte.

Lisa hatte sich entschlossen. Damals war es auch eine gute Entscheidung gewesen, ihn aufzusuchen, warum also sollte es heute keine sein?

Lisa stand auf, stellte die Musik ab, trug ihr leeres Glas hinunter in die Küche, zog sich eine leichte Jacke über und ihre Schuhe an und machte sich auf nach Stellingen zum HSV-Trainingsplatz.

Als sie dort eintraf, war Tayo gerade mitten im Spiel, womit das Training meist abgeschlossen wurde. Wieder spielte er gegen Fabi, das konnte Lisa sofort erkennen, weil Tayo ein Leibchen überm Trikot trug und Fabi nicht.

Hoffentlich glaubte Fabi jetzt nicht, sie wäre seinetwegen gekommen. Er machte sich immer noch Hoffnungen bei Lisa, das war ihm irgendwie nicht auszutreiben.

Fabi hatte sie entdeckt, winkte und zwinkerte ihr kurz zu.

Lisa seufzte und lehnte sich ans Geländer am Spielfeldrand, als der Trainer das Spiel zum Trainingsschluss abpfiff. Während alle Spieler das Feld nun Richtung Kabine verließen, lief Fabi auf Lisa zu, was sie schon befürchtet hatte. Tayo hatte sie offenbar noch immer nicht gesehen. Er ging aber auch nicht zu den Kabinen, sondern sein Trainer hielt ihn noch zurück, um irgendetwas mit ihm zu besprechen.

»Hi!«, grüßte Fabi freudestrahlend. »Was machst du denn hier?«

Lisa grüßte so freundlich, wie sie konnte, zurück und sagte dann: »Ich hole Tayo ab.«

Fabis Miene verfinsterte sich, deshalb schob Lisa schnell nach. »Und wie läuft's bei dir? Hast du deinen Stammplatz noch sicher?«

Es interessierte sie nicht die Bohne, aber sie wollte sich auch auf gar keinen Fall mit Fabi über ihr Verhältnis zu Tayo unterhalten.

»Läuft ganz gut«, antwortete Fabi. »Tayo hat keine Chance auf einen Stammplatz. Das tut mir zwar auch leid für ihn, aber für mich ist es natürlich gut. Na ja, wenn du auf Tayo wartest, kann er dir das ja auch selbst erzählen. Mach's gut.«

Lisa hob nur kurz die Hand zum Abschiedsgruß. Fabi war enttäuscht oder sogar beleidigt. Das tat ihr leid, aber ändern konnte sie daran auch nichts.

So wartete sie auf Tayo. Ihr fiel ein Stein vom Herzen, als Tayo aus der Umkleide kam und sie mit einem Lächeln begrüßte.

»Nice surprise!«, sagte er.

Lisa lächelte kurz verlegen und fragte vorsichtig nach: »Wie läuft's hier beim HSV?«

Tayos Gesicht wurde schlagartig ernster und Lisa ärgerte sich über sich selbst. Sie wusste doch von Fabi, dass es nicht gut für Tayo lief. Wieso fing sie gleich mit dieser Frage an?

»Schwer!«, antwortete Tayo. »Trainer sagt, ich bin ... habe ...? Gutes Talent, er sagt.«

»Das ist doch prima!«, versuchte Lisa das Gespräch positiv zu wenden.

»Talent ist nicht genug, sagte Trainer. Mehr Fleiß. Mehr Training. Du weißt.«

Lisa nickte. Ja, sie wusste es. Genau dafür hatte Tayo keine Zeit. Andere große Talente seines Alters schickte man aufs Fußball-Internat, um sie systematisch für den Beruf als Fußballprofi auszubilden. Die Fußballschulen der großen Vereine waren voll von jungen Talenten. Und selbst von denen schafften es trotz allseitiger Förderung und voller Konzentration auf ihre Sportlerkarriere nur sehr wenige zum wirklichen Fußballprofi. Tayo war von alldem Lichtjahre entfernt. Um nichts in der Welt würde Tayos Vater der Anmeldung auf ein Fußballinternat zustimmen. Dabei hegte Tayo mehr als viele andere den Wunsch, einmal Profi zu werden. Wie so manch andere Fußballstars aus Afrika oder Lateinamerika, die auf diese Weise der Armut entkommen waren, sah Tayo den Fußball für sich als große Chance, einen gut bezahlten Beruf zu ergreifen und sich in diesem Land zu etablieren.

Doch dazu hatte er laut Fabi keine Chance. Lisa glaubte Fabis Einschätzung. Er selbst war ein großes Talent und begeisterter Fußballer, hatte für sich die Karriere als Profi aber schon abgeschrieben und war deshalb nie aufs Internat gewechselt. Fabi wollte einfach nur ein guter Amateur bleiben.

Tayo aber schien trotz aller Aussichtslosigkeit an seinem Plan festzuhalten. Lisa versuchte das Thema zu wechseln.

»In einem halben Jahr werde ich achtzehn«, sagte sie. »Das will ich groß feiern. Ich weiß nur noch nicht, wo.«

Tayo nickte. Aber sein Interesse, über Partyplanungen zu reden, schien begrenzt.

Trotzdem fragte er höflich: »Machst du die Party in Disco?«

Lisa schüttelte den Kopf. »Nein, zu teuer. Mein Vater hat gesagt, ich darf zu Hause feiern. Vermutlich mach ich es dort.«

Tayo nickte. »Du hast großes Haus. Good for party.«

Lisa stimmte ihm zu und fragte: »Kommst du auch?«

Tayo zog die Schultern hoch. »Vielleicht.«

Und Lisa wusste, er würde nicht kommen. Wie immer.

»Ich würde mich sehr freuen«, sagte sie dennoch.

Tayo schenkte ihr ein zartes Lächeln.

»Ist ja noch Zeit«, sagte sie.

Tayo nickte. »Yes, we have time.«

# Teil
# 2

12 Monate später

# 16

Tayo wäre von selbst vermutlich nie auf die Idee gekommen, seinen 18. Geburtstag zu feiern. Aber Lisa wusste, dass er bevorstand. Zu ihrem Geburtstag war er erwartungsgemäß nicht erschienen.

»Ich kann leider nicht«, hatte er sich entschuldigt, ohne einen weiteren Grund zu nennen. Aber am Tag ihres Geburtstages war er morgens in der Schule mit einem Geschenk angekommen: ein Buch von Wole Soyinka, in dem der erste afrikanische Literaturnobelpreisträger seine Kindheit beschreibt: »Aké: Eine Kindheit«.

Lisa war gerührt und hatte seine Absage wirklich besser verschmerzen können. Tayo war alles andere als ein Partytyp, das hatte sie längst gelernt. Trotzdem versuchte sie jetzt, da sein eigener 18. Geburtstag vor der Tür stand, ihn dazu zu bewegen, diesen gebührend zu begehen.

»So etwas muss man doch feiern!«, redete sie ihm zu.

Tayo zögerte.

Lisa ließ in ihrem Inneren noch mal Revue passieren, wie sehr sich Tayo verändert hatte, seit er zu seinem Vater gezogen war und dieser ihn zur Koranschule schickte. Kein einziges Mal mehr war Tayo mit in eine Disco oder zu einer Party gekommen, was bestimmt an seinem strengen Vater lag, der solche westlichen Vergnügungsveranstaltungen zutiefst missbilligte. Das machte ihn in der Schule zwar nicht gleich zu einem Außenseiter, doch wenn man zahlreichen gemeinsamen Unternehmungen fernblieb, fand man natürlich auch nie wirklichen Anschluss an einen engeren Freundeskreis. So hatte sich auch Lisas Abstand zu Tayo trotz ihrer Bemühungen mit der Zeit immer mehr vergrößert. Tayos Leben bestand weiterhin nur aus zwei wesentlichen Komponenten: Lernen und Fußball. Im Fußball war er enorm vorangekommen, mittlerweile Stammspieler in der A-Jugend des HSV, hatte tatsächlich Fabi von seinem Platz verdrängt, der daraufhin auf eine andere Position gewechselt war, in der er zumindest meistens spielen durfte. Tayos Vater hingegen war erheblich schwerer zu überzeugen als sein Trainer. Nach wie vor fand er sich nicht richtig damit ab, dass Tayo so viel Zeit beim HSV verbrachte. Für ihn als strenggläubigen Muslim war Fußball eher eine Sünde und als künftiger Beruf kam das schon einmal gar nicht in Frage. So blieben Tayo als einziges Argument dafür, dass er überhaupt weiterhin Fußball spielen durfte, gute Noten in der Schule. Und deswegen lernte er mit wahnsinnigem Ehrgeiz, wann immer es ging. In Rekordzeit hatte er Deutsch gelernt und damit den Grundstein gelegt, auch in den anderen Fächern mitzukommen und das Niveau der Abiturvorbereitung zu halten. Dabei flogen ihm die Unterrichtsstoffe keineswegs nur so zu, ganz im Gegenteil, Tayo musste schon für jede Drei im Zeugnis mächtig schuften. Anfänglich hatte sein Vater ihm nur ein, maximal zwei Mal pro Woche das Fußballtraining erlaubt. Da Tayo es aber mit enormem Einsatz geschafft hatte, ein gutes Zeugnis zu bekommen, hatte er sein Training ausweiten dürfen. Natürlich immer nur auf Widerruf.

Kurzum: Tayo lebte seit einem Jahr unter einem enormen Druck, allen Anforderungen gerecht zu werden. Und da niemand es allen gleichzeitig recht machen kann, fiel doch irgendetwas durchs Raster, in Tayos Fall waren es die Freundschaften in der Schule.

Lisa war eine der wenigen, denen bewusst war, unter welch riesiger Anspannung Tayo stand, und sie fand, wenigstens zu seinem 18. Geburtstag hatte Tayo es sich redlich verdient, mal ausgiebig zu feiern – und sich feiern zu lassen.

»Mann, in Deutschland wird man mit achtzehn volljährig!«, erklärte sie ihm. »Das ist für jeden ein Grund zum Feiern. Ab dann kannst du machen, was du willst!«

Tayo lächelte Lisa an und widersprach: »Ich kann ganz bestimmt nicht machen, was ich will. Das bestimmt nicht ein deutsches Gesetz, das bestimmt mein Vater.«

Lisa nickte. Das hatte sie vergessen. Dennoch: »Du wirst ja wohl mal deinen Geburtstag feiern dürfen!«

Wieder setzte Tayo nur ein müdes Lächeln auf: »Mit Alkohol?«

Lisa verzog das Gesicht. Tayos Vater war wirklich extrem; extrem anstrengend! Seinen 18. Geburtstag zu feiern ohne alkoholische Getränke, das war allerdings nur schwer vorstellbar, obwohl es zahlreiche Muslime an der Schule gab, die auch wirklich keinen Alkohol tranken. Aber es gab eben auch solche wie Metin, der Bekannte von Hülyas Bruder, der sich zwar gern als »stolzer Muslim« ausgab, sich in Wahrheit aber öfter betrank und auch vor anderen Drogen nicht haltmachte.

Trotzdem würde eine Party, in der es überhaupt keinen Alkohol gab, vermutlich nicht gerade begehrt sein bei den Mitschülern.

Die einzigen Partys, die Tayo mitmachte, waren die des Fußballvereins. Lisa wusste, dass Tayo zumindest bei der Weihnachtsfeier dabei gewesen war. Und das brachte sie auch gleich auf ihre glorreiche Idee:

»Kannst du nicht im Vereinshaus feiern?«, fragte sie. »Du hättest einen Raum, und dass die Alkohol im Sortiment haben, dafür kannst du ja nichts. Du musst keinen einkaufen für deine Feier.«

Tayo war so verblüfft über Lisas Idee, dass er offenbar wirklich darüber nachzudenken schien.

»Das wäre doch eine super Sache«, redete sie ihm weiter zu. »Ich bin sicher, Hülya, Samira und Svenja helfen auch mit, wenn es etwas aufzubauen gibt oder so.«

»Ich glaube, das wird zu teuer«, sagte Tayo.

Lisa winkte ab. »Quatsch! Es kann doch jeder selbst zahlen. Ob die nun samstags in die Disco gehen oder ins Vereinshaus. Das Vereinshaus ist vermutlich noch billiger.«

Tayo nickte.

»Also?«, hakte Lisa nach.

Tayo zögerte. »Meinst du wirklich?«

Er konnte sich nicht so richtig vorstellen, dass überhaupt jemand zu seiner Geburtstagsfeier kommen würde.

»Hast du etwa noch nie deinen Geburtstag gefeiert?«, fragte Lisa.

Tayo schüttelte den Kopf.

Lisa schnappte unmerklich nach Luft. Sie konnte sich das einfach nicht vorstellen. Im Zeitraffer liefen vor ihrem geistigen Auge die Bilder ihrer Geburtstagsfeiern ab: ihr erstes Dreirad als Dreijährige. Daran erinnerte sie sich nur noch über ein paar Fotos. Der große Lenkdrachen, als sie ihren zehnten Geburtstag in Dänemark gefeiert hatten. Die erste richtige Teenie-Party mit dreizehn, im Keller. Damals lebte ihre Mutter noch. Das erste Mal betrunken mit Kotzen und Kater bei ihrem 14. Geburtstag. Sie hatte mit Hülya und einigen anderen aus der Klasse im Schwimmbad gefeiert und heimlich Kaffeeschnaps aus Colaflaschen getrunken. Um 19 Uhr war sie dann sturzbetrunken gewesen und hatte sich nicht mehr nach Hause getraut und behauptet, bei Svenja zu schlafen. In Wahrheit waren sie einfach bis 22 Uhr im Schwimmbad geblieben und hatten anschließend die Nacht frierend im Park verbracht. Wahnsinnig gefährlich und abenteuerlich war ihnen das damals vorgekommen! Jetzt stand Lisa vor Tayo und überlegte, was wohl bei seinen Geburtstagen so passiert war. Wie verbrachte man seinen Geburtstag in einem Land, das unter Armut, Kinderhandel und ständigen kriegerischen Auseinandersetzungen litt. Unter dem Terror von Boko Haram, unter Ebola und anderen schlimmen Epidemien und der katastrophalen Infrastruktur.

»Manchmal habe ich gar nicht an meine Geburtstag gedacht«, sagte Tayo. »Wenn mein Onkel mir nicht irgendwann am Tag ein Geschenk gemacht hätte, ich hätte ihn vergessen.«

»Was hast du so bekommen?«, fragte Lisa.

»Eine leckere Erdnusssuppe«, schwärmte Tayo. »Mein Onkel war Meister darin. Er macht die beste Erdnusssuppe Nigerias.«

Erdnusssuppe!, dachte Lisa bei sich. Sie hatte natürlich ganz andere Geschenke im Kopf gehabt! Aber, wenn sie jetzt so drüber nachdachte … Es gab einen Kuchen, den sie als Kind über alles geliebt hatte. »Kalter Hund« hieß der und war ein Rezept von Lisas Oma, das ihre Mutter übernommen hatte. Doch mit dem Tod ihrer Mutter war auch der Kuchen aus Lisas Leben verschwunden. »Ich kenne auch so ein Geburtstags-Rezept«, sagte Lisa. »Ein Kuchen. Wenn du willst, mache ich dir einen zu deinem Geburtstag.«

Tayo lächelte sie an. »Gern!«

»Er heißt kalter Hund!«, verriet Lisa.

Tayo lachte. »Das Gegenteil von hot dog?«

Jetzt musste auch Lisa lachen. So hatte sie es noch nie betrachtet. »Wenn du so willst, ja! Aber es ist etwas völlig anderes: Er besteht nur aus Kakaomasse und Butterkeksen!«

Tayo zog die Augenbrauen hoch und fragte: »Buttercookies? What's that?«

»Du wirst den Kuchen mögen«, versicherte Lisa. »Also, was ist, feierst du?«

»Ich frage im Vereinshaus«, versprach Tayo.

Und er hielt sein Versprechen.

Drei Tage später kam er in der Schule auf Lisa zu: »Es hat geklappt! Ich darf feiern im Vereinshaus!«

»Echt?«, freute sich Lisa. »Das ist ja super! Umsonst?«

»Jeder zahlt selbst. Wie du gesagt hast«, antwortete Tayo und wurde gleich wieder unsicher. »Ist das wohl okay?«

»Natürlich ist das okay!«, sprach Lisa ihm gut zu.

Doch Tayo hatte damit noch immer so seine Probleme. »In Nigeria das wäre nicht möglich, jemanden einzuladen und der muss das bezahlen.«

»Glaub mir«, versicherte Lisa nochmal. »Das ist völlig okay. Wen willst du alles einladen?«

Hülya und Samira kamen zu ihren Sitzplätzen. Lisa verkündete ihnen sofort die Neuigkeit. Beide nahmen es so auf, wie Lisa gehofft hatte: mit Begeisterung. Sofort boten sie ihre Hilfe an.

»Ja, jeder zahlt seine Getränke. Und wir alle bringen Essen mit«, erläuterte Lisa und wandte sich sicherheitshalber noch mal an Tayo: »Stimmt doch, oder? Essen können wir doch mitbringen?«

Tayo nickte und teilte Hülya und Samira mit: »Lisa macht Hund kalt!«

Lisa kicherte laut los und korrigierte: »Kalten Hund!«

»Klingt genau so schrecklich. Was ist das denn?«, fragte Samira.

Hülya, die Lisa und damit auch den Geburtstagskuchen schon sehr lange kannte, begann sofort Samira davon vorzuschwärmen. »Den habe ich ja seit Jahren nicht gegessen!«

Lisa wurde für einen Moment still. Sie wusste, wo Hülya den

das letzte Mal bekommen hatte: an Lisas 13. Geburtstag, dem letzten, den sie mit ihrer Mutter gefeiert hatte.

Hülya bemerkte, dass sie fast ins Fettnäpfchen getreten war, und wechselte sofort das Thema: »Ich mache Falafel!«

Auch Samira und Sandra unterbreiteten sofort ihre Vorschläge, was sie beisteuern wollten.

»Danke!«, sagte Tayo leise.

Ihm schien es nach wie vor unangenehm zu sein, dass andere für seine Feier arbeiteten.

Lisa versuchte nochmals ihm zu erklären, dass das vollkommen in Ordnung war.

»Wir Deutschen haben da kein Problem mit. Selbst meine Eltern haben oft so gefeiert. Sie haben zu Silvester eingeladen. Und alle Freunde haben Essen und Getränke mitgebracht.«

Sie ließ weg, dass ihre Eltern natürlich auch gehörig etwas beigesteuert hatten, aber das konnte und wollte sie Tayo nicht zumuten. Es war Sensation genug, dass sein Vater die Party nicht verbot.

»Aber viele, die ich einlade, sind keine Deutschen«, konterte Tayo.

Womit er Recht hatte. Die Schulklasse bestand zu großen Teilen aus Schülern, die erst seit kurzem in Deutschland lebten oder von denen zumindest die Eltern zugewandert waren. Und auch in seiner HSV-Mannschaft gab es viele Spieler mit sogenanntem Migrationshintergrund oder die sogar schon wie bei den Profis als Nachwuchs-Talente direkt aus dem Ausland eingekauft worden waren. Lisa blieb am Ende nichts weiter, als Tayo zu versichern, dass er bei der Party schon sehen werde, wie nett sie alle zusammen feiern würden.

Die Liste, die sie gemeinsam zusammenstellten, kam letztlich auf 35 Personen, wobei allein schon zwanzig aus Tayos Fußballverein kamen. Klar war aber auch, dass einige aus den verschiedensten Gründen noch absagen würden.

So wie Fabi, der sofort behauptete, »leider« schon etwas anderes vorzuhaben.

Lisa war sich nicht sicher, ob das stimmte oder Fabi nur einfach nicht mit Tayo feiern wollte. Er schien immer noch eifersüchtig auf Tayo zu sein, auch wenn Lisa und Tayo gar kein Paar geworden waren. Fast alle anderen aber sagten zu. Das war das Paradoxe: Tayos Zurückhaltung, die dazu geführt hatte, zu keinem Freundeskreis so richtig dazuzugehören, machte ihn bei den meisten zugleich so beliebt.

»Es ist das Verlangen nach dem Geheimnisvollen«, hatte Hülya irgendwann einmal halb scherzhaft, halb im Ernst gesagt. »Je weniger man über jemanden weiß, desto begehrter wird er.«

Lisa kannte eine ganze Menge Leute, über die sie nichts wusste, und das war auch gut so. Aber dennoch war vielleicht etwas dran an Hülyas Theorie. Lisa musste sich eingestehen, dass sie, obwohl sie sicherlich mit am engsten mit Tayo befreundet war, letztlich immer noch sehr wenig über ihn wusste. Über seinen Vater zum Beispiel. Tayo hatte so einiges über ihn erzählt. Aber gesehen hatte Lisa ihn nie. Nicht ein einziges Mal hatte Lisa Tayo zu Hause besuchen dürfen. Und wo seine leibliche Mutter wohnte, ob er sie mittlerweile mal besucht hatte, darüber schwieg Tayo sich aus. Ebenso wenig hatte Lisa etwas über Tayos neue Halbgeschwister erfahren, mit denen er zusammenlebte. Tayo blieb in vielen Fragen ein Rätsel, ein Geheimnis, so wie Hülya es ausdrückte. Aber vielleicht war das Geburtstagsfest ein Schritt, dies zu ändern. So eine Geburtstagsfeier würde ihm vielleicht zeigen, dass es neben Lernen und Trainieren noch andere Dinge im Leben gab; dass es sich lohnte, sich einfach mal so mit Freunden zu verabreden und seine Freizeit zu genießen.

Lisa wünschte sich so, dass Tayo auch einmal seine eigenen Wege ging.

Das alles konnte Lisa mit Tayo nie bereden, so gern sie es auch getan hätte. Genau dafür fehlten die Gelegenheiten, es war keine Zeit dafür da, dass sie beide einmal nur zu zweit irgendwo am Strand oder auf der Wiese im Park saßen oder an einem Lagerfeuer, wo auch immer, und quatschen konnten bis spät in die Nacht. Wer weiß, vielleicht hätten sie sich dann auch irgendwann richtig ineinander verliebt, wie Lisa es sich immer wieder heimlich gewünscht hatte.

Wie oft hatte sie dieses Kribbeln im Bauch gespürt, besonders am Anfang, als Tayo neu in die Schule gekommen war. Aufgeregt war sie jedes Mal gewesen, wenn sie ihm begegnete; hatte richtig Sehnsucht nach ihm gehabt, wenn er mal nicht da war. Und wie sehr hatte sie sich gewünscht, einmal eine richtig schöne Party mit ihm zu feiern, mit ihm zusammen zu tanzen.

Vielleicht würde sie an seiner Geburtstagsfeier dazu die Gelegenheit haben …

# 17

Drei Tage vor seiner Geburtstagsfeier kam Tayo mit finsterer Miene in die Schule, und als Lisa ihn fragend ansah, sagte er nur fünf Worte: »Die Feier findet nicht statt!«

Keine Begrüßung, keine Begründung, nichts.

Dann ging er an Lisa vorbei, setzte sich auf seinen Platz und vergrub den Kopf in die Hände.

»Hä?«, fragte Lisa. »Was ist denn nun los?«

»Was meinst du?«, fragte Hülya, die gerade mit einem heißen Kakao auf Lisa zukam.

Lisa zeigte auf Tayo. »Er will nicht feiern!«

Auch Hülya war platt. »Wieso das denn plötzlich nicht? Sein Vater?«

Lisa zuckte mit den Schultern.

Hülya ging auf Tayo zu. »Hi Tayo!«

Keine Reaktion. Der Kopf blieb in den Händen vergraben. »Tayo? Was ist los?«

»Nix!«

»Nichts? Lisa sagt, du willst deinen Geburtstag nicht mehr feiern? Wieso nicht?«

»Es gibt nichts zu feiern!«, antwortete Tayo.

»Deinen 18. Geburtstag?«, rief Lisa. »Hör mal, da haben wir doch drüber gesprochen. Hier in Deutschland ist …!«

»Eben!«, ging Tayo aufgebracht dazwischen. »Hier in Deutschland ist achtzehn scheiße!«

Hülya und Lisa sahen sich erschrocken an.

»Aber …?«

Tayo zog einen Umschlag aus seiner Jackentasche und reichte ihn Lisa.

»Was ist das?«

»Ein Brief!«, sagte Tayo bitter. »Von der Ausländerbehörde. Zu meinem 18. Geburtstag!«

Lisa hatte nicht den leisesten Schimmer, was das für ein Brief sein konnte, aber sie ahnte Schlimmes. Von der Ausländerbehörde bekam man selten gute Nachrichten, schon gar keine Geburtstagswünsche. Mit zittrigen Händen entfaltete sie den Brief und begann zu lesen, war sich aber nicht sicher, ob sie ihn richtig verstanden hatte. Sie gab ihn Hülya, die aber schon über Lisas Schulter hinweg mitgelesen hatte.

»Das gibt's doch nicht!«, sagte Hülya leise.

Sie hatte den Brief also ebenso verstanden wie Lisa.

»Du …«, begann sie. Doch ihre Stimme versagte. Sie räusperte sich und nahm einen zweiten Anlauf. »Du wirst … AUSGEWIESEN?«

Lisa musste zweimal schlucken. Allein schon das Wort: ausgewiesen. Wie das klang!

Tayo nickte stumm. Plötzlich hatte er Tränen in den Augen.

Samira, die sich gerade zu ihrem Platz begeben wollte, hatte nur diesen einen Satz beiläufig mitgehört. Sie blieb stehen, rückte näher an die drei heran und fragte: »Hä? Was sagt ihr da? Wer wird ausgewiesen?«

Lisa zeigte ihr den Brief.

Samira las, ließ den Brief dann sinken und sagte mit dünner Stimme: »So eine Scheiße!«

»So eine Scheiße?«, wiederholte Lisa. »Wieso Scheiße? *Ein Fehler* muss das sein. Ich meine, das geht doch gar nicht! Wie können sie denn Tayo ausweisen? Seine Eltern sind doch hier. Das ist doch … rechtlich gar nicht möglich!«

»Stimmt eigentlich«, stimmte Samira ihr zu. »Er ist ja durch Familienzusammenführung hierhergekommen. Das kann eigentlich kein Problem sein.«

»Bin ich nicht«, widersprach Tayo. Und blickte in drei ratlose Mädchengesichter.

»Was bist du nicht?«, fragte Lisa.

»Durch Familien-zusammen-führung hier.« Dieses Monsterwort brauchte immer noch ein hohes Maß an Konzentration. »Mein Vater hat sie nie beantragt!«

»Was?«, rief Hülya aus. Dann klappte ihr Mund zu. Sie war ebenso wie Samira und Lisa einfach nur sprachlos.

Die Nachricht von Tayos Ausweisung traf Lisa so unerwartet und heftig, als hätte man ihr soeben vom Tod eines guten Freundes berichtet. Gedankenfetzen wirbelten nur so durch ihren Kopf. Tayo, der sich so schnell eingefügt hatte, in kürzester Zeit gelernt hatte, fließend Deutsch zu sprechen, eifrig für die Schule ackerte und nächstes Jahr Abitur machen wollte, der in der HSV-Jugend seinen Weg machte und dort als hoffnungsvolles Talent galt, ja vielleicht sogar eine Laufbahn als Profi einschlagen konnte, dieser Tayo sollte jetzt mehr oder weniger von einem Tag auf den anderen verschwinden? Nicht mehr hier wohnen, zur Schule gehen, sein Leben aufbauen dürfen? Wieso nicht? Das wollte Lisa einfach nicht in den Kopf. Wer, wenn nicht Tayo, hatte alle Anforderungen erfüllt, die man an die Integration von Flüchtlingen oder Einwanderern stellte? Tayo lebte nur für diese Anforderungen.

Und wohin schickten die Beamten ihn zurück? »Nach Hause«? Das klang so einfach und lapidar. In Wahrheit aber sollte er zurück in ein Land, in dem er keine Zukunft hatte. Weder er noch sonst jemand aus seiner Familie konnte sein Schulgeld zahlen. Einen Schulabschluss konnte er in Nigeria somit vergessen.

Auch eine Arbeit würde er kaum finden. Die Werkstatt seines Onkels war pleite. Niemand dort hatte Geld, Tayo zu unterstützen. In manchen Gegenden wütete der Boko-Haram-Terror, in anderen brachen immer wieder neue ethnische, religiöse oder Stammeskriege aus. Mehr als 1,5 Millionen Nigerianer hatten ihr Land bereits verlassen, um woanders Sicherheit, Frieden und ein normales Leben zu finden. Und genau dahin sollte Tayo, der hier in Deutschland alle Möglichkeiten vor sich hatte, wieder zurück?

Lisa wusste nicht, ob sie weinen oder schreien sollte. Am besten beides gleichzeitig. Sie spürte einen heftigen Druck in der Brust, konnte nicht mehr richtig Luft holen, ihr wurde schwummerig vor Augen, vom Magen her stieg Übelkeit auf, sie taumelte hinaus auf den Hof, an die frische Luft, aber auch die konnte ihr Gefühl der Ohnmacht, der Wut, der Trauer, der Verzweiflung nicht verdrängen. Warum weckte sie niemand aus diesem Alptraum? Sie wankte zum nächsten Papierkorb, lehnte sich darüber und übergab sich. Bis ihr eine Hand ein Taschentuch reichte. Hülya stand hinter ihr.

Lisa bedankte sich, wischte sich den Mund ab. Da war Hülya schon mit einer Flasche Wasser zur Stelle. Lisa spülte mit den ersten Schlucken den Mund aus, bevor sie etwas trank.

»Wo ist Tayo jetzt?«, fragte sie, nachdem sie sich halbwegs wieder erholt hatte.

»Der sitzt noch immer im Klassenraum«, antwortete Hülya.

Lisa sah auf die Uhr. Noch zehn Minuten bis Unterrichtsbeginn.

»Komm«, schlug sie vor. »Wir hauen ab!«

Nicht nur Tayo war für den Rest des Tages nicht mehr zu gebrauchen, auch Lisa und Hülya sahen sich außer Stande, dem Unterricht zu folgen. Sie überredeten Tayo mitzukommen. Für ihn ergab die Schule ohnehin keinen Sinn mehr. In zwölf Wochen würde er der Schule und dem Land für immer den Rücken kehren müssen.

Bis zum Dienstschluss von Lisas Vater hatten sie bei ihr sturmfreie Bude. Bis dahin wollten sie sich in Lisas Zimmer zusammensetzen und die Lage besprechen. Obwohl es für Tayo nichts zu besprechen gab.

»Was hast du jetzt vor?«, fragte Hülya ihn auf dem Rückweg.

Tayo zuckte resigniert mit den Schultern. »Weiß nicht«, antwortete er. »Zurück nach Nigeria kann ich mir nicht vorstellen.«

Lisa und Hülya sahen sich erschrocken an. Ihr gegenseitiger Blick genügte, um zu wissen, dass sie beide an das Gleiche dachten: Immer wieder hörte man von Fällen, wo jugendliche Flüchtlinge Selbstmordversuche unternahmen. Weil sie zurückgeschickt wurden; hier in dem Land ihrer Hoffnungen in menschenunwürdigen Behausungen leben mussten oder weil sie hier keine Perspektive sahen, weil sie sich das Leben im reichen Europa gänzlich anders vorgestellt hatten, weil die Familie nicht nachkam oder sogar im Heimatland zwischenzeitlich ermordet worden war. Tayo würde doch nicht etwa mit dem Gedanken spielen …?

Keine von beiden sprach es aus. Aber ihnen fiel auch nichts ein, womit sie Tayo trösten oder hätten Mut machen können. Das, was er da in Händen hielt, war keine Androhung, keine schlechte Prognose, es war eine definitive Entscheidung der Ausländerbehörde: Tayo hatte das Land zu verlassen! Und wenn er das nicht freiwillig tat, würde eines Morgens in aller Frühe die Polizei bei ihm auftauchen, vielleicht sogar angeführt von Lisas Vater, ihn abführen, in Abschiebehaft und schließlich in ein Flugzeug Richtung Nigeria stecken. Tayo war chancenlos. Sein Schicksal war besiegelt.

Als sie schließlich zu Hause bei Lisa im Zimmer saßen, alle mit einer Tasse Tee, wusste niemand, was er sagen sollte.

Lisa nippte an ihrem Tee und suchte Blickkontakt mit Hülya. Als Hülya den Blick auffing, schaute auch sie schnell wieder weg. Sie fühlte sich ebenso hilflos wie Lisa. Aus den Augenwinkeln schaute Lisa vorsichtig hinüber zu Tayo. Aber auch er starrte nur irgendwohin. Sie hätte zu gern gewusst, was er jetzt wohl dachte. Ob in ihm vielleicht doch irgendwelche Pläne entstanden, an wen er sich in Nigeria wenden konnte, was er dort als Erstes unternehmen sollte, ob sich nicht doch irgendwelche Chancen boten, einen Schulabschluss zu machen, eine Ausbildung zu finden, was auch immer? Aber wahrscheinlich wusste er nicht einmal, wo er wohnen sollte. Geschweige denn, wovon er sich etwas zu essen kaufen sollte.

Lisa traute sich nicht nachzufragen. Ihr Blick wanderte weiter zum Dachfenster, über dem sich passend zur traurigen Nachricht graue Wolken zusammenzogen, um sich gemäß der Wettervorhersage am Abend in einem Gewitter zu entladen. Lisa dachte daran, dass man dem Vereinsheim Bescheid geben musste, alle Gäste informieren, dass die Party nicht stattfand und ... Sie brach ihren Gedanken ab. Auf was für unwichtige Gedanken man kam, wenn man einfach nur verzweifelt war.

Eine Taube ließ sich auf dem schmalen Rahmen des Dachfensters nieder, kackte einmal auf die Scheibe und flog davon.

Guter Kommentar!, dachte Lisa bitter. Scheiß auf alles! Mehr fiel ihr auch nicht ein zur Entscheidung der Ausländerbehörde. Weil Tayos Vater versäumt hatte einen Antrag auf Familienzusammenführung zu stellen! Wie konnte man nur. Verdammt!

Andererseits: Das plötzliche Auftauchen seines Sohnes, von dem der Vater zuvor wohl auch nichts gewusst hatte, die Trennung von der Frau, Aufbau einer neuen Familie, regeln, wie es mit den Kindern weiterlaufen sollte, und das alles im strengen Rahmen seines islamischen Glaubens … Lisa konnte sich vorstellen, dass der Mann vermutlich auch andere Dinge im Kopf hatte, als sich um deutsche Formulare und Behördenbestimmungen zu kümmern. Dennoch: verpassen, sich um das Bleiberecht des eigenen Sohnes zu kümmern? Das war echt schlimm. Und für Tayo vermutlich wie ein doppelter Schlag in die Magengrube; nicht nur, dass er nicht bleiben durfte, sondern auch noch deshalb, weil sein eigener Vater ihn »vergessen« hatte! Sein Vater, der sich sonst bei seinem Sohn um jedes Detail kümmerte, jede Stunde überwachte, Regeln aufstellte, Verbote erließ. Seit elf Jahren lebten der Vater und die leibliche Mutter hier. Da wäre es nicht mehr als ein formaler Akt gewesen, dafür zu sorgen, dass Tayo bleiben durfte. Hatte der Vater es wirklich nur vergessen oder hatte er es womöglich gar nicht gewusst, dass er das Bleiberecht für den Sohn beantragen konnte, ja, musste? Oder wollte er Tayo vielleicht wirklich nicht hierhaben?

Lisa verstand das alles nicht. Sie wusste nur, dass Tayo, wenn er zurückkehrte nach Nigeria, niemanden hatte, der sich um ihn kümmern würde, der ihm helfen konnte. Freunde hatte Tayo nur hier in Hamburg.

Lisa sah vom Fenster weg und zu Tayo hinüber, der in seine mittlerweile leere Tasse stierte.

Er hat niemanden außer uns!, dachte Lisa noch einmal. Also müssen *wir* helfen! Und zwar nicht in Nigeria, sondern hier! Tayo hatte seine Ausweisung bekommen. Das war eine Tatsache! Aber noch war er hier. Auch das war eine Tatsache. Und solange dies so war, so lange musste es doch eine Chance geben, etwas dagegen zu tun!

»Sag mal«, begann Lisa leise. »Kann man gegen den Bescheid eigentlich Widerspruch einlegen?«

Tayo blickte kurz auf. »Was?«

»Widerspruch!«, wiederholte Lisa. »Man kann doch quasi gegen jeden Behördenbescheid Widerspruch einlegen. Das sagen sie doch auch im Fernsehen immer, dass Abschiebungen oft nicht durchgeführt werden können, weil die Betroffenen Widerspruch einlegen!«

Auch Hülya wurde hellhörig. »Stimmt! Da habe ich in der Flüchtlingsunterkunft auch von gehört. Klar, man kann Einspruch einlegen!«

Lisa sprang auf. Um ein Haar hätte sie mit ihrem Knie die Teetassen von dem kleinen Tischchen gefegt. Im Computer gab sie ein paar Suchworte ein und wurde sofort fündig:

*»99 bis 100 Prozent der Betroffenen legen Einspruch ein«*, behauptete eine Zeitung. *»Es werden Folgeanträge gestellt, Arztatteste präsentiert, Härtefälle geltend gemacht, die Gerichte eingeschaltet, woraufhin abermals Prüfungen anlaufen und wieder Monate vergehen«*, las Lisa laut vor. »Na also!«

»Ein paar Monate nützen mir nichts«, sagte Tayo.

»Wer sagt denn, dass ein Einspruch nicht Erfolg hätte?« Lisa sah einen Hoffnungsschimmer und wurde sofort euphorisch. »Vielleicht kann dann dein Vater nachträglich den Antrag auf Familienzusammenführung stellen! Ich meine, dich ausweisen, bloß weil man eine bescheuerte Frist versäumt. Das kann man doch nicht machen. Da muss doch die Menschlichkeit vor Bürokratie gehen.«

»Menschlichkeit bei Behörden?«, wagte Hülya einzuwerfen. »Na, ich weiß nicht …«

»Na komm«, rief Lisa aufgebracht. »Zumindest wäre es ja wohl ein Verbrechen, es nicht wenigstens zu versuchen.«

Bei Tayo kam bei weitem nicht solche Begeisterung auf wie bei Lisa.

»Hör mal«, redete Lisa auf ihn ein. »Alle Herausforderungen hast du gemeistert: Deutsch gelernt, im Unterrichtsstoff aufgeholt, dich in deinen Noten verbessert, dich beim HSV durchgesetzt. Und jetzt, wo es um Kopf und Kragen geht, willst du kampflos aufgeben?«

»Kämpfen?«, fragte Tayo. »Ich will nicht kämpfen. Deshalb bin ich ja hier.«

»Eben«, entgegnete Lisa. »Und damit das so bleibt, musst du etwas dafür tun!«

»Du hast es doch selbst vorgelesen«, erinnerte Tayo sie. »Es werden Gerichte eingeschaltet. Wer soll das bezahlen? Mein Vater kann es nicht.«

»Da wird sich ja wohl ein Weg finden!«, rief Lisa entschlossen. »Ich meine, die 99 bis 100 Prozent, von denen hier die Rede ist, haben doch auch kein Geld, die meisten jedenfalls nicht. Aber 99 bis 100 Prozent – das bedeutet nichts anderes als: *Alle* legen Widerspruch ein. Also wieso wir nicht?«

»Wir?«, fragte Tayo.

»Natürlich wir!«, betonte Lisa. »Wir lassen dich doch jetzt nicht allein!«

Lisa wusste nicht, wie es Tayo ging, als er sich schließlich verabschiedete. Sie konnte nur hoffen, dass auch er ein wenig mehr Zuversicht verspürte als am Morgen in der Schule. Ob er mit seinem Vater darüber sprechen würde? Lisa vermutete, eher nicht. Nicht, solange Tayo nicht selbst überzeugt war eine Chance zu haben. An diesem Vormittag allerdings hatte er nicht den Eindruck gemacht, als wollte er wirklich kämpfen.

Ganz anders bei Lisa und Hülya. Hülya griff sofort zum Handy, kaum dass Tayo aus der Tür war und regelte, dass sie die Nacht bei Lisa bleiben würde. Noch war es früher Nachmittag, aber die beiden wussten, dass sie in der Nacht sowieso keinen Schlaf finden würden, da konnten sie ebenso gut durcharbeiten.

Zwischendurch war Lisas Vater nach Hause gekommen, aber außer einer knappen Begrüßung hatten die beiden sich nichts zu sagen. Ihr Vater hatte sich für eine Stunde hingelegt. Jetzt saß er in der Küche und aß allein zu Mittag.

Lisa setzte sich an den Computer, um eine Liste anzufertigen, was sie zu tun hatten. Als Erstes die Schule informieren.

»Am besten Herrn Walter«, schlug Hülya vor. »Der weiß bestimmt, was man tun kann.«

Lisa nickte. »Vielleicht haben wir Glück und erwischen ihn!«

Lisa rief direkt im Schulbüro an und hatte Glück. Die Schulsekretärin leitete das Gespräch an Herrn Walter weiter. Lisa berichtete, was geschehen war.

»WAS?« Herr Walter am anderen Ende war entsetzt. »Das muss der doch der Schule mitteilen. Ich kümmere mich drum. Dann machen wir morgen gleich eine Sonder-Lehrerkonferenz. Das duldet keinen Aufschub.«

»Super!«, freute sich Lisa. »Und was werden sie da besprechen? Ich meine, können Sie denn etwas dagegen machen? Einspruch einlegen, oder so?«

»Wir werden erst mal die Lage erörtern und dann klären, ob wir was tun wollen, und wenn ja, was.«

Lisa glaubte nicht richtig zu hören. »Ob, und wenn ja, was?«, wiederholte sie. »Was ist das denn für ein Eiertanz?«

»Lisa, bitte!«, mahnte ihr Lehrer.

»Ist doch wahr! Das ist doch eine völlig klare Sache, dass man da etwas gegen tun muss!«, verteidigte sich Lisa.

»In Asylverfahren gibt es keine klaren Sachen«, widersprach ihr Lehrer. »Aber wir kümmern uns, das verspreche ich. Alles weitere morgen.«

Mit fahlem Gesicht legte Lisa auf und sprach leise nach: »Ja, dann bis morgen.«

Dann wandte sie sich an Hülya: »Auf die können wir schon mal nicht bauen!«

»Das sehe ich auch so«, stimmte Hülya ihr zu.

»Wer sonst?«

»Kann nicht die Schülervertretung eine Pressemitteilung machen?«

»Schülervertretung?«

Lisa ging voran die Treppe hinauf in ihre Zimmer. Hülya stiefelte hinterher.

»Ja, Samira gehört doch zu den Schulsprechern, oder?«, fragte Hülya.

Lisa blieb kurz auf der Treppe stehen und sah zu Hülya hinab. »Stimmt! Du hast Recht. Wir rufen sie gleich an!«

»Nicht so hastig«, bremste Hülya. »Lass uns doch erst mal unseren Plan ausarbeiten. Also Pressemitteilung von der Schülervertretung. Dann alle Schüler informieren, das geht am schnellsten wohl über WhatsApp und Facebook!«

»Wir richten sofort eine Facebook-Seite für Tayo ein!«, schlug Lisa vor.

»Cool!«, kommentierte Hülya anerkennend.

»Ich schreib 'ne E-Mail an mein gesamtes Adressfach!«, kündigte Lisa an. »Ruf du inzwischen Samira an.«

»Okay!« Hülya griff zum Telefon und wählte Samiras Nummer. Es war ausnahmsweise mal nicht besetzt.

Samira sagte sofort zu. »Kettenbrief!«, lautete ihr Kommentar.

»Hä?« Hülya hatte das Wort noch nie gehört.

»Unser Elternrat spricht immer von Kettenbrief, wenn einer es dem anderen weitersagt«, erklärte Samira. Hülya hatte ihr Handy auf Lautsprecher gestellt. »Du weißt, was gemeint ist.«

»Dann sagt doch gleich Rundmail«, verbesserte Hülya genervt. »Und ihr müsst eine Presseerklärung herausgeben.«

»Okay«, stimmte Samira zu. »Das geht aber nur übers Schulbüro. Wir haben die Adressliste gar nicht. Aber ich versuch's.«

»Okay, danke«, sagte Hülya und beendete das Gespräch.

»Wir müssen den Fußballverein informieren«, fiel Lisa ein. »Tayos Mannschaft, dann den Trainer, den Vereinsvorstand …«

»Den Vereinsvorstand?«, wiederholte Hülya ungläubig. »Wir reden hier vom HSV. Das ist ein Bundesliga-Profiklub!«

Lisa sendete ihre Mail ab, drehte sich dann auf ihrem Bürostuhl und schaute Hülya an: »Na und?«

»Na ja … ähm«, stotterte Hülya. »Ich weiß nicht, ob man an die so einfach …«

Lisa klickte bereits wild mit der Maus durchs Internet: »Da. Presseabteilung des HSV. Denen erzählen wir das …« Lisa schaute auf die Uhr. Es war kurz nach drei am Nachmittag. »… am besten sofort!«

Sogleich begann sie eine weitere Mail zu tippen.

»Was ist mit den Parteien?«, fragte Hülya.

»Die CDU kannste knicken«, antwortete Lisa. »Die reden doch immer davon, dass die Abschiebungen schneller gehen müssen. Nee, mit denen rede ich nicht!«

»Aber die SPD«, schlug Hülya vor.

Wieder verzog Lisa das Gesicht: »Die regieren hier in Hamburg!«

Hülya zuckte mit den Schultern. »Ja, und?«

»Damit sind sie für die Ausländerbehörde zuständig, von der Tayo seine Ablehnung hat. Also die SPD müsste dann ja quasi gegen sich protestieren.«

»Kacke!«, stieß Hülya aus. »Dann fallen auch die Grünen weg? Regieren die nicht auch?«

Lisa schüttelte den Kopf. »Im Moment mal zufälligerweise nicht. Da gäb's wirklich 'ne Chance auf Unterstützung.«

»Und die Linke!«

»Ja, ja, suche ich gerade raus«, sagte Lisa. »FDP kann man auch vergessen. Und SPD sollten wir also erst einschalten, wenn wir schon genug Unterstützer für Tayo haben.«

»Unterschriften sammeln?«, fragte Hülya.

Lisa lehnte sich kurz zurück und überlegte. »Nee, wir haben Likes auf der Facebook-Seite, machen das noch über Twitter, WhatsApp und Threema bekannt. Und bündeln könnten wir das in …«

Sie klickte sich erneut durchs Netz. »Wie heißt so etwas noch?«

»Petition!«, erklärte Hülya.

»Genau!« Lisa kam aus dem Klicken gar nicht mehr hinaus. Jetzt suchte sie, wo und wie man so eine Petition eröffnete.

»Das sollte auch die Schülervertretung machen, oder die Schule«, wandte Hülya ein. »So etwas muss voll offiziell aussehen!«

Lisa war einverstanden.

»Da haben wir doch schon einiges zusammen, oder?«, stellte sie zufrieden fest.

»Ja«, fand auch Hülya. »Sag mal, hast du ein altes Bettlaken?«

Lisa lachte. »Wenn du hier schlafen willst, kannst du auch ein frisches bekommen!«

»Zu gütig«, bemerkte Hülya grinsend. »Aber das meine ich natürlich nicht. Wir könnten ein Transparent malen. Habt ihr Pinsel und Farbe?«

»Und wo willst du es aufhängen?«

»Na, wo schon: direkt überm Schuleingang natürlich. Und zwar rechtzeitig vor Schulbeginn. Am besten morgens um sechs, oder so. Dann sieht es jeder, der morgens die Schule betritt.«

Eine gute Idee, fand Lisa. Aber abgesehen davon, dass sie ohnehin nicht gern so früh aufstand, wandte sie noch ein: »Nicht zu früh, sonst nimmt der Hausmeister es ab, bevor es irgendjemand sieht.«

»Du meinst, der Hausmeister ist nicht gegen Tayos Ausweisung?« Hülya runzelte zweifelnd die Stirn.

»Das meine ich nicht, aber der muss doch die Verordnungen einhalten. Das kenne ich von meinem Vater. Wenn da etwas nicht genehmigt ist, wird es abgeräumt; unabhängig davon, wie gut oder schlecht das ist.«

»Okay.« Das leuchtete Hülya ein. »Die meisten Schüler kommen so ab halb acht. Dann sollten wir es fünf vor halb aufhängen!«

»Am besten direkt über das Logo unserer Schule vorne am Eingang!«, schlug Lisa vor. So würde niemand ihr Transparent übersehen.

Dafür mussten sie allerdings die Leiter aus dem Keller mitnehmen.

»Oh Mann, ich hab's wirklich nicht weit bis zur Schule, aber mit einer Leiter im Gepäck?«, überlegte Lisa.

»Pah, das schaffen wir. Aber wie machst du das nur deinem Vater klar?«

»Ganz einfach. Wenn er was bemerken sollte, dann erkläre ich es ihm. Das muss doch jeder verstehen, oder?«

Hülya antwortete nicht. Ihre gerunzelte Stirn verriet aber ihren Zweifel.

»Das wird schon!«, sagte Lisa.

Nachdem sie ihren Plan fertiggestellt hatten, gingen sie in die Garage, um Pinsel und Farbe zu holen. Doch sie fanden leider nur weiße Wandfarbe, weiße Badfarbe, weiße Fassadenfarbe …

»Wieso streicht ihr immer alles in Weiß?«, meckerte Hülya. »Weiß auf weißem Laken kommt nun wirklich nicht gut.«

»Ich habe schwarze Bettwäsche!«, sagte Lisa mit verschmitztem Lächeln.

Hülya zog die Augenbrauen hoch. Sie kannte die Bettwäsche: »Du willst deine coole neue Satin-Bettwäsche opfern? Die hast du doch erst zu Weihnachten bekommen!«

»Aber es ist nie dazu gekommen, sie gemeinsam mit Tayo auszuprobieren«, kicherte Lisa. »Und für Fabi brauche ich sie erst recht nicht. Also, was soll's?«

Hülya lachte. »Stimmt. Als einsame, alte Frau sterben kannst du auch in anderer Wäsche.«

Damit war's entschieden. Die weiße Farbe passte wunderbar auf das schwarze Laken. Zudem fanden sie festes Klebeband und ein paar Packbänder. Das sollte genügen für die Befestigung. Fehlte nur noch die Idee, was sie draufschreiben sollten.

»Kein Mensch ist illegal« – zu allgemein und zu plump.

»Keine Abschiebung von Tayo« – irgendwie zu lang.

»Kämpft für Tayo!« – klang zu sehr nach einer RTL-II-Sendung.

Nach einer halben Stunde Diskussion kam schließlich heraus: »Tayo soll bleiben!«

Aber auch das war noch nicht der Weisheit letzter Schluss, fand Hülya. »Das klingt irgendwie zu bittend. Nein, er *soll* nicht bleiben, er *bleibt*. Fertig. Basta!«

»Super!«, freute sich Lisa. »Tayo bleibt!« Das klang gut, griffig und irgendwie cool.

Mit Zollstock und weißer Wachskreide teilten sie das Bettlaken genau auf, damit genug Platz für alle Buchstaben blieb. Sie hatten auf Demos schon Transparente gesehen, da hätte es dann geheißen: »Tayo blei ...« Und das bt wäre aus Platzmangel irgendwo nach unten gerutscht. So aber gelang ihnen ein wunderbares Transparent, auf dem weiß auf schwarz geschrieben stand: »TAYO BLEIBT!«

Und genauso hing es pünktlich am nächsten Morgen über dem Schulnamen!

# 18

Froh und stolz stand Lisa vor der Schule und fotografierte das flatternde Transparent über dem Logo der Schule aus allen möglichen Blickwinkeln. Die ersten Schüler kamen, blieben stehen und fragten, was das bedeuten sollte.

Hülya und Lisa erklärten es allen mit Engelsgeduld, vor allem natürlich den Schülern aus den unteren Jahrgängen, die Tayo gar nicht kannten.

»Cool!«, lautete der Kommentar der meisten und sie trugen sich sofort in die Liste ein, die Hülya auf einem Klemmbrett bei sich trug.

Als Tayo in die Schule kam, hatten bereits über hundert Schüler unterschrieben.

Er hatte das Transparent erst gar nicht wahrgenommen, weil er mit hängendem Kopf zum Gebäude schlurfte, den Kopfhörer über die Ohren gestülpt, die Kapuze bis tief ins Gesicht gezogen.

Erst als er Lisa und Hülya sah, hob er den Kopf, streifte die Kapuze ab, fragte, was das für eine Liste wäre.

»Was das ist?«, wiederholte Hülya lachend seine Frage. »Das ist für dich!«

Sie zeigte hinauf auf das Transparent wie ein Stadtführer auf eine Sehenswürdigkeit.

Nun erst nahm Tayo es wahr – und erschrak.

»Was ist mit dir?«, fragte Lisa. »Ist doch super, oder?«

»Weiß nicht«, antwortete Tayo zögerlich.

Er war es nicht gewohnt, so im Mittelpunkt zu stehen, und fühlte sich anscheinend sofort unwohl.

»Wer hat das dort hingehängt?«

Lisa und Hülya sahen sich verblüfft an.

»Na, wer wohl?«, sagte Hülya. »Wir natürlich!«

»Nicht die Schule?«, wollte Tayo wissen.

»Die Schule?«, erklärte ihm Lisa. »So schnell reagiert die nicht. Die haben heute Mittag eine Konferenz, wo sie besprechen, was sie tun können.«

Erneut schreckte Tayo zurück. »Eine Lehrerkonferenz? Wegen mir?«

»Natürlich, was denkst du denn? Wir lassen nicht zu, dass die dich einfach so abschieben!«

»Oh Mann«, sagte Tayo. Und schickte ein leises »Danke!« hinterher, bevor er, ohne ein weiteres Wort zu sagen, Richtung Klassenraum ging.

Hülya und Lisa sahen ihm sprachlos hinterher, bis Hülya das Schweigen brach: »Der größte Kämpfer unter der Sonne ist er ja nicht gerade, oder?«

»Nein«, stimmte Lisa zu. »Ganz und gar nicht.«

»Hä? Jetzt doch? Und vorher so 'n Geschrei?« Fabi stand plötzlich bei den Mädchen. Er hatte das Transparent völlig fehlinterpretiert.

»*Tayo bleibt* ist keine Nachricht, sondern eine Forderung!«, klärte Lisa ihn auf.

Fabi zog einen Mundwinkel nach unten: »Dann hätte es aber *Tayo muss bleiben* heißen müssen!«

»Ja, du Klugscheißer«, pflaumte Hülya ihn an. »Es geht hier aber nicht um ein Diktat, sondern um eine Forderung, die klarstellen soll: Wir geben nicht auf, bis wir unser Ziel erreicht haben.«

»Aha!«, sagte Fabi, wenig überzeugt. »Na ja, viel Glück.«

Er wollte gerade weitergehen, als Lisa ihn festhielt. »Halt stopp mal. Was soll das denn heißen? Willst du nicht mitmachen?«

»Wobei denn?«, fragte Fabi.

Hülya hielt ihm die Unterschriftenliste entgegen.

»Okay«, sagte Fabi großmütig zu. »Ich unterschreibe.«

Hülya hielt ihm den Stift hin. »Natürlich unterschreibst du. Aber das meinte ich nicht, sondern ob du nicht selbst welche sammeln willst?«

Fabi blickte sie kurz an, als ob Hülya etwas völlig Absurdes vorgeschlagen hätte. Dann nahm er den Stift, unterschrieb, reichte Hülya den Stift zurück und antwortete: »Nö!«

»Wieso nicht?«, hakte Lisa nach.

»So etwas ist nichts für mich«, lautete die lapidare Antwort und er verschwand im Gebäude.

Lisa verdrehte die Augen. »Den kannst du echt vergessen.«

Und dann erschien endlich der längst erwartete Hausmeister.

»Morgen, ihr beiden«, grüßte er freundlich. »Habt *ihr* das dort aufgehängt?«

Lisa und Hülya schüttelten die Köpfe. »Wir? Nö. Wieso?«

»Na, da habt ihr aber Glück gehabt«, schmunzelte der Hausmeister. »Sonst hätte ich euch nämlich auffordern müssen es wieder abzunehmen. Und den Gefallen, es abzuhängen, würdet ihr mir wohl nicht tun?«

»Ich hab's gerade so im Kreuz!«, flunkerte Hülya.

Der Hausmeister grinste. »Klar, Hülya. In deinem Alter geht das los.«

Hülya lachte mit ihm.

»Tja, zwingen kann ich euch nicht, wenn ihr es nicht aufgehängt habt. Und ich soll es abnehmen, aber ich muss gerade leider dringend nach einem Abfluss im Chemietrakt sehen. Ihr seid also Zeugen, dass ich alles versucht habe das Transparent entfernen zu lassen?«

»Aber so was von …!«

Der Hausmeister hob die Hand zum Abschied und zog von dannen.

»Nett!«, stellte Lisa zufrieden fest.

»Ja«, stimmte Hülya ihr zu. »Und zum Glück ist er Kotrainer der Fußball-Schulmannschaft. Der will Tayo auch nicht verlieren, sondern die nächste Meisterschaft gewinnen.«

Für den Moment also konnten Lisa und Hülya einen großen Erfolg für sich verbuchen.

Das Transparent am Schuleingang nahm niemand mehr ab, so hing es auch am Nachmittag noch da, als die beiden sich vor dem Lehrerzimmer herumdrückten, um zu erfahren, was die Schulkonferenz zum Thema Tayo beschlossen hatte.

Zuvor hatte am Vormittag Samira wie versprochen eine Sondersitzung der Schulsprecher der verschiedenen Stufen einberufen und dem Vorschlag zugestimmt, eine eigene Pressemitteilung herauszugeben. Svenja hatte auch zugesagt, ihr beim Texten zu helfen. Die beiden wollten sich am Nachmittag zusammensetzen, um die Pressemitteilung zu formulieren.

»Läuft!«, hatte Lisa zufrieden festgestellt.

Endlich öffnete sich auch die Tür des Lehrerzimmers, in dem die Konferenz stattgefunden hatte. Herr Walter, der als Erster hinaustrat, wunderte sich über die Anwesenheit der beiden Mädchen. »Was macht ihr denn hier?«

Nachdem Lisa es kurz erklärt hatte, lächelte Herr Walter. »Ich komme mir ja vor wie nach einer Kabinettssitzung.«

Lisa behielt für sich, dass sie nicht genau wusste, was eine Kabinettssitzung war.

»Und?«, fragte sie dann. Wieso ließ ihr Lehrer sich alles aus der Nase ziehen?

»Wir werden auch die Presse informieren, und wenn Tayo es wünscht, ihm einen Rechtsbeistand organisieren.«

»Wenn er es wünscht?«, hakte Lisa nach. »Wie soll er denn ohne Anwalt Einspruch bei der Behörde einlegen?«

»Einspruch gegen seine Abschiebung?«, antwortete Herr Walter. »Nein, nein. Darum geht es nicht. Es gibt keine rechtlichen Möglichkeiten für eine Aufenthaltsgenehmigung, sagt die Ausländerbehörde und auch ein Anwalt, den wir befragt haben. Ein Mitglied im Elternrat ist Anwalt. Also rechtlich können wir gegen den Bescheid nichts mehr unternehmen.«

»Das verstehe ich nicht, das machen doch viele so«, warf Hülya ein. »Fast alle, habe ich gelesen.«

»Da sein Vater nie eine Familienzusammenführung beantragt hat, ist Tayo illegal eingereist«, erklärte Herr Walter. »Er war immer nur geduldet. Das heißt nichts anderes, als dass seine Abschiebung ausgesetzt wurde. Niemand weiß, warum sein Vater nicht schon vor Jahren einen Antrag auf Familienzusammenführung gestellt hat. Ein Versäumnis, das Tayo nun zum Verhängnis werden kann. Seine Duldung wird über seinen 18. Geburtstag hinaus nicht verlängert. Die Aufforderung zur Ausreise innerhalb von drei Monaten ist unumstößlich.«

»Unumstößlich? Warum das denn?« Lisa war entsetzt.

»Die Behörde sagt: Seine Rückkehr ist zumutbar. Er hat dort ja noch seinen Onkel …«

»Seinen Onkel?«, ging Lisa dazwischen. »Der hat ihn doch gerade hierhergebracht, weil es nicht mehr ging. Der ist pleite und die Sicherheitslage wird auch immer schlimmer. Haben die in der Behörde schon mal was von Boko Haram gehört?«

Herr Walter zuckte entschuldigend mit den Achseln, obwohl er ja gar nichts für diese Entscheidung konnte.

»Außerdem …«, ergänzte er, »sagt die Behörde, Tayo wäre noch nicht total integriert.«

»NICHT INTEGRIERT??? Halloo??? Tayo spricht fließend

Deutsch. Er hat einen Stammplatz in der HSV-A-Jugend. Er ist auf dem besten Weg, sein Abitur zu machen! Tayo ist besser in Hamburg integriert als halb Wilhelmsburg!«

Lisa konnte die Begründung der Behörde einfach nicht fassen!

»Außerdem: Was kann denn Tayo dafür, dass sein Vater gepennt hat!«, schimpfte Hülya.

Herr Walter zuckte abermals mit den Schultern. »Das tut mir auch leid für ihn, dass er dieses Versäumnis jetzt ausbaden muss. Aber ich sitze nicht in der Ausländerbehörde.«

Lisa und Hülya starrten ihren Lehrer nur entsetzt an.

»Wenn ein Einspruch zwecklos ist, heißt das also mit anderen Worten: Es gibt keine Chance mehr, dass Tayo bleiben kann?« Lisa musste mehrfach schlucken bei ihrer Frage. Sie spürte, wie ihre Beine zu zittern begannen und ihr Tränen in die Augen schossen. Vor Wut, vor Verzweiflung, vor Traurigkeit. Und – das vor allem – weil sie sich so schrecklich hilflos fühlte. Wenn Lisa etwas prinzipiell nicht ausstehen konnte, dann waren es Endgültigkeiten. So wie der Tod ihrer Mutter. Das war der Punkt an ihrem Tod, mit dem sie bis heute nicht klarkam: diese erbarmungslose Endgültigkeit. Ihre Mutter war nicht mehr da. Für immer und ewig. Und erst in diesem Zusammenhang war ihr damals bewusst geworden, was dieses kleine Wörtchen bedeutete: ewig. Nie wieder würde sie ein Wort mit ihrer Mutter wechseln können. Der Tod war unwiderruflich. So wie Tayos Abschiebung. Aber Tayo war nicht tot. Und es musste einen Unterschied geben zwischen Abschiebung und Tod. Ein Schlupfloch, eine klitzekleine Möglichkeit. Der Hauch einer Chance. Irgendetwas. Es durfte einfach nicht für immer vorbei sein!

»Das kann doch nicht sein. Das kann doch nicht sein!«, wiederholte Lisa, um ihre Fassungslosigkeit auszudrücken.

»Jetzt gibt es nur noch eine einzige winzige Chance: Wir wenden uns an die Politiker«, sagte Herr Walter.

Lisa hob den Kopf. Ihr Herz erhöhte seinen Rhythmus. Das Blut stieg ihr in den Kopf und das Adrenalin begann zu brodeln. Herr Walter hatte es ausgesprochen, das Zauberwort, nach dem Lisa sich so sehr gesehnt hatte: »winzige Chance!« Mit Betonung auf Chance, nicht auf winzig. Es. Gab. Noch. Eine. Chance!

»Wie können wir uns denn an die Politiker wenden? Verstehe ich nicht«, sagte Hülya.

»Wir können zum Beispiel einen Brief an den Eingabenausschuss schicken, indem wir aus humanitären Gründen darauf drängen, dass Tayos Fall nochmals geprüft wird.«

Hülya verstand es immer noch nicht. »Was ist denn ein … was für ein Ding?«

»Eingabenausschuss«, wiederholte Herr Walter. »Noch nie gehört?«

»Nö«, murrte Hülya. »Ich kann Ihnen höchstens was über Alexander den Großen oder die Punischen Kriege erzählen. Aber nichts über einen Eingabenausschuss, der Tayo retten könnte. Lehrplan, Sie verstehen?«

Über Herrn Walters Gesicht huschte ein kurzes Schmunzeln. Dann wurde er wieder ernst und erläuterte: »Man sagt auch Petition dazu, kommt aus dem Lateinischen.«

Lisa seufzte. Oh Mann, jetzt folgte bestimmt eine ellenlange Erklärung, dabei wollten sie doch einfach nur wissen, wie sie Tayo helfen konnten.

»Also aus dem Lateinischen«, wiederholte Herr Walter, »und bedeutet so viel wie Bittschrift. Jedes Parlament bestellt einen Petitionsausschuss. In Hamburg heißt er Eingabenausschuss.«

Erneutes Stöhnen von Lisa.

»Jeder Bürger hat das Recht, bei diesem Eingabenausschuss

eine Eingabe, also eine Beschwerde oder eine Bitte einzureichen, wenn er mit der Entscheidung eines Parlaments oder einer Behörde nicht einverstanden ist. Dieser Ausschuss kann dann Tayos Anliegen an die Härtefallkommission weiterleiten.«

»Härtefallkommission?«, fragte Hülya. »Was ist denn das schon wieder?«

»Das ist ein vom Senat eingerichtetes Gremium«, erläuterte Herr Walter. »Jede Bürgerschaftsfraktion stellt ein Mitglied. Die Kommission kann ein Ersuchen erstellen, nach dem … Wartet mal, ich hab's mir aufgeschrieben …« Herr Walter kramte einen kleinen Notizzettel aus der Hosentasche hervor und las laut: »*… in Fällen, in denen dringende humanitäre oder persönliche Gründe die weitere Anwesenheit dieser Menschen erfordern, kann eine Befassung der Härtefallkommission mit der Angelegenheit des Betroffenen zu einer Lösung führen.*«

»Dringende humanitäre oder persönliche Gründe?«, wiederholte Lisa. »Was heißt das?«

»Das entscheidet die Kommission, beziehungsweise letztlich die Innenbehörde. Wird das Ersuchen angenommen, erteilt die Ausländerbehörde, abweichend von gesetzlichen Voraussetzungen, eine Aufenthaltserlaubnis.«

»Das klingt ziemlich kompliziert«, fand Hülya.

»Ist es auch«, stimmte Herr Walter ihr zu. »Aber es ist die einzige Chance. Und immerhin ist es eine Chance.«

»Und wie sollen wir den Eingabenausschuss oder die Härtefallkommission dazu bewegen, für Tayo zu stimmen?«, fragte Lisa.

»Indem wir uns sehr, sehr, sehr für Tayo einsetzen«, antwortete Herr Walter. »So, wie ihr es heute Morgen schon begonnen habt. Unser Schulleiter wird übrigens auch einen Brief an den Ausschuss schreiben. Ich werde heute oder morgen Tayos Trainer kontaktieren. Ich hoffe, er wird – am besten im Namen des Vereins – ebenfalls aktiv werden. Aber ich sage gleich dazu: Das bedeutet alles noch nichts. Es braucht wirklich viel Glück, damit dieser Ausschuss dann Tayos Fall an die Härtefallkommission weiterleitet.«

»Und falls dieser Glücksfall eintritt, was ist dann?«, hakte Lisa noch einmal nach.

»Dann schicken wir an jedes der fünf Mitglieder der Härtefallkommission einen Brief, in dem wir nochmals darum bitten, Tayos Einzelfall als Härtefall anzuerkennen. Sollten sie einstimmig dafür sein, dann würde die Kommission dem Innensenator empfehlen für Tayo aus humanitären Gründen die Gesetze auszusetzen, und er bekäme eine Aufenthaltsgenehmigung!«

»Puh!«, stöhnte Lisa. Sie hatte sich den Einsatz für Tayo leichter vorgestellt, und vor allem nicht so bürokratisch. Ein paar Briefe sollten über Tayos weiteres Leben entscheiden? Er war doch schon nur deshalb, weil sein Vater mit dem Papierkram nicht klargekommen war, überhaupt in die Bredouille gekommen, und nun hing sein weiteres Schicksal von einer Handvoll Briefe an irgendwelche Behördenkommissionen ab!

»Wieso soll ausgerechnet Tayo die Chance haben, ein Härtefall zu sein?«, fragte auch Hülya. »Ich verstehe das alles ehrlich gesagt gar nicht!«

»Tayo lebt mittlerweile hier bei seiner Familie«, erläuterte Herr Walter weiter. »Also zumindest bei seinem leiblichen Vater. Er würde also erneut von seiner Familie getrennt. Hier hat er nicht nur Familienanschluss, sondern auch Freunde und: Aussicht auf einen erfolgreichen Schulabschluss. In Nigeria müsste er von vorne anfangen. Er wäre allein mit seinem Onkel, der ihn nicht mehr bei sich behalten wollte. Seine Zukunftsaussichten dort wären miserabel. Und niemand geht davon aus, dass sich die

Lage in Nigeria verbessert. Im Gegenteil. Die Flüchtlingsströme im Land wachsen und wachsen. Auf der Flucht vor Boko Haram suchen immer mehr Menschen nach vermeintlich sicheren Plätzen im Land. Die Spirale aus Terrorangriffen und Flucht dreht sich weiter. Wir würden Tayo nicht nur in eine sozial vollkommen unsichere, sondern vor allem in eine akut lebensbedrohliche Zukunft schicken. So sehe ich das jedenfalls. Und wir können nur hoffen, dass die Härtefallkommission das ebenso sieht.«

»Aber dann hätte die Ausländerbehörde das doch auch so sehen können!«, wandte Hülya ein.

»Im Prinzip ja«, stimmte Herr Walter ihr zu. »Aber in der Ausländerbehörde sitzen angestellte Beamte. Die treffen in der Regel keine eigenen Entscheidungen, sondern die handeln stur nach Vorschrift und Gesetzeslage. In der Härtefallkommission aber sitzen Abgeordnete der Bürgerschaft, also Politiker. Die entscheiden mitunter nicht nach Vorschrift, sondern nach humanitären und politischen Gesichtspunkten; auch wenn sie dabei Gesetzen widersprechen, die sie selbst mit beschlossen haben. Und wie gesagt: Jede Fraktion stellt nur ein Mitglied. Damit haben wir andere Mehrheitsverhältnisse als im Parlament. Zurzeit sitzen in der Härtefallkommission also je ein Vertreter der CDU, der FDP, der SPD, der Grünen und der Linken. Ich denke, auf die Stimmen der Grünen und der Linken kann Tayo sich verlassen. Die Vertreter der CDU und FDP werden die größten Hürden sein, wir können nur hoffen, dass sie mitziehen. Auch in der SPD gibt es, wie ihr wisst, solche und solche. Und vergesst nicht! Eine einzige Enthaltung oder eine Gegenstimme kippt alle anderen. Es zählt nur eine einstimmige Entscheidung! Alle fünf Ausschussmitglieder müssen Tayo als Härtefall anerkennen.«

»Also entscheiden diese fünf Ausschussmitglieder über Tayos Zukunft?«, fasste Lisa zusammen.

»Moment!«, bremste Herr Walter. »So weit sind wir noch lange nicht. Jetzt brauchen wir erst mal die Briefe an den Petitionsausschuss und so viel Öffentlichkeit wie möglich!«

Lisa nickte mit ernster Miene. Sie und Hülya hatten also, ohne die ganzen Details zu kennen, die ihnen gerade erläutert worden waren, richtig gehandelt. Das war schon mal gut. Andererseits reichte das, was sie bisher getan und geplant hatten, bei weitem nicht aus. Das wurde Lisa ebenfalls in diesem Moment klar.

»Tayos Schock sitzt tief, seit er erfahren hat, dass er abgeschoben werden soll«, berichtete Lisa ihrem Lehrer. »Vier Seiten lang ist die Verfügung der Ausländerbehörde. ›Wenn ich zurückmuss, ist mein Leben zu Ende. Dann muss ich noch mal von vorne anfangen‹, hat er gesagt.«

Herr Walter nickte ihr aufmunternd zu. »Ja, Lisa, das ist sehr bitter. Aber gleichzeitig auch genau der Grund, weshalb er überhaupt eine minimale Chance vor der Härtefallkommission haben könnte. So paradox es klingt: Nur weil seine Aussichten in Nigeria genau so mies sind, wie Tayo es beschreibt, hat er noch eine kleine Chance, zu bleiben. Genau das, was Tayo befürchtet, müssen wir der Öffentlichkeit, dem Ausschuss und der Härtefallkommission klarmachen.«

»Ja«, sagte Lisa. »Das haben wir jetzt kapiert. Wir geben unser Bestes.«

»Prima«, lobte Herr Walter. »Schön, dass Tayo solche Freunde wie euch hat. Und die braucht er auch. Ohne hat er keine Chance.«

Lisa und Hülya bedankten sich bei Herrn Walter und verabschiedeten sich. Sie wussten, sie hatten noch sehr viel zu tun.

# 19

Noch am selben Nachmittag setzten sich Lisa und Hülya bei Lisa zu Hause daran, die Facebook-Seite, die sie extra für Tayos Fall eingerichtet hatten, zu aktualisieren. Doch noch ehe Lisa die erste neue Information, die sie vom Lehrer erhalten hatten, posten konnte, erstarrte sie. Fassungslos zeigte sie auf den Bildschirm, auf dem jemand anonym gepostet hatte. *»Die Negersau soll gefälligst zurück in den Urwald geschickt werden, bevor sie hier alle Deutschen mit Ebola ansteckt!«*

»Sag mal ...«, Lisa blieb ihr Kommentar im Hals stecken. Sie fand weitere Postings, die in eine ähnliche Richtung zielten: Von »Negern« war da die Rede, die die deutschen Frauen vergewaltigen würden, von der »Islamisierung unseres Vaterlands« bis hin zur Forderung, »die deutschen Grenzen notfalls mit Waffengewalt zu schützen!«.

»Haben die 'nen Knall?«, rief Lisa. »Was sind denn das für Schwachmaten, die so etwas schreiben?«

»Du hast sie doch gesehen!«, antwortete Hülya. »Damals auf dem S-Bahnhof oder auch bei dem Brandanschlag. Die ganzen Voll-Assis kriechen wieder aus ihren Löchern, weil sie endlich mal wieder welche gefunden haben, denen sie die Schuld geben können, weshalb sie Alkoholiker geworden sind und in ihrem Leben nichts gelernt haben und ohne Abschluss in der Gosse leben!«

»Ja«, sagte Lisa. »Aber das stimmt leider nur zum Teil. Da sind auch viele rechte Scharfmacher dabei, denen es gar nicht so schlecht geht.«

Lisa hatte inzwischen die entsprechenden Kommentare gelöscht, vorher aber einen Screenshot gemacht. »Ich finde, wir sollten die, die in ihren Kommentaren zu unseren Postings zu Gewalt aufrufen oder rassistische Hetze betreiben, bei Facebook anzeigen.«

Hülya winkte ab. »Kannste knicken. Hab ich schon ein paarmal versucht. Facebook wird nur aktiv, wenn du Nacktbilder postest, aber kaum bei Naziinhalten. Na, immerhin haben wir schon 500 »Gefällt mir« auf unserer Seite. Nach einem Tag finde ich das sensationell.«

»Finde ich auch«, stimmte Lisa ihr zu. »Allerdings wird das bei weitem nicht reichen, wenn ich Herrn Walter richtig verstanden habe.«

»Das Problem ist, dass die meisten Tayo gar nicht kennen«, sagte Hülya nach einiger Überlegung. »Viele werden sagen: ›Mag schon sein, dass es ungerecht ist, Tayo auszuweisen. Aber beurteilen kann ich es nicht. Ich kenn ihn ja nicht.‹«

Lisa hob die Augenbrauen. »Stimmt. Da hast du Recht. Wir müssen vielleicht nicht nur Tayos Fall bekannt machen, sondern Tayo selbst!«

»Und wie?« Das konnte Hülya sich nicht vorstellen. »Wir können ihn ja schlecht zum Promi erklären und schon kennt ihn jeder.«

»Wir stellen ihn vor«, antwortete Lisa. Das Stichwort »Promi« hatte sie auf eine Idee gebracht. »Im Netz!«

Hülya verstand immer noch nicht. »Wie jetzt?«

»Na, wie schon? Wie einen Promi. Hast du doch selbst gesagt. Wodurch kennt man Promis? Aus Film und Fernsehen. Und genau das machen wir: Wir drehen einen Film und bringen ihn ins Fernsehen; in unser eigenes Fernsehen: das Internet!«

»Wir drehen einen Film?«, wunderte sich Hülya.

»Klar!« Lisa sprang auf und zeigte Hülya ihr Smartphone. »Heutzutage hat doch jeder eine Videokamera. Damit drehen wir einen Film mit und über Tayo. Eine Dokumentation. Tayo muss erzählen, wo er herkommt, warum er hier ist. Und wir erzählen, was er alles geleistet hat. Wir machen Aufnahmen im Unterricht, beim Training und so weiter.«

»Gute Idee!«, lobte Hülya.

Lisa ging in die Küche, um einen neuen Tee aufzusetzen, während Hülya begann sich Notizen zu machen, wo und wie sie vielleicht etwas drehen konnten. Als Lisa mit einem frischen Feigentee zurückkam, hatte Hülya schon eine beachtliche Liste erstellt.

»Sag mal«, fragte sie. »Weißt du, wer unseren Film schneiden und vertonen könnte?«

Lisa stellte die Teekanne ab. »Hm. Ich glaube, Fabi kann so etwas. Keine Ahnung. Ich frag ihn morgen.«

Zuvor aber war es wichtiger, die Hauptperson zu fragen: Tayo.

Lisa sah auf die Uhr und wusste, dass Tayo um diese Zeit Training hatte. Das traf sich gut. So konnten sie ihn nicht nur fragen und in ihre Pläne einweihen, sondern auch gleich die ersten Aufnahmen machen.

Nachdem sie den Tee ausgetrunken hatten, machten sie sich auf den Weg zum HSV-Trainingsgelände.

Das Training, das die A-Jugend mit einem kleinen Spielchen abschloss, ging offenbar dem Ende zu, als Lisa und Hülya dort eintrafen. Lisa entdeckte Fabi sofort, der in der Mannschaft mit den gelben Lätzchen spielte. Nur Tayo konnte sie nicht sehen.

»Wo steckt der?«, fragte sie.

Auch Hülya konnte ihn nirgends sehen. »Vielleicht fehlt er?«

»Fehlen?«, wiederholte Lisa mit einer Betonung, als hätte sie das Wort zum ersten Mal in ihrem Leben gehört. »Tayo fehlt doch nicht beim Training!«

»Vielleicht ja jetzt doch«, beharrte Hülya.

Lisa wurde still. Hülya hatte vermutlich Recht. Es war gut möglich, dass Tayo keinen Sinn mehr im Training sah, wenn er sowieso in wenigen Wochen wieder nach Nigeria abgeschoben wurde. Dort würde er bestenfalls wieder auf einer staubigen Straße mit einem kaputten Ball auf selbst zusammengenagelte Dachlatten-Tore spielen können. Wenn überhaupt. Allein die Tatsache an sich, unbehelligt spielen zu können, würde dort vermutlich schon zum großen Glück gezählt.

»Wir warten dann auf Fabi und den Trainer«, schlug Lisa vor, während sie Tayo eilig eine WhatsApp-Nachricht schickte.

Doch bis zum Trainingsende kam keine Antwort.

Verschwitzt und außer Atem trabte Fabi vom Platz und schien von den beiden Mädchen gar keine Notiz zu nehmen.

»Hey, Fabi!«, rief Lisa ihn und winkte ihm zu.

Fabi antwortete spontan mit einem breiten Lächeln, doch dann wurde ihm wohl bewusst, dass Lisa und Hülya nicht seinetwegen hierhergekommen waren. Sofort verfinsterte sich seine Miene. Und noch bevor er Lisa und Hülya begrüßte, rief er ihnen schon von weitem zu: »Tayo ist heute nicht gekommen.«

Lisa winkte ihn dennoch zu sich.

»Ich weiß auch nicht, wo er ist und was er hat«, sagte Fabi. »Er hat sich nicht abgemeldet.«

»Schon okay!«, unterbrach ihn Lisa. »Sag mal, hast du Ahnung vom Videoschnitt?«

Fabi guckte sie erstaunt an. Lisa erklärte ihm, worum es ging. Und Fabis Miene verfinsterte sich erneut.

»Übertreibt ihr es nicht ein bisschen?«, fragte er.

Lisas Puls stieg sofort wieder auf 180. Aber sie zwang sich ruhig zu bleiben. »Hast du mir nicht zugehört. Ich hab dir doch gerade eben erklärt, wie die Lage ist.«

»Doch, hab ich verstanden«, wehrte Fabi Lisas Vorwurf ab. »Wusstest du, dass es in Deutschland jährlich rund 200 000 Menschen gibt, die ausgewiesen werden? Und die Zahl soll deutlich erhöht werden, haben sie in den Nachrichten gesagt.«

»DU guckst Nachrichten?«, ging Hülya dazwischen. »Donnerwetter!«

Fabi verdrehte die Augen.

Während Lisa hinzufügte: »Na und? Findest du das etwa in Ordnung?«

»Wir können nicht die ganze Welt bei uns aufnehmen!«, sagte Fabi.

»Die ganze Welt hat sieben Milliarden Menschen, Fabi. Hast du irgendwie den Eindruck, die stehen alle bei dir vor der Haustür?«, fragte Hülya.

»So meinte ich das doch überhaupt nicht!«, verteidigte sich Fabi.

»Na, dann sind wir uns doch wieder einig!«, sagte Hülya. »Was ist nun also? Kannst du Videoschnitt oder nicht? Und wenn ja, hilfst du uns?«

Fabi stieß einen langen, tiefen Seufzer aus, als würden gerade zwei Prinzessinnen von ihm verlangen einen Drachen zu töten. »Na guuuut!«

»Okay«, hielt Lisa fest. »Kannst du das in der Schule im Computerraum machen?«

Sie wollte es vermeiden, zu Fabi nach Hause zu müssen.

»Klar!«, lautete Fabis Antwort.

Lisa war zufrieden. »Gut, dann übermorgen nach der Schule im Computerraum.«

»Was?«, fragte Fabi. »Übermorgen schon? So schnell?«

»Wenn Tayo abgeschoben ist, brauchen wir keinen Film mehr«, stellte Lisa klar. »Wir müssen uns beeilen und möglichst viele

Leute mobilisieren. Also, abgemacht. Wir müssen noch schnell zu deinem Trainer.«

Lisa hatte den Trainer im Hintergrund auf die Kabinen zugehen sehen. Rasch verabschiedeten sie sich von Fabi und liefen zu dem Trainer hinüber.

»Hallo!«, rief Lisa ihm zu. »Hat Herr Walter schon mit Ihnen telefoniert?«

Der Trainer blieb stehen.

»Guten Abend«, begrüßte er die Mädchen. »Mein Name ist Thomas Krämer. Und wer seid ihr?«

»Oh, Verzeihung«, entschuldigte sich Lisa und stellte sich und Hülya vor.

Erst danach beantwortete Herr Krämer ihre Frage. Er berichtete, dass er mit dem Lehrer gesprochen und seinen Brief an den Eingabenausschuss auch bereits geschrieben hatte. »Ich will den heute Abend nur noch mal Korrektur lesen und mit dem Vereinsvorstand abstimmen. Morgen geht er dann raus.«

»Klasse! Vielen Dank!«, freute sich Lisa.

»Da nich für«, antwortete Herr Krämer in typischer Hamburger Manier. Damit wollte er sich verabschieden und in die Kabine verschwinden. Doch Lisa hatte ein noch viel wichtigeres Anliegen. Zunächst wollte sie natürlich auch Aufnahmen beim Training machen. Doch da konnte Herr Krämer ihr nicht viel weiterhelfen. Wenn Tayo nicht zum Training erschien, könnte er auch nichts machen.

»Er wird morgen kommen«, versprach Lisa. »Dafür sorge ich.«

»Gut«, kommentierte Herr Krämer knapp. »Noch etwas?«

»Ja«, druckste Lisa erst noch ein wenig herum. Es war ihr ein wenig peinlich, diese Frage zu stellen, sie war aber überzeugt, dass es sehr hilfreich für Tayo sein könnte. »Sagen Sie, können Sie unser Anliegen auch an die Promis weitertragen?«

Herr Krämer zog beide Augenbrauen hoch. »Promis? Welche Promis?«

»Äh«, stotterte Lisa. »Na ja, die Fußballer.«

Herr Krämer grinste. »Du meinst unsere Erste Herren?«

»Äh«, sagte Lisa wieder. »Erste Herren? Ich meine die, die in der Bundesliga spielen.«

Herr Krämer konnte sich nun das Lachen nicht mehr verkneifen. »Das ist die Erste Herren. Die hältst du für Promis, ja? Hm, vielleicht hast du Recht, das würde sich bestimmt lohnen, den ein oder anderen mit ins Boot zu holen. Ich kümmere mich darum.«

»Wirklich?« Lisa war ganz aus dem Häuschen. »Das wäre wunderbar.«

Sehr zufrieden verabschiedeten sich die beiden von Herrn Krämer. Ihr Ausflug zum HSV-Trainingsplatz hatte sich gelohnt.

»Und jetzt?«, fragte Hülya.

Lisa schaute auf ihr Handy.

»Mist! Noch immer keine Antwort von Tayo«, ärgerte sie sich. Eigentlich wäre sie jetzt am liebsten zu ihm gefahren, um zu erfahren, was mit ihm los war. Hätte er noch in der Flüchtlingsunterkunft gewohnt, hätte sie auch keine Sekunde gezögert ihn zu besuchen. Aber zu seinem Vater traute sie sich nicht. Sie hatte keine Ahnung, wie sein Vater reagieren würde, wenn zwei Mädchen ohne Kopftuch, in leichter Sommerkleidung, allein ohne männliche Begleitung seinen Sohn zu Hause aufsuchten.

»Wir warten lieber noch und hoffen, dass Tayo morgen in die Schule kommt«, schlug Lisa vor. »Wenn er nicht auftaucht, nützt es nichts, dann müssen wir nach der Schule zu ihm.«

»Geht klar«, stimmte Hülya zu.

Gemeinsam machten sie sich zurück auf den Weg zur S-Bahn. Obwohl die Bahn bis Wilhelmsburg durchfuhr, schlug Hülya vor am Hauptbahnhof auszusteigen und noch mal kurz die Nase in einen Klamottenladen zu stecken und in die große Buchhandlung zu gehen.

»Prima Idee!«, sagte Lisa. Sie hatte ohnehin vorgehabt sich einen neuen Krimi zu kaufen.

Als sie bei der Bahnhofsbuchhandlung um die Ecke bogen, standen plötzlich Tayo, Brahim und Rachid vor ihnen.

»Was macht ihr denn hier?«, fragte Lisa vollkommen baff. »Wir haben schon die ganze Zeit versucht dich zu erreichen.«

Tayo zeigte auf Rachid. »Seine Familie!«, erklärte er. »Sie will weiter nach Schweden.«

Lisa hatte nicht gewusst, dass die Familie noch in Hamburg war. Gern wäre sie ihr noch einmal begegnet, um sich für den damaligen Rauswurf durch ihren Vater zu entschuldigen. Sie wollte gerade nachfragen, ob es allen gut ging. Aber die Frage kam ihr blöd vor. Wie sollte es einer fünfköpfigen Familie, die illegal durch Deutschland und Europa irrte, schon gehen.

»Ich dachte, Schweden hat die Grenzen dichtgemacht?«, wunderte sich Lisa.

Tayo verzog nur kurz die Mundwinkel zu einem leicht spöttischen Lächeln. »Wenn du illegal bist, sind Grenzen und Kontrollen egal. Sie dürfen sich überall nie erwischen lassen. Aber in Schweden gibt es nicht so leicht einen Datenabgleich mit den deutschen Behörden. Sie hoffen, ein bisschen in Schweden leben zu können. Sie haben da eine Adresse. Vielleicht können sie dort wohnen.«

Lisa nickte, als habe sie verstanden. In Wahrheit konnte sie sich nicht im Geringsten vorstellen, wie man so ein Leben führen konnte. Ständig auf der Flucht, immer auf der Hut vor jeglicher Uniform, vor den einfachsten Passkontrollen, Angst vor jedem Verkehrspolizisten oder Security in der U-Bahn.

»Rachid meint, ich kann mitkommen.«

Lisa traf dieser Satz wie ein Schlag. Tayo spielte mit dem Gedanken, abzuhauen und unterzutauchen, noch ehe sein Fall in der Eingaben- und Härtefallkommission verhandelt war?

»Spinnst du?«, fragte sie entgeistert. »Wie kommst du denn auf so eine Idee?«

»Wie wohl?«, konterte Tayo. »Ich werde abgeschoben. Schon vergessen?«

»Aber …«, stotterte Lisa. »Aber du hast eine Chance zu bleiben!«

Tayo schüttelte den Kopf. »Du bist zu optimistisch, Liza.«

Plötzlich benutzte er wieder das zärtliche, englisch ausgesprochene Liza, so wie er es ganz am Anfang getan hatte, als sie sich kennenlernten.

»Meine Abschiebung ist beschlossene Sache. Dass die Behörde mich doch bleiben lässt, dafür gibt es kaum Chancen.«

»Aber die Härtefallkommission!«, entgegnete Lisa.

»Herr Walter hat mich angerufen«, erzählte Tayo. »Und hat mir einen Anwalt genannt. Rechtsbeistand, heißt das. Und er hat auch gesagt: Die Chancen sind sehr gering.«

»Gering!«, wiederholte Lisa. »Gering ist nicht gleich null! Verstehst du? Wie dein HSV: Schon zwei Mal hintereinander war er so gut wie abgestiegen. Jeweils in der letzten Minute in den entscheidenden Spielen haben sie den Abstieg noch abgewendet. Du bist nicht nur beim HSV, Tayo, du bist *wie* der HSV. In der letzten Minute der Nachspielzeit werden wir siegen. Du wirst nicht abgeschoben!«

Tayo verzog die Mundwinkel. Es schien ihm zu gefallen, was Lisa sagte. Trotzdem antwortete er: »Das hier ist kein Spiel, Lisa.«

Lisa schossen schon wieder Tränen in die Augen.

»Du wirst nicht mit Rachids Familie fahren«, flehte sie ihn an. »Versprich es mir!«

»Es ist vielleicht meine letzte Chance, Lisa. Ich werde nicht zurück nach Nigeria fliegen. Das steht fest!«

Abzutauchen in die Illegalität war keine Chance!, wollte Lisa ihm klarmachen. Aber sie traute sich nicht, es laut auszusprechen, aus Angst, Rachid könnte es verstehen. Denn Rachid machte genau das, was sie als komplett perspektivlos ansah, schon seit einem Jahr, und wollte es fortsetzen. Was hieß schon: wollte? Er musste. Rachid hatte wirklich keine Chance mehr; im Gegensatz zu Tayo. Doch Lisa brachte es nicht fertig, ihm das in Hörweite von Rachid deutlich zu sagen.

So sagte sie nur: »Untertauchen kannst du immer noch. Wenn es wirklich keine Chance mehr gibt.«

»Dann ist Rachids Familie längst fort«, sagte Tayo mit traurigem Blick.

Lisa durchzog ein eiskalter Schauer. Tayo dachte tatsächlich ernsthaft darüber nach, jetzt abzuhauen und unterzutauchen!

Rachid zog Tayo weiter mit sich. Lisa und Hülya liefen neben ihnen her.

Was sollten sie nur tun? Wie konnten sie ihn davon abhalten, sich Rachid anzuschließen? Lisa wechselte einen hilflosen Blick mit Hülya, der offenbar auch nichts mehr einfiel. Tayo hatte aber kein Gepäck dabei. Ein gutes Zeichen, dass er es nicht ernst meinte mit dem Abhauen? Andererseits hatte Tayo schon einmal alles zurückgelassen. Als er vor fast zwei Jahren in Deutschland ankam, hatte er – abgesehen von einer Handvoll Wäsche – auch nichts bei sich gehabt. Vielleicht aber hatte er sein Gepäck schon längst hier, in einem Schließfach, oder Rachids Familie hatte es bei sich. Vielleicht war alles längst entschieden und Tayo hatte ihr nur noch nicht die ganze Wahrheit mitgeteilt.

Inzwischen hatten sie Rachids Familie erreicht, die oberhalb der Gleise gewartet hatte. Seine Mutter und Geschwister kamen freudig auf Lisa zu, als sie sie entdeckten. Und Lisa stellte erleichtert fest, dass sie ihr offenbar nicht böse waren. Sie schienen sehr genau zu wissen, dass ihr Vater sie damals gegen Lisas Willen vor die Tür gesetzt hatte. Nur Rachids Vater hielt sich zurück. Aber vermutlich eher, weil es sich für ihn nicht schickte, fremde Frauen in der Öffentlichkeit zu begrüßen, als dass er sauer auf Lisa gewesen wäre.

Während Lisa und Rachids Mutter sich herzlich umarmten, suchte Lisa mit ihren Blicken den kleinen Stapel Gepäckstücke nach einer Tasche ab, die sie bei Tayo schon mal gesehen hatte.

In dem Augenblick piepte Lisas Handy. Sie löste die Umarmung und las die Nachricht, die sie soeben bekommen hatte. Sie stammte von Tayos Trainer und enthielt einen Link zur Facebook-Seite, die sie für Tayo eingerichtet hatte.

Ebenso neugierig wie verwundert öffnete Lisa den Link und stieß kurz darauf einen kleinen Freudenschrei aus.

»Was ist los?«, fragte Hülya.

Und auch Tayo starrte sie fragend an.

»Seht mal!« Lisa hielt den beiden freudig ihr Handy entgegen. »Eine SMS von Herrn Krämer, deinem Trainer. Er hat Rückmeldung von einem Promifußballer, der will heute noch etwas auf der Facebook-Seite posten.«

»Wie habt ihr das denn geschafft?«, wollte Tayo wissen.

Lisa verriet es ihm: »Wir waren vorhin bei deinem Trainer!«

Tayo war sichtlich gerührt.

»Was ist?«, fragte Brahim.

Lisa zeigte es ihm.

»Wow!«, sagte Brahim nur und übersetzte es Rachid, der auch wissen wollte, was passiert war.

Tayo schaute verlegen auf seine Schuhspitzen. Rachid nahm die Mitteilung fast regungslos zur Kenntnis.

»Was hat er?«, fragte Lisa.

»Nichts!«, schwindelte Brahim. »Alles gut.«

Doch Tayo wusste es besser. »Für ihn und seine Familie hat sich noch nie jemand eingesetzt.«

»Aber …«, setzte Lisa an.

»Dabei sind sie eine fünfköpfige Familie. Ich bin allein und kann mich viel besser durchschlagen«, erklärte Tayo.

Lisa verstummte. War es jetzt etwa falsch, sich für Tayo einzusetzen, nur weil sie es gleichermaßen nicht für Rachid, dessen Familie oder Brahim oder irgendjemand anderes tun konnte? Für einen Moment kam es ihr so vor. Aber zu sagen, dass sie sich schließlich nicht für alle Flüchtlinge gleichzeitig einsetzen konnte, erschien ihr fast so blöd wie Fabis fadenscheinige Ausrede: »Wir können nicht alle aufnehmen.« Doch dann besann sie sich: Nein, das waren zwei unterschiedliche Dinge. Natürlich konnte sie sich als Einzelperson nicht für alle gleichzeitig einsetzen. Aber die Bundesrepublik Deutschland war eines der reichsten Länder der Erde und damit in der Lage, ein, zwei oder noch mehr Millionen Flüchtlinge aufzunehmen. Und natürlich könnte der Kontinent Europa mit seinen 520 Millionen Einwohnern noch viel mehr Flüchtlinge aufnehmen, versorgen und auch integrieren. Es war nur eine Frage des Wollens und der Humanität. Für Lisa war es vollkommen gerechtfertigt, sich für Tayo im besonderen Maße einzusetzen. Auch wenn es nur ein kleiner Beitrag war, immerhin tat sie überhaupt irgendetwas.

»Tayo!«, redete Lisa ihm noch einmal leise, aber eindringlich ins Gewissen. »Du kannst am Schicksal von Rachids Familie im Moment nichts ändern. Im Gegenteil: Wenn du mit ihnen fährst, wirst du für sie vielleicht eher eine zusätzliche Belastung. Hier aber hast du noch eine Chance, dass du vielleicht bleiben darfst. Du darfst diese Chance nicht wegwerfen. Wenn wir in deinem

Fall siegen, ist dies vielleicht ein Mosaiksteinchen, dass es auch für Rachids Familie wieder ein klitzekleines bisschen mehr Hoffnung gibt.«

»Wieso das denn?«, fragte Tayo.

»Weil ...«, Lisa suchte nach den richtigen Worten. »Weil jeder Sieg der Menschlichkeit über die Bürokratie ein Sieg für alle Menschen ist.«

»Oh my god!«, stöhnte Tayo.

»Ja, okay!«, gab Lisa zu. »Das klingt ein wenig wie eine Predigt. Aber es stimmt doch auch.«

Tayo und Lisa sahen, wie Brahim sich mit innigen Umarmungen von Rachid und seiner Familie verabschiedete.

Tayo kniff die Lippen zusammen, atmete einmal tief durch, ging auf Rachid zu und umarmte ihn ebenfalls.

Lisa fiel ein Stein vom Herzen. Sie wusste: Tayo würde bleiben und kämpfen.

# 20

Dass sich ein Promi-Fußballer auf Tayos Facebook-Seite gemeldet hatte, schlug größere Wellen, als Lisa es sich hatte vorstellen können.

Schon am nächsten Morgen, als sie gemeinsam mit Hülya zur Schule kam, sah sie bereits zwei Fotografen vor dem Schultor stehen.

Lisa ging auf sie zu, um sie zu begrüßen.

»Hallo«, sagte sie. »Sind Sie von der Presse?«

Der eine zog sofort seinen Journalistenausweis. Ronald Reuther stand darauf.

Der andere fragte, ohne zu grüßen, zurück: »Und wer bist du?«

Lisa sagte es ihm.

Der Fotograf machte ungefragt ein paar Bilder von Lisa und Hülya und fragte: »Und? Wo ist er?«

»Wer?«, fragte Lisa. »Tayo?«

»Wer sonst?«, fragte der Fotograf zurück.

»Woher sind Sie?«, hakte Hülya nach.

Der mit dem Journalistenausweis antwortete: »Freier Fotograf. Ich hab über die Facebook-Seite von euch erfahren. Ich bin mit einer eurer Lehrerinnen befreundet.«

Der andere Fotograf rannte plötzlich los.

Lisa schaute ihm hinterher und sah, dass Tayo in die Schule kam. Der Fotograf baute sich sofort dicht vor ihm auf und ließ den Motor seiner Kamera rattern, als würde Tayo ein berühmter Filmstar sein, der soeben über den roten Teppich zur Oscar-Verleihung schritt.

»Der Typ ist von der BILD«, sagte der freundliche Fotograf.

»Das glaube ich jetzt nicht«, kommentierte Hülya. »Der ist ja genau so, wie man es sich immer vorstellt. Total krasses Klischee.«

»Nein!«, lachte Ronald Reuther. »Er ist schlimmer. Hauseigener Paparazzo, wenn du so willst. Aber fest angestellt. Das heißt, er muss auch zu Terminen, zu denen er nicht die geringste Lust hat, wenn kein anderer verfügbar ist. So wie diesen.«

»Das merkt man!« Lisa zog ihre Mundwinkel nach unten.

Tayo wusste unterdessen gar nicht, wie ihm geschah. Noch bevor er irgendwie reagieren konnte, war der Fotograf vor ihm schon wieder verschwunden, sprang in seinen Wagen, der im Halteverbot gestanden hatte, und brauste davon.

»Wie? Das war's jetzt?«, wunderte sich Lisa. »Keine einzige Frage? Keine Notiz? Nur ein paar Fotos?«

»Ich nehme an, das macht der Redakteur telefonisch«, erklärte Ronald Reuther. »Ich nehme an, heute Mittag klingelt dein Handy.«

»Mein Handy?«, fragte Lisa erschrocken. »Woher kennen die mich und wissen meine Handynummer?«

»Kannst ihn ja mal fragen«, antwortete Ronald Reuther wieder lachend.

»Und sonst?« Lisa sah sich enttäuscht um. »Niemand, der über uns, das heißt über Tayo, schreiben will?«

»Doch, der da hinten.« Ronald Reuther zeigte auf einen jungen Mann, der sich einige Meter entfernt gerade mit einigen Schülern unterhielt. »Der ist Volontär bei der Morgenpost.«

»Volontär?«, entfuhr es Lisa. »Ist das nicht so etwas wie ein Auszubildender?«

»Genau!«, bestätigte Ronald Reuther. »Der wird auch mit seiner eigenen Kamera ein paar Fotos machen. Ich frag die Redaktion trotzdem mal, ob sie welche von mir kaufen will. Und zwar am besten, bevor der Kollege mit seiner Urlaubskamera zurück in die Redaktion kommt. Bis später!«

Und damit verschwand auch der zweite Fotograf.

»Das hab ich mir irgendwie anders vorgestellt«, gestand Lisa gegenüber Hülya.

Hülya nickte. »Aber wahrscheinlich gut, dass schon heute überhaupt welche gekommen sind, oder?«

Plötzlich eilte der Direktor der Schule auf die beiden Mädchen zu.

»Ich hab gehört, hier sind Zeitungsreporter wegen Tayo?«

Lisa erzählte ihm von dem BILD-Fotografen und dem Volontär.

Der Schulleiter schüttelte den Kopf. »Aber auf die Idee, sich erst mal im Schulbüro zu melden, kommen die nicht, oder wie?«

Er winkte Lisa und Hülya hastig zum Abschied und hastete weiter zu dem Volontär, der nun das Pech hatte, sich die Standpauke des Schulleiters anhören zu müssen. Kaum war der Direktor fort, kam Samira auf die beiden zu. Sie wedelte mit einer Zeitung in der Hand. »Hey, habt ihr schon gesehen? Unsere Pressemitteilung ist in der taz!«

»Unsere?«, fragte Hülya.

Samira nickte ihr zu. »Ja, die von unserem Schülerrat!«

»Echt?«, staunte Hülya. »So schnell? Das hätte ich der taz gar nicht zugetraut.«

»Na ja!« Samira zuckte mit den Schultern. »Dafür haben die Teile unserer Pressemitteilung auch einfach nur wortwörtlich abgedruckt. Keine Zeile mehr. Es hat auch niemand angerufen oder nachgefragt oder so.«

»Ts«, machte Lisa. »Das ist schön für uns. Aber irgendwie heißt das ja auch, denen kann man alles erzählen. Oder? Ich meine, wir hätten ja sonst was in der Pressemitteilung behaupten können. Dann hätten die das einfach so gedruckt? Ungeprüft?«

»Scheint so«, bestätigte Samira.

Lisa dachte an ihren Vater, der sich regelmäßig über die Berichte in der taz aufregte, wenn es um irgendwelche Polizeieinsätze auf Demos ging. Ihr Vater hatte dann immer genau das behauptet, was sie jetzt selbst erlebten: Die taz druckte oft irgendwelche Erklärungen ab, ohne sie zu prüfen.

»Na ja, in diesem Fall soll's uns recht sein«, kommentierte Hülya. »Das ist doch wirklich ein gutes Ergebnis: Gestern erst haben wir angefangen. Und heute schon berichtet die taz, haben BILD und Mopo Leute vorbeigeschickt. Ein freier Fotograf ist vor Ort ...«

»Und ein Fußballpromi hat sich auf der Facebook-Seite gemeldet«, ergänzte Hülya. »Keine schlechte Bilanz für den ersten Tag.«

»Find ich auch«, stimmte Samira ihr zu. »Vor allem: Von der Pressemitteilung des Elternrats und der Schule ist noch nichts zu lesen. Nur von unserer!«

Man hörte deutlich den Stolz in Samiras Stimme.

»Und das Abendblatt?«, fragte Lisa.

Samira wusste es nicht. Keine Zeitung hatte sich bei ihr gemeldet.

Lisa zog ihr Handy hervor und rief die Facebook-Seite auf. Ihre Miene hellte sich weiter auf. »Schon 1200 Likes! Leute, ich sage euch, das wird was! Wo steckt eigentlich Tayo?«

Seit der BILD-Fotograf ihn vor seiner Linse hatte, hatten Lisa und Hülya ihn nicht mehr gesehen. Er war schnurstracks ins Schulgebäude gelaufen, ohne Notiz von Lisa zu nehmen.

»Keine Ahnung«, antwortete Samira. »War der schon hier?«

Lisa nickte nur und schlug vor, im Klassenraum nach ihm zu sehen. Doch auch dort steckte Tayo nicht.

Stattdessen war Fabi es, der Tayo fand, obwohl er ihn gar nicht gesucht hatte.

»Tayo?«, fragte er. »Der hockt auf Klo und kotzt.«

»Ist er krank?«, fragte Lisa erschrocken.

»Keine Ahnung! Ich glaube nicht«, antwortete Fabi.

Lisa regte sich sofort wieder auf. »Oh Mann, Fabi. Wieso hast du ihn nicht gefragt, ob er Hilfe braucht?«

»Hör doch mal auf!«, fauchte Fabi zurück. »Der ist doch kein Baby. Außerdem hab ich ihn gefragt. Er hat gesagt, es ist alles in Ordnung.«

»Nee, is klar«, schimpfte Lisa weiter. »Jemand hängt mit dem Kopf in der Kloschüssel, aber es ist alles in Ordnung!«

Fabi zuckte mit den Schultern. »Ja, wieso nicht? Was meinst du, wie oft wir schon beim Training gekotzt haben?«

Lisa verdrehte die Augen und schüttelte den Kopf. »Das will ich gar nicht wissen!«

Kurz entschlossen ging Lisa ins Jungsklo.

Tayo war im Moment der Einzige dort. Das ersparte Lisa einige Erklärungen, aber umso dringender benötigte Tayo vielleicht wirklich ihre Hilfe.

Als Lisa durch die Tür kam, stand Tayo gerade am Waschbecken und spülte sich den Mund aus.

»Was ist los?«, fragte Lisa besorgt.

»Nix!«, lautete Tayos knappe Antwort.

»Jetzt fang du nicht auch noch an«, erwiderte Lisa. »Ihr Jungs seid doch alle gleich. Man kotzt doch nicht einfach so. Bist du krank?«

Tayo schüttelte den Kopf, griff nach der Papierbox, aber die war leer.

Lisa zog ein Päckchen Papiertaschentücher aus ihrer Tasche hervor und reichte es Tayo, der es dankend entgegennahm. Während er sich Mund und Hände abtrocknete, erklärte er: »Keine Sorge, ich bin nicht krank.«

»Sondern?«

Tayo winkte ab. »Ach.«

»Komm schon, erzähl!«, drängte Lisa.

Tayo zierte sich noch ein wenig, dann begann er. »Es ist nur ... Als der Typ mich fotografierte, hab ich sofort wieder daran gedacht, dass ich ... ja, keine Perspektive habe, weißt du. Ich denke die ganze Zeit an die Abschiebung. Ohne Unterbrechung. Wenn ich abends zu Bett gehe, wenn ich aufstehe, wenn ich zur Schule gehe, wenn ich im Unterricht an die Tafel schaue, nach der Schule auf dem Heimweg ... immer denke ich daran: Bald ist alles vorbei. Ich muss weg. Ich muss zurück. Keine Schule, kein Zuhause, keine Arbeit, kein Geld, nichts zu essen. Und ständig irgendwelche Gewalt. Ich kann nicht zurück.«

Tayo standen die Tränen in den Augen, als er Lisa stockend sein Herz ausschüttete.

Lisa kamen natürlich sofort ebenfalls die Tränen.

»Und als dieser Fotograf ... da wurde es mir wieder so klar. Es ist kein schlechter Traum. Es ist real.« Er stockte, schluckte ein paarmal, nahm sich ein neues Taschentuch, diesmal um sich zu schnäuzen. »Ich hätte mit Rachid gehen sollen.«

»Nein!«, widersprach Lisa. »Auf keinen Fall! Du hast noch eine Chance!«

Lisa kam sich schäbig vor Tayo etwas zu versprechen, was sie nicht versprechen konnte. Härtefallkommission. Was wusste man schon, wie die entscheiden würde? Es brauchte nur ein griesgrämiger Blödmann im Ausschuss zu sitzen und schon wären all ihre Bemühungen wegen der erforderlichen Einstimmigkeit der Kommission für die Katz. Dies war offenbar mittlerweile auch Tayo klar geworden.

Und so sagte er es ihr auch ins Gesicht: »Du kannst das nicht wissen, Lisa.«

Er schob sie sanft beiseite, wischte sich mit dem Ärmel noch mal übers Gesicht und verließ den Toilettenraum.

»Warte!«, rief Lisa ihm hinterher und folgte ihm, blieb aber unmittelbar danach im Flur stehen, weil auch Tayo dort aufgehalten worden war.

Fabi stand vor ihm. Und Lisa befürchtete im ersten Moment schon wieder irgendwelchen Ärger. Doch sie täuschte sich.

»Schau mal«, sagte Fabi und hielt ihm sein Smartphone hin. »Das sind die ersten Statements aus dem Verein und aus der Schule zu deiner Abschiebung.«

*»Tayo bleibt hier. Kein Mensch ist illegal«*, sagte ein Mädchen mit Wollmütze in die Kamera.

*»Stellen Sie sich das einfach mal vor: Sie müssen jede Nacht damit rechnen, in der Nacht abgeholt zu werden«*, erläuterte Herr Walter.

*»Ich bin dafür, dass Tayo hier bleibt.«* Das war Fips, der kleine Außenverteidiger der A-Jugend des HSV.

Ein Mädchen, selbst mit schwarzer Hautfarbe, sprach in langsamem, aber korrektem Deutsch: *»Ich finde, kein Mensch darf abgeschoben werden.«*

Und ein kleiner, lustiger Wonneproppen aus der fünften Klasse zitierte grinsend das Spruchband, das an der Schule hing: *»Tayo bleibt hier!«*

Und so ging es noch etliche Statements weiter: Türken, Griechen, Kurden, Araber, Libanesen, Syrer, Afghanen, Ghanaer, Polen und Deutsche sprachen ihre einhellige Meinung in die Kamera: *»Tayo bleibt!«*

»Das wird ein Knaller-Video auf YouTube, Alter!«, versprach Fabi.

Tayo war sprachlos. Mehr als ein gehauchtes »Danke!« brachte er nicht heraus. Er umarmte Fabi, klopfte ihm auf den Rücken und ging.

»Heute Nachmittag schneide ich es und lade es hoch. Ich schick dir den Link«, rief Fabi ihm nach. »Und natürlich stell ich es auch auf unsere Facebook-Seite.«

Und dann stand plötzlich Lisa da, drückte Fabi einen Kuss auf den Mund und sagte: »Du bist wunderbar, Fabi!«

In dem Momant tippte ihr Hülya von hinten auf die Schulter, noch während Fabi vor lauter Verlegenheit nicht wusste, was er tun sollte.

»Was ist mit Tayo, geht's ihm schlecht?«, fragte sie.

»Ja«, erwiderte Lisa. »Wir müssen uns echt um ihn kümmern.«

»Das tun wir doch schon die ganze Zeit«, wandte Hülya ein. »Ich meine, Fabi hat ja irgendwie Recht. Tayo ist doch kein Baby mehr.«

»Was redest du denn da?«, fuhr Lisa ihre Freundin an. »Wer behandelt ihn denn wie ein Baby? Er ist total depri drauf.«

»Ja, aber da nützt es auch nichts, ihn zu bemuttern oder ihm irgendwelche Märchen zu erzählen.«

»Märchen?«, wiederholte Lisa, wobei sich ihre Stimme ein wenig kieksend überschlug. »Wer erzählt hier Märchen?«

»Na du!«, behauptete Hülya. »Und Tayo merkt das. Der ist doch nicht blöd!«

Lisa musste nach Luft schnappen vor Empörung. »Na, hör mal!«, stieß sie aus. »Wie kommst du denn ...«

»Du weißt doch selbst ganz genau, dass Tayos Chancen minimal sind«, unterbrach Hülya sie barsch. »Weißt du, wie selten jemand bleiben darf, weil die Härtefallkommission sich gegen die Ausweisung ausspricht? Und Tayo weiß das auch!«

»Aber es gibt eine Chance. Und die können wir nur wahrnehmen, wenn wir nicht schon vorher aufgeben!«, beschwor Lisa sie. »Wenn wir selbst nicht daran glauben, dass wir es schaffen können, ist die ganze Aktion doch völlig absurd!«

»Ja, ja, schon gut«, beschwichtigte Hülya. »Ich bin ja dabei. Aber wir sollten auch nicht zu viel Euphorie verbreiten. Dann denken noch alle, es wäre schon eine klare Sache, dass Tayo bleibt.«

»Tayo bleibt auch!« Lisa blieb stur.

Hülya seufzte. »Ja, schon klar.«

Fabi hatte der kurzen Auseinandersetzung nur schweigend beigewohnt.

»Ich mache auf jeden Fall heute Nachmittag das Video fertig«, kündigte er gerade an, als Herr Walter in den Flur einbog.

»Alle in die Klasse. Jetzt haben wir Englisch.«

Als alle sich gesetzt hatten, schaute Herr Walter fragend in die Runde. »Wisst ihr, wo Tayo steckt?« Niemand wusste es. Anscheinend war er nach Hause gegangen. »Für morgen hat sich das Abendblatt angekündigt. Wäre gut, wenn Tayo dann hier wäre. Wegen Fotos und so. Könnt ihr es ihm mitteilen?«

Lisa versprach es.

Nach der Englischstunde ging sie in den Flur, um Tayo anzurufen. Diesmal nahm er das Gespräch auch an.

»Hi!«

»Hi!«

»Wo steckst du?«

»Ich will zu Brahim.«

Lisa erzählte ihm von dem bevorstehendem Besuch des Abendblatts. Nach einigem Zögern versprach Tayo, am nächsten Tag zu kommen.

Danach folgte Schweigen am Telefon.

Bis Lisa fragte: »Es wäre schön, wenn wir uns heute Nachmittag treffen könnten. Vor der Unterkunft bei Brahim? Wir können ja vielleicht eine Runde im Park drehen.«

»Okay!«, sagte Tayo. »Ungefähr um vier.«

Als es zur nächsten Stunde klingelte, ging sie runter zum Chemieraum, wenngleich sie auch nicht den geringsten Schimmer hatte, wie sie sich jetzt auf Chemie konzentrieren sollte. Hülya und Samira erging es ebenso. Wie konnte man sich angesichts von Tayos Situation jetzt Gedanken über Säure-Base-Reaktionen und Redoxreaktionen machen? Lisa versuchte es dennoch, aber es gelang ihr nicht. Der Unterricht rauschte an ihr vorbei wie ein nasskalter Herbstwind.

Am Ende der Stunde war die Tafel mit einigen Formeln und chemischen Reaktionen vollgeschrieben, die Lisa brav in ihr Arbeitsheft notiert hatte, ohne auch nur im Geringsten mitbekommen zu haben, was sie da eigentlich schrieb.

»Die Parteien!«, sagte sie plötzlich. Zum Glück leise genug, dass ihr Lehrer das nicht gehört hatte, sondern nur Hülya und Samira.

»Was?«, fragte Samira, die befürchtete, sie hätte etwas, dass sie aufschreiben sollte, nicht mitbekommen.

»Wir müssen mit den Parteien reden«, sagte Lisa.

Samira, die gedanklich noch immer bei Chemie war, kam nicht mit.

Lisa wurde deutlicher. »Jede Fraktion entsendet doch einen Vertreter in die Härtefallkommission«, erinnerte Lisa die beiden anderen daran. »Also, wenn wir mit den Parteien sprechen und die auch für Tayo sind, dann werden die Parteienvertreter doch nicht dagegen sein. Habt ihr die Parteien angeschrieben?« Die letzte Frage war an Samira und ihren Schülerrat gerichtet.

Samira schüttelte den Kopf. »Nö, nur die paar Zeitungen, die uns eingefallen waren.« Samira zählte sie an einer Hand auf: »BILD, Morgenpost, Abendblatt, taz, Wochenblatt. Das war's.«

»Nur fünf Zeitungen?«, rief Lisa lauter, als sie wollte.

Von vorn kam ein Räuspern des Lehrers. Lisa notierte sich schnell etwas, das sie eigentlich schon abgeschrieben hatte, nur um Beschäftigung vorzutäuschen.

Als der Lehrer sich zufrieden abwandte, wiederholte sie leise: »Nur fünf Zeitungen?«

»Ja, wie viele Zeitungen kennst du denn in Hamburg?«

Lisa wollte gerade antworten, dann stutzte sie. Samira hatte Recht. Sie kannte auch nicht mehr.

»Wir sollten auch an die großen Zeitschriften ran. Spiegel und so«, schlug Hülya vor.

Lisa nickte heftig.

Samira notierte es sich und sagte zu, sich drum zu kümmern.

Lisa nahm sich vor, die Parteien anzusprechen. Wenngleich sie auch nicht wusste, wie man so etwas machte. Und wo man die Parteien überhaupt treffen konnte. Im Rathaus? Konnte man dort einfach so hineinspazieren? Sicher konnte ihr Vater da weiterhelfen. Sie nahm sich vor, ihn gleich abends zu fragen.

# 21

Am Nachmittag ging sie pünktlich zur »Erstaufnahmeeinrichtung für unbegleitete, minderjährige Flüchtlinge«.

Als Lisa die Unterkunft erreichte, stand Tayo schon vor dem Eingang und wartete auf sie. Sie sah hastig auf die Uhr, ob sie sich verspätet hatte, doch sie war sogar noch zu früh.

»Hallo«, grüßte sie Tayo. »Wie war's heute mit Brahim?«

Tayo schwieg. Doch auf dem Weg zum Park rückte er schließlich mit der Sprache raus: Brahim war sauer auf ihn, weil Tayo – wie Brahim es ausgedrückt hatte – nun zu einem »Nobel-Flüchtling« aufgestiegen war.

»Nobel-Flüchtling?«, fragte Lisa nach und blieb vor Verwunderung sogar kurz stehen. »Was soll das denn sein?«

»Na ja«, versuchte Tayo zu erklären. »So einer, für den Promis sich einsetzen, der in der Zeitung steht und so weiter, während sich niemand um alle anderen Flüchtlinge kümmert, die auch abgeschoben werden sollen, niemand. Brahim sagt, bloß weil ich gut Fußball spiele, werde ich den anderen Flüchtlingen jetzt vorgezogen. Dabei sollte doch jeder gleich behandelt werden, wie ein Mensch, egal ob er ein guter Fußballer oder ein Arzt ist oder eben auch einfach ein Ungelernter oder einer, der kein Deutsch spricht, so wie Rachid und seine Familie. Aber die müssen untertauchen, während ich wie ein Popstar in den Zeitungen auftauche und alle für mich unterschreiben.«

Wieder blieb Lisa stehen. Diese Vorwürfe musste sie erst einmal verdauen.

»Und hat Brahim auch gesagt, was er vorschlägt, was du tun

sollst, damit er nicht mehr sauer auf dich ist? Ich meine, dass wir jetzt für jeden einzelnen der Tausenden Flüchtlinge, die abgeschoben werden sollen, einzelne Kampagnen durchführen, glaubt er selbst nicht im Ernst, oder? Außerdem, was tut er denn für andere?«

Tayo zog die Schultern hoch: »Brahim tut nichts. Das stimmt schon. Der sorgt nur für sich selbst.«

»Ach!«, kommentierte Lisa. »Aber wenn du für dich selbst kämpfst, dann ist er sauer, oder wie? Das ist ja ein toller Freund.«

»Na ja, ein wirklicher Freund ist er eigentlich nicht«, rückte Tayo zurecht. »Brahim sagt übrigens, du machst das auch alles nur, um dein Gewissen zu beruhigen!«

Zum dritten Male blieb Lisa stehen. Diesmal ging sie vor lauter Wut und Empörung sogar einige Schritte rückwärts, als sie herausbrüllte: »Was? Hat der sie nicht mehr alle?«

Für einen Moment überlegte sie sogar, ob sie nicht auf der Stelle umkehren sollte, zurück zur Unterkunft, um diesem Brahim zünftig die Meinung zu geigen.

»Ich mache das, weil ich es ungerecht und unmenschlich finde, jemandem wie dir, der hier versucht Krieg und Zerstörung zu entkommen und sich ein neues Leben aufzubauen, einfach die Zukunft zu verbauen und ins Elend zurückzuschicken. Wenn ich will, kann ich nach dem Abi hingehen, wohin ich will. Ich kann in den USA studieren oder in Spanien oder in Schweden oder in Afrika in einer Ärztestation arbeiten oder in Kanada Wild hüten oder in Norwegen Elche pflegen.«

Tayo kicherte. »Du willst was?«

»Nein! Natürlich nicht«, antwortete Lisa ernst. »Aber ich will sagen, egal was ich mit meinem Leben anfangen will, ich kann das tun. Wieso du nicht? Du sollst hier nicht mal Abitur machen dürfen, du sollst nicht Fußball beim HSV spielen dürfen, nur weil so ein paar Bürokratenärsche meinen über dein Leben bestimmen zu können. Damit finde ich mich nicht ab. Deshalb setze ich mich für dich und andere Flüchtlinge ein.«

»Ich bin ja nicht mal ein richtiger Flüchtling«, sagte Tayo. »Ich bin nur meinen Eltern hinterhergereist.«

»Eben!« Lisa fühlte sich mehr als bestätigt. »Wo gibt es denn so etwas, dass man nicht mal zu seinen Eltern ziehen darf? Das ist doch total weltfremd und hirnrissig.«

»Es gibt zu viele, die das wollen«, sagte Tayo. »Wenn nur ein paar Hundert aus ihren Heimatländern fliehen würden, oder zwei- oder dreitausend, wäre das sicher kein Problem.«

»Es ist auch so kein Problem«, ging Lisa dazwischen. »In Europa leben fünfhundert Millionen Menschen. Was ist es da für ein Problem, wenn eine oder zwei oder sogar drei Millionen Flüchtlinge kommen?«

»Aber sie kommen alle nach Deutschland«, wandte Tayo ein.

Lisa sah ihn unverwandt an. »Plädierst du jetzt für deine eigene Abschiebung oder was? Bloß, weil in manchen europäischen Ländern gerade irgendwelche Hohlbirnen regieren, soll der größte Teil der Welt seinen Jugendlichen die Zukunft versauen? Warum wollen denn so viele ihre Heimat verlassen? Das muss ich dir doch wohl nicht erklären. Mit welchen Waffen werden denn die Kriege in der Welt geführt? Deutschland ist der drittgrößte Waffenexporteur der Welt. Und wer schöpft seit Jahrhunderten den Reichtum an Bodenschätzen aus den armen Ländern ab? Das sind die reichen westlichen Länder, die sich jetzt weigern Flüchtlinge aufzunehmen.«

»Na ja«, schränkte Tayo ein. »Die korrupten Regierungen, die Stammes- und Religionsführer und die organisierte Kriminalität vor Ort tragen auch ihren Teil dazu bei, dass so viele flüchten müssen. Aber du hast schon Recht.«

»Jedenfalls setzen wir uns hier nicht für Flüchtlinge und für ein Einwanderungsgesetz ein, weil wir sonst nichts Besseres zu tun hätten und unser Gewissen beruhigen wollen, wie Brahim behauptet!«, schimpfte Lisa. »Und du bist der Letzte, der ein schlechtes Gewissen haben muss, weil wir in der Schule für dein Bleiberecht kämpfen. Du forderst nichts anderes als das, was wir längst und selbstverständlich haben: dass du deine eigene Zukunft gestalten und dir ein Leben aufbauen kannst. Das ist ja wohl dein gutes Recht.«

»Ja«, sagte Tayo mit dünner Stimme, aus der Lisa entnahm, dass er nach wie vor nicht an den Erfolg ihrer Kampagne glaubte.

Immerhin hielt er sein Versprechen und erschien am nächsten Tag pünktlich zur Schule, um sich dem Interview des Abendblatt-Reporters zu stellen.

Das Transparent »Tayo bleibt« hing immer noch an der Schule und wurde das erste Motiv des Fotografen, den der Reporter mitgebracht hatte.

Bis zu diesem Morgen hatten bereits mehr als 3000 Leute die Facebook-Seite geliked und außerdem waren noch zwei weitere Fußballprofis hinzugekommen, die Tayo öffentlich alles Gute wünschten.

Fabi hatte seinen Videofilm mit den Statements bei YouTube hochgeladen und innerhalb nur eines Nachmittags hatten 900 Leute diesen Film angesehen. Mit Hilfe des Schneeballsystems über WhatsApp-Gruppen hatte es sich blitzartig herumgesprochen, dass der Film online zu sehen war.

In der taz waren nun auch die Presseerklärungen der Schulkonferenz und des Elternrats abgedruckt.

»Habt ihr die Mopo gesehen?«, fragte Samira schlecht gelaunt in die Runde, als die Klasse eine Minute vor Unterrichtsbeginn schon im Raum versammelt war.

»Klar!«, antwortete Hülya. »Ganz schön großes Foto von unserem Transparent.«

»Ja«, bestätigte Samira. »Und das war's dann auch schon. Darunter vier Zeilen Text. Mehr nicht. Wozu ist der Typ von der Mopo denn hier eigentlich den ganzen Vormittag über den Schulhof geschlichen?«

»Das war ein Auszubildender«, versuchte Hülya es zu erklären. »Da können wir froh sein, dass die überhaupt etwas von dem veröffentlicht haben.«

»Viel schlimmer ist das hier!« Svenja kam zu der Gruppe, die sich an Lisas Platz gebildet hatte. »Echt eine Sauerei.«

Sie zeigte einen Facebook-Eintrag auf ihrem Smartphone herum. »Das ist eine Seite von so 'nem Hamburger AfD-Typen.«

Lisa kniff die Augen zusammen, weil sie glaubte sich verlesen zu haben.

»Schule kämpft für Bleiberecht eines kriminellen Ausländers«, stand da. »Wie tief ist unser Bildungssystem schon gesunken?«

»Hä?«, fragte Lisa. »Ich verstehe das gar nicht. Meinen die Tayo. Wieso denn kriminell?«

»Er bezieht sich auf das Hausverbot in der Disco«, referierte Svenja.

»Wie bitte?«, ereiferte sich Lisa. »Da war Tayo Opfer und nicht Täter. Ihr wart doch dabei!«

Natürlich wussten die anderen das. Svenja fragte vorwurfsvoll in die Runde: »Woher weiß diese schmierige Hackfresse überhaupt davon? Ich meine, seht euch mal sein Profilbild an. Der Typ war doch noch nie in einer Disco!«

Keine Ahnung, wollte Lisa gerade herausposaunen, als ihr etwas siedend heiß einfiel.

An einem Abend hatte überflüssigerweise mal wieder ihr Onkel Klaus seinem Bruder, also Lisas Vater, einen Besuch abgestattet. Wie meistens hatte es nicht lange gedauert und es war zu einer ätzenden politischen Debatte gekommen, in die Lisa kurzzeitig involviert gewesen war. Als Beispiel, wie ungerecht Flüchtlinge, beziehungsweise Ausländer im Allgemeinen, hierzulande manchmal behandelt wurden, hatte Lisa von dieser Disco-Sache erzählt und dabei ausdrücklich geschildert, wie Tayo zu Unrecht zum Täter und Rüpel gestempelt worden war.

»Zeig noch mal das Foto!«, bat Lisa.

Sandra hielt ihr das Handy vor die Nase.

Jetzt erkannte Lisa ihn. Den hatte sie hundertprozentig schon gemeinsam mit ihrem Onkel Klaus an einem ihrer Infostände am Bahnhof gesehen. Das durfte doch wirklich nicht wahr sein. Da hatte ihr eigener Onkel unter Verdrehung sämtlicher Tatsachen ihr Beispiel genutzt, um Tayo zu kriminalisieren, und daraus das Argument abgeleitet, dass er abgeschoben werden müsste. Ausgerechnet ihr eigener Onkel!

Lisa kochte vor Wut und am liebsten wäre sie sofort aufgebrochen, um den Infostand des lieben Onkels kurz und klein zu schlagen, doch genau in dem Moment betrat Herr Walter das Klassenzimmer.

Svenja erkannte die dicke, rote Zornesader an Lisas Hals und fragte nach, was los wäre.

»Nichts!«, winkte Lisa ab. »Ich hab vielleicht eine Idee, woher dieser Arsch da von der Disco-Sache weiß. Ich kümmere mich heute Nachmittag drum.«

Herr Walter grüßte die Klasse und brachte sie auf den neuesten Stand der Ereignisse. Vorher aber lobte er das große Engagement der Klasse. Und sichtbar nahmen auch mehr und mehr Schüler der gesamten Schule Anteil an Tayos Fall.

Je mehr Herr Walter erzählte, desto mehr sank Tayo auf seinem Stuhl tiefer, wie Lisa bemerkte. Ihm war es nach wie vor unangenehm, derart im Mittelpunkt zu stehen. Schon gar nicht wollte er ein »Fall« sein.

Dann berichtete Herr Walter, dass die Eingabe an den Eingabenausschuss abgeschickt worden war. Und nun hieße es eben abwarten. Allerdings nicht passiv, sondern durchaus weiterhin aktiv, um entsprechend Druck auf die Kommission aufzubauen.

Lisa meldete sich und berichtete, dass sie am Nachmittag damit beginnen wollte, mit den Parteien zu reden. Aber es würde natürlich schneller gehen, wenn einige andere aus der Klasse helfen würden. Dann könnte man es sich aufteilen und jeder bräuchte nur mit einer Partei zu quatschen.

Svenja meldete sich sofort und bot an mit der SPD zu reden. »Mein Onkel ist dort Mitglied. Ich frage ihn mal.«

»Fein«, freute sich Herr Walter, während Lisa ihre Mundwinkel verzog. Wieso konnte sie nicht so einen Onkel haben? Nicht dass sie die SPD jetzt besonders prickelnd fand. Aber mit Svenjas sozialdemokratischem Onkel war bestimmt mehr anzufangen als mit Onkel Klaus, mit dem Lisa geschlagen war.

Auch Hülya meldete sich. »Ich geh zu den Grünen!«

»Und wo soll ich dann noch hingehen?«, fragte Lisa.

»Zur CDU, ist doch logisch!«, kicherte Fabi hinter ihr.

»Zu den Linken!«, schlug Samira vor.

Herr Walter winkte ab. »Das könnt ihr euch eigentlich schenken. Die Linke stimmt mit Sicherheit für Tayo. Schon aus Prinzip stimmen die keiner Abschiebung zu.«

Lisa seufzte. Also musste sie tatsächlich zur CDU.

»Okay«, sagte Lisa. »Ich mach's.«

»Ich darf darauf hinweisen, dass in der Hamburger Bürgerschaft auch die FDP sitzt«, verkündete Herr Walter.

»Das macht Samira!«, rief Lisa geistesgegenwärtig.

Samira schaute Lisa verblüfft an. »Ich? Wieso denn ich?«, wollte sie sicherlich fragen. So jedenfalls las Lisa es von ihrem Gesichtsausdruck ab. Doch bevor sie protestieren konnte, kam Herr Walter ihr zuvor: »Super, Samira. Das freut mich.«

# 22

Die Sache lief. Jeder Schüler, der eine Aufgabe übernommen hatte, erfüllte sie auch gewissenhaft. Nicht nur Herr Walter staunte darüber. Auch Lisa konnte sich nicht erinnern, dass jemals irgendwelche Aufgaben so zuverlässig erledigt worden wären. Egal ob es um die Vorbereitung einer Klassenreise, die Erstellung einer Schülerzeitung, das Organisieren eines Klassenfestes oder sonst etwas gegangen wäre. Von Hausaufgaben oder Abliefern von Projektaufgaben natürlich ganz zu schweigen.

Tatsächlich war Lisa ins Parteibüro der CDU eingeladen worden und dort von einer Dame überaus freundlich empfangen worden. Erst am Ende des Gesprächs hatte Lisa erfahren, dass die Dame nicht einmal Abgeordnete gewesen war, sondern lediglich eine Referentin oder Assistentin oder so etwas. Lisa hatte vergessen, wie sie genau hieß, denn das Gespräch war wenig ergiebig gewesen. Zwar hatte Lisa reichlich Früchtetee, Wasser, Orangensaft und Kekse bekommen, in der Sache aber hatte die Frau erst mal lange auf dem Vorwurf herumgeritten, Tayo wäre kriminell. Das dumme Gerücht, das ausgerechnet Lisas eigener Onkel verbreitet hatte, hielt sich hartnäckig. Eine Behauptung, einmal in die digitale Medienwelt gesetzt, ließ sich kaum mehr vollends aus den Köpfen der Menschen löschen.

»Du musst das verstehen«, hatte die Dame behauptet. »In vielen Stadtteilen Hamburgs haben die Einbrüche stark zugenommen. Und nicht wenige von den gefassten Einbrechern stellen sich als Ausländer heraus.«

Auch so eine Behauptung, hatte Lisa gedacht. Aber da war die feine Dame an die Falsche geraten. Immerhin war Lisa die Tochter eines Polizisten. Und so konnte sie leicht mit Argumenten dagegenhalten: dass die übergroße Zahl der Einbrecher gar nicht gefasst wurden und man daher auch nicht wissen könne, welcher Nationalität sie angehörten, dass von den vermeintlichen »Ausländern«, die kriminell wurden, eine ganze Reihe durchaus in Deutschland geboren waren und die deutsche Staatsangehörigkeit besaßen und dass die Polizei selbstverständlich wusste, dass auch in der Mittelschicht und den besseren Kreisen in Deutschland sogenannte Eigentumsdelikte vorkamen. Bloß die besaßen dann auch das nötige Kleingeld für gute Anwälte, so dass, wenn zum Beispiel Jugendliche kriminell wurden, deren Eltern solche Angelegenheiten aus der Welt zu schaffen wussten, bevor sie aktenkundig wurden.

»Vor dem Gesetz sind alle gleich«, zitierte Lisa eine der Weisheiten ihres Vaters. »Aber bevor man überhaupt vor Gericht landet, spielen die Ungleichheiten schon eine erhebliche Rolle.«

Das Einzige, was der Dame am Ende Eindruck gemacht hatte, so schien es Lisa, war, dass ihr Vater Polizist in leitender Position war. Wahrscheinlich hatte sie nur deshalb die Zusage erhalten, dass die CDU-Fraktion sich Tayos Fall noch mal besonders anschauen werde.

Lisas Vater hingegen war eher der Meinung, es hätte mit Tayos Fußball-Talent zu tun.

»In der CDU gibt es viele HSV-Fans«, hatte Lisas Vater gelacht. »Die schieben so schnell keinen ab, wenn sich beim HSV endlich mal wieder ein Talent auftut.«

Lisa fand das nicht so witzig. Denn es hieß ja im Umkehrschluss: Wenn einer dem HSV nichts bringen würde, dann könne man ihn ruhig abschieben? Lisa hatte an Brahims Vorwurf denken müssen. Sollte er doch Recht gehabt haben?

Schnell hatte Lisa diesen Gedanken wieder beiseitegewischt. Letztlich war es ihr egal, weshalb der CDU-Mann im Härtefallausschuss für Tayo abstimmte; Hauptsache, er tat es!

Eine ähnlich enttäuschende Erfahrung hatte Svenja bei der SPD gemacht. Die hatten eine intensive, gerechte Prüfung des Falles versprochen. Und der SPD-Abgeordnete, mit dem sich Sandra unterhalten hatte, hatte ihr noch empfohlen doch mit fleißigen Flugblattverteilungen auf Tayos Fall öffentlich aufmerksam zu machen.

»Voll die umweltschädliche Papierverschwendung«, schimpfte sie, als sie den anderen von ihrem Treffen berichtete. »Als ob es keine sozialen Netzwerke gäbe. Da geht es doch viel schneller.«

»Stimmt«, gab Herr Walter ihr Recht.

Tayos Facebook-Seite hatte innerhalb der zwei Monate, die sie nun schon existierte, mittlerweile fast 20000 Likes. Ähnlich erfolgreich liefen die Mitteilungen auf Twitter und in den zahlreichen Nachrichten-Apps, die die Schüler nutzten.

Eine Petition, die Herr Walter mit den Schülern ins Leben gerufen hatte, wurde mit 11000 Unterschriften eingereicht. Die Hamburger Zeitungen hatten inzwischen mehrfach berichtet. Ein NDR-Fernsehteam war ebenso vor Ort gewesen wie eines vom privaten Provinzfernsehen namens »Hamburg 1«.

Die Parteien »Die Linke«, »Die Grünen« und die SPD hatten sich öffentlich gegen Tayos Abschiebung ausgesprochen, ebenso wie Tayos HSV-Mannschaft und deren Trainerstab. Sogar der HSV-Vereinsvorstand hatte sich für Tayo eingesetzt.

Und am Ende hatte tatsächlich der Eingabenausschuss Tayos Fall an die Härtefallkommission übergeben.

Und die entschied nun in zwei Tagen.

In der letzten Nacht vor der Entscheidung tat Lisa kein Auge zu. Sie wälzte sich von einer Seite auf die andere, überlegte, ob sie nicht irgendetwas vergessen und ob sie wirklich alles getan hatten, damit die Kommission auch wirklich in ihrem Sinne abstimmte. Hätte sie vielleicht doch noch ein zweites oder drittes Mal mit der CDU-Frau reden sollen? Wieso eigentlich hatte sie sich mit der Dame abspeisen lassen und hatte nicht darauf bestanden, mit einem Abgeordneten oder dem Hamburger CDU-Vorsitzenden persönlich zu sprechen?

Lisa schreckte hoch und saß aufrecht im Bett.

»Ja, verdammt. Wieso? Wieso hab ich nicht den Vorsitzenden angerufen? Scheiße!«

Ob morgen noch Zeit dafür war? Sollte sie den gleich morgen früh um sieben anrufen? Ob das klug war? Abgesehen davon, dass sie noch gar nicht wusste, wer der Vorsitzende der CDU in Hamburg war und welche Nummer er hatte.

»Oh Mann!«, Lisa ließ sich zurück ins Bett fallen.

Wochenlang, die ganzen zwei Monate war sie diejenige gewesen, die am meisten vom Erfolg der Kampagne überzeugt war. Und jetzt? Jetzt zweifelte sie wie keine andere daran, dass es gut gehen würde. Wieso nur, wieso hatte sie plötzlich so ein Scheißgefühl?

Als Lisa am nächsten Morgen aufwachte, glaubte sie überhaupt nicht geschlafen zu haben. Immer, wenn sie sich auf die linke Seite gewälzt und dabei einen kurzen Blick auf den Wecker erhascht hatte, war es jedes Mal höchstens eine halbe Stunde später geworden: ein Uhr, ein Uhr dreißig, zwei Uhr … Nun war es sechs Uhr in der Früh. Lisa hätte noch gut eine Stunde liegen bleiben können, aber sie beschloss, dass es keinen Sinn mehr hatte, und stand auf. Unter der Dusche dann spürte sie die Müdigkeit in ihren Knochen.

Nachdem sie sich angezogen hatte, setzte sie sich mit einer

Tasse Zitronentee an den Küchentisch und betrachtete die Müslipackung auf dem Regal. Ich sollte etwas essen, dachte sie, doch sie verspürte keinen Hunger. Ob die anderen schon wach waren: Hülya, Samira, Sandra; und vor allem: Tayo? Sie schickte allen eine Nachricht mit dem Hinweis, dass sie heute zwar in die Schule kommen würde, aber sich nicht vorstellen könnte, sich auch nur eine einzige Minute auf den Unterricht zu konzentrieren.

Es kam keine Antwort. Das hieß aber nichts. Vielleicht standen die anderen nur gerade unter der Dusche. Oder schliefen sie wirklich noch? Wie konnte man schlafen? An einem solchen Tag? Und Tayo? Der schlief doch wohl nicht; das konnte sie sich nicht vorstellen.

Lisa starrte nun auf das Handy, während sie ihren Tee trank, und wartete. Bis halb sieben kam nichts. Erst um kurz nach halb die erste Antwort. Von Hülya: »Guten Morgen! 7:50 SV-Raum«.

Superidee!, dachte Lisa. Sich im Raum der Schülervertretung zu treffen konnte eine gute Ausrede sein, dem Unterricht fernzubleiben, zum Beispiel, weil sie eine Sonder-Redaktionssitzung der Schülerzeitung abhielten oder Ähnliches. Und das war ja wohl sowieso angesagt. Heute fiel die Entscheidung, und egal wie sie ausfallen würde: Es war klar, dass sie sofort alle anderen Schüler über das Ergebnis würden informieren müssen: auf der Facebook-Seite, aber auch auf einer Sonderseite der Schülerzeitung auf der Schul-Website.

In dem Augenblick fiel Lisa ein, dass sie gar nicht wusste, um welche Uhrzeit sie mit einer Entscheidung rechnen konnten. »Heute« würde die Härtefallkommission zusammensitzen, so viel stand fest. Aber wann heute? Und wie lange würden sie zusammensitzen? Und wann würden sie ihre Entscheidung mitteilen, und wem zuerst? Vermutlich doch Tayo, dachte Lisa. Das bedeutete, Tayo sollte heute unbedingt den ganzen Tag mit ihnen zusammen sein. Lisa konnte sich zwar vorstellen, dass Tayo genau das Gegenteil vorschwebte, nämlich allein zu bleiben. Aber das würde Lisa nicht aushalten. Und vor allem: Was, wenn die Entscheidung tatsächlich negativ ausfiel? Wie würde Tayo reagieren? Was würde er tun? Würde er sofort abhauen oder sich etwas antun? Nein, Lisa war entschlossen: Heute sollten sie Tayo auf keinen Fall allein lassen.

Lisa schrieb ihm eine zweite Nachricht mit dem Treffpunkt SV-Raum.

Aber es kam keine Antwort.

»Oh Mann, Tayo!«, motzte Lisa ihre Teetasse an. »Wo steckst du? Melde dich!«

Ihr Smartphone piepte. Meldungen von Samira und Svenja, dass sie zum Treffpunkt kommen würden. Schön, dachte Lisa, aber was war mit Tayo?

Und: War es nicht ein bisschen zu auffällig, wenn so viele dem Unterricht fernblieben?

Lisa wischte den Gedanken fort. An so einem Tag würde niemand etwas sagen.

Lisa schaute auf die Uhr. 6 Uhr 50. Okay, auch wenn es ihr schwerfiel, beschloss sie, noch eine Viertelstunde zu warten, ehe sie Tayo anrief. Eine entsetzlich lange Viertelstunde. Sie ließ auch keine Sekunde länger vergehen. Um Punkt sieben Uhr fünf rief sie Tayo an, doch der nahm nicht ab.

Lisa hielt es nicht länger aus. Sie sprang auf, zog sich ihre Schuhe an und eine Jacke über und ging los. Viel zu früh. Aber zu Hause herumzuhocken und dem Sekundenzeiger bei seinen Runden zuzuschauen war auch nichts für sie. Vielleicht erging es Tayo ja ähnlich und er würde ebenfalls viel zu früh in der Schule auftauchen. Aber vermutlich würde Tayo gar nicht in die Schule kommen. Aber wo würde Tayo auf die Entscheidung warten? Zu Hause bei seinem Vater, dessen neuer Frau und seinen Halbgeschwistern? Auf dem Fußballplatz? Nicht sehr wahrscheinlich. Bei Brahim in der Erstaufnahme? Nicht nach Brahims Vorwürfen. Aber wo dann?

Lisa wusste es nicht.

So lange nicht, bis sie den SV-Raum erreichte. Der Raum war natürlich noch verschlossen. Vor der Tür auf dem Fußboden saß – Tayo.

»Tayo!« Lisa konnte sich nicht mehr zurückhalten. Sie lief auf ihn zu, Tayo stand auf. Die beiden fielen sich in die Arme und drückten sich.

»Du hast meine Nachricht also gelesen?«, fragte sie.

Tayo nickte. »Und ich konnte mir schon denken, du kommst früher.«

Lisa huschte ein Lächeln übers Gesicht. »Du kennst mich gut«, sagte sie verlegen.

»Ja«, sagte Tayo leise.

Sie lösten ihre Umarmung.

»Wir gehen«, sagte Tayo.

Lisa wunderte sich. »Wohin?«

»Elbstrand«, sagte Tayo.

»Okay!« Lisa war einverstanden. Sie dachte zwar an Hülya, Samira und Svenja, die gleich kommen würden. Aber sie entschloss sich ihnen eine Nachricht zu schreiben, dass sie mit Tayo woanders war. Die drei würden es verstehen. Hoffte sie. Sie dachte auch an die Schülerzeitung, an die Mitteilung an die anderen Schüler. Sie alle hatten sich vorbildlich eingesetzt, also hatten sie ein Recht, die Entscheidung so früh wie möglich zu erfahren. Lisa würde ihre drei Freundinnen informieren und die würden alles Weitere in die Wege leiten. Jetzt war es wichtiger, bei Tayo zu sein.

Lisa war glücklich, dass Tayo gekommen war, selbst wenn die Entscheidung schlimm ausfallen würde. Auch dann, nein, gerade dann sollte er nicht allein sein. Obwohl Lisa sich überhaupt nicht vorstellen konnte, wie sie Tayo trösten sollte. Denn es würde keinen Trost geben. Was sollte sie sagen? Vermutlich würde sie einfach nur schweigend mit Tayo weinen. Schon beim Gedanken daran begannen Lisas Lippen zu zittern. Sie wusste nicht, ob sie die Kraft hatte, das mit Tayo durchzustehen. Sie wusste nur, Tayo hatte sonst niemanden. Sie musste bei ihm bleiben.

Gemeinsam fuhren sie nach Altona, stiegen hinunter zum Elbwanderweg, gingen ihn lange nebeneinander schweigend entlang, bis der Sandstrand begann. Vereinzelte Jogger und Radfahrer kamen ihnen entgegen und überholten sie. Oft mussten sie auf dem engen Weg hintereinandergehen, um für die anderen Platz zu machen. Am Strand endlich gingen sie nebeneinander. Tayo griff nach ihrer Hand. Lisa hielt sie gern. So gingen sie an diesem herrlich sonnigen Tag am Strand entlang, den Blick aufs Wasser gerichtet, auf dem Containerschiffe den Hamburger Hafen ansteuerten oder ihn gerade verließen.

»Hamburg – Das Tor zur Welt«, so lautete der Slogan der Stadt. Würde sich die Stadt heute wirklich als solches für Tayo erweisen? Oder würde die als weltoffen bekannte Hansestadt heute wegen bürokratischer Formalitäten einem Menschen das Tor vor der Nase verschließen? Würde dieser wunderschöne Sommerntag sich als finsterste Stunde in Tayos Leben entpuppen?

Lisa wagte nicht zu fragen, wie Tayos Prognose war. Sie selbst hatte noch immer ein ganz schlechtes Gefühl. Aber auch darüber sprach sie nicht. Sie hoffte bloß, dass ihre schweißnasse Handfläche in Tayos Hand sie nicht verriet. Tayos Griff schien ihr fest und entschlossen. Doch entschlossen wozu? Auch das fragte sie nicht. Sie sagten überhaupt nichts. Gingen nur so nebenher, bis Tayo sich schließlich setzte; einfach so in den Sand, nah ans Wasser. Gemeinsam blickten sie hinüber aufs Festland, wo das »Alte Land« begann mit seinen Apfelplantagen und Gärten, seinen Deichen und Schafen, auf die vorbeiziehenden Schiffe, die aus der ganzen Welt hier eintrafen und kurz zuvor durch plärrende Lautsprecher mit ihrer Nationalhymne begrüßt worden waren. Sie saßen da – und schwiegen lange, lange Zeit.

Bis irgendwann Tayos Handy klingelte.

Lisa stockte der Atem.

Tayo hielt das Handy in seiner zitternden Hand und schaute aufs Display. Dann holte er tief Luft und nahm mutig das Gespräch an. Er hielt sich das Handy ans Ohr, meldete sich mit Namen und sagte sonst nichts. Hörte zu mit ernster Miene.

»Danke!«, war das einzige Wort, das er mit tiefer zittriger Stimme herausbrachte, bevor er das Gespräch wieder beendete. Dann schaute er Lisa mit tränenerfüllten Augen an und sagte: »Liza: Ich darf bleiben!«

## Nachwort

Im Dezember 2012 sollte der aus Nigeria stammende Schüler Ayodele, nachdem er 18 Jahre alt geworden war, aus Hamburg abgeschoben werden. Ayodele war zu diesem Zeitpunkt bereits seit zwei Jahren in Hamburg, sprach fließend Deutsch, spielte in der HSV-A-Jugend und bereitete sich aufs Abitur vor.

Die Schüler und Lehrer der Hamburger Nelson-Mandela-Schule wollten das nicht hinnehmen und begannen eine große Solidaritätskampagne für Ayodele zu organisieren. Sie erstellten u. a. eine Facebook-Seite, mit der sie aufriefen, sich gegen die Abschiebung von Ayodele einzusetzen und eine entsprechende Petition zu unterzeichnen. Dies war im Dezember 2012.

Die Unterstützung hat sich gelohnt. Zwei Monate später, am 6. Februar 2013, entschied die Härtefallkommission in Hamburg: Ayodele darf bleiben!

Noch heute lebt Ayodele in Hamburg.

Wir bedanken uns bei Ayodele, dass er uns seine Geschichte erzählt hat.